最紮實的俄語教材

走遍俄羅斯 ❷
ДОРОГА В РОССИЮ
учебник русского языка

В.Е. Антонова / М.М. Нахабина

А.А. Толстых   著

趙桂蓮　總編審

張海燕　編譯

繁體中文版審訂　吳佳靜

審訂序

期待已久的《走遍俄羅斯2》終於問世了！本書由國立莫斯科大學國際教育中心資深師資群精心策劃與編纂，以溝通交際教學法為主軸，內容豐富實用、貼近生活、圖文並茂，讓學習過程不僅輕鬆有趣，還可現學現用。

本書主要為已有俄語初級（A1）程度的學習者設計，並以培養達到基礎級（A2）為目標。全書共計7課，第1課至第6課各課皆包括語音練習、句型語法、課文閱讀與家庭作業。第1課至第5課分別介紹代詞、形容詞與名詞連用及其單數第六格、第四格、第二格、第三格、第五格的意義和用法。第6課介紹代詞、形容詞與名詞連用及其複數各格的變化。除此之外，在各課中還介紹複合句、運動動詞、直接引語與間接引語等用法。第7課是俄語能力檢定基礎級考題，包括詞彙與語法、聽力、閱讀、寫作、口說等項目。

本書最大特色為作者精心設計各種生活情境，包括校園、家庭、商店、餐廳、街上等，引導學習者在各種場合使用相對應的句型表達。透過本書大量的情境練習，讓學習過程逼近真實，等到哪天在俄國人面前，真正需要使用俄語交際時，即可以毫不畏懼地侃侃而談。除了口語練習外，每課皆有多篇閱讀文章，內容包括文藝、科技、教育、城市、歷史等主題，以及名人故事，讓學習者從閱讀俄語原文過程中瞭解俄羅斯國情文化，提升學習成就感。

特別感謝瑞蘭國際出版編輯團隊不辭辛勞，辛苦付出，讓我們能夠繼續「走遍俄羅斯」！

吳佳靜

2020年9月

СОДЕРЖАНИЕ 目次

Урок 2... стр. 36

第二課

Речевые образцы
句型範例

- На кого ты похож? На маму или на папу?
- Я похож на свою бабушку.

- Вы занимаетесь спортом?
- Да, каждую неделю я хожу в бассейн.

Я встретил в аэропорту своего старого друга.

Сейчас театр не работает. Артисты уехали на гастроли.

Антон спросил: «Том, куда ты пойдёшь вечером?» Антон спросил Тома, куда он пойдёт сегодня вечером.

В этом магазине есть книга, которую я хочу купить.

Я встречаю друга, которого давно не видел.

Грамматический материал
語法

Основные значения винительного падежа имён существительных с местоимениями и прилагательными в единственном числе: 1) объект; 2) конструкция *кто похож на кого*; 3) время; 4) направление движения.
代詞、形容詞與名詞連用及其單數第四格的基本意義：1) 表示動作客體；2) кто похож на кого句型的用法；3) 表示時間意義；4) 表示運動方向

Местоимение *свой* в винительном падеже. 物主代詞свой的第四格

Глаголы движения: *пойти / поехать, прийти / приехать, уйти / уехать; идти / ходить, ехать / ездить*. 運動動詞

Прямая / косвенная речь. 直接引語與間接引語

Сложноподчинённое предложение со словом *который* в винительном падеже.
который第四格形式的複合句

Тексты
課文

«Что я люблю», «Внук Юрия Гагарина», «Завтрак»
〈我喜歡什麼〉、〈尤里‧加加林的外孫〉、〈早飯〉

Домашнее задание
家庭作業

Урок 3.. стр. 70

第三課

Речевые образцы
句型範例

У моего младшего брата нет мобильного телефона.

Вчера я получил письмо от своей школьной подруги.

Я прочитала стихи известного русского поэта.

7 января в России празднуют Рождество.

Я ищу книгу, которой нет в вашей библиотеке.

Мой отец хочет, чтобы я получил высшее образование.

Чтобы много знать, надо много учиться.

— Сколько человек в вашей группе?

— 10 человек.

Грамматический материал
語法

Основные значения родительного падежа имён существительных с прилагательными и местоимениями в единственном числе: 1) лицо-обладатель; 2) отрицание наличия; 3) место; 4) характеристика, принадлежность; 5) время; 6) количество (в сочетании с числительными).
代詞、形容詞與名詞連用及其單數第二格的基本意義：1) 表示誰有什麼；2) 表示否定意義；3) 表示地點意義；4) 表示從屬意義；5) 表示時間意義；6) 表示數量意義

Местоимение *свой* в родительном падеже. 代詞свой的第二格

Сложноподчинённое предложение со словом *который* в родительном падеже. который第二格形式的複合句

Сложноподчинённое предложение с союзом *чтобы*. Выражение желания, цели, необходимости действия. 帶чтобы的複合句，表達願望、目的和行為的必要性

Тексты
課文

«Подарки», «Возраст счастья», «Редкие музеи», «Письма в газету», «Моя семья», «Ночной звонок», «Позвони мне...»
〈禮物〉、〈幸福的年齡〉、〈罕見的博物館〉、〈報社來信〉、〈《我的家庭報》回信〉、〈午夜鈴聲〉、〈給我打電話……〉

Домашнее задание
家庭作業

Урок 5.. стр. 148

第五課

Речевые образцы
句型範例

Антон танцевал с самой красивой девушкой.

Мой друг хочет стать детским врачом.

Каждый мальчик хочет быть высоким и сильным.

Мне нравятся фильмы со счастливым концом.

Этот художник рисует простым карандашом.

Рядом с нашим домом находится большой парк.

Мне нужно повторить грамматику перед экзаменом.

Контролёр спросил: «У вас есть билет?» Контролёр спросил меня, есть ли у меня билет.

Я никогда не видел человека, с которым познакомился по Интернету.

Грамматический материал
語法

Основные значения творительного падежа имён существительных с местоимениями и прилагательными в единственном числе: 1) значение совместности; 2) профессии, занятия, увлечения; 3) характеристика человека; 4) определение; 5) инструмент; 6) место (*под, над, перед, за, между, рядом с*); 7) время.
代詞、形容詞與名詞連用及其單數第五格的基本意義：1) 表示和（誰）一起；2) 表示職業、愛好、從事的運動；3) 表示對人的評價意義；4) 表示限定意義；5) 表示使用工具；6) 表示地點；7) 表示時間

Прямая / косвенная речь (продолжение). 直接引語與間接引語（續）

Сложноподчинённое предложение со словом *который* в творительном падеже.
который第五格形式的複合句

Тексты
課文

«Фрагменты статей из московских газет», «Наталья Нестерова», «Аптеки 36,6», «Часы с фотокамерой», «Шариковая ручка», «Наш новый дом», «Японский миллионер в России», «Биография Сергея Бодрова», «Свадебный марш»
〈莫斯科報紙摘要〉、〈娜塔麗婭·涅斯捷蘿娃〉、〈36.6藥店〉、〈能照相的錶〉、〈原子筆〉、〈我們的新居〉、〈日本百萬富翁在俄羅斯〉、〈謝爾蓋·博德羅夫的生平〉、〈結婚進行曲〉

Домашнее задание
家庭作業

Урок 6.. стр. 178

第六課

Речевые образцы
句型範例

Я люблю читать об улицах, площадях, проспектах и памятниках Москвы.

В этом музее можно посмотреть картины известных русских и зарубежных художников.

Московское метро открыли в 1935 году.

Недавно я встретился с друзьями, которые приехали из Петербурга.

Если мой друг сдаст экзамены, он поступит в институт.

Хотя я живу в Москве только несколько месяцев, я уже неплохо знаю её.

Грамматический материал
語法

Система склонения имён существительных во множественном числе. 名詞複數的各格變化

Система склонения имён существительных с местоимениями и прилагательными во множественном числе. 代詞、形容詞與名詞連用及其複數各格的變化

Неопределённо-личное предложение 不定人稱句

Сложноподчинённые предложения: 1) с придаточным определительным (*которые, которых...*); 2) с придаточным условным (*если...*); 3) с придаточным уступительным (*хотя...*). 複合句：1) 定語從句；2) 條件從句；3) 讓步從句

Тексты
課文

«Досуг в Москве», «Московское метро», «Первый день в Москве», «Фрагменты статей из московских газет», «Москва. Красная площадь», «История храма Христа Спасителя», «В городе» (диалоги)
〈莫斯科的休閒時光〉、〈莫斯科地鐵〉、〈在莫斯科的第一天〉、〈莫斯科報紙文摘〉、〈莫斯科紅場〉、〈耶穌救世主大教堂的歷史〉、〈在城市裡〉

Домашнее задание
家庭作業

Урок 7 (контрольный)................. стр. 210

第七課　考卷

Тест базового уровня
基礎級程度考題

I. Фонетическая зарядка 語音練習

ПОЙТЕ!

а о у э ы и

1 Слушайте, повторяйте, читайте. 聽MP3，跟讀。 ▶ MP3-01

а) познако́мился с [ж:] журнали́стом
разгова́ривал с [з] дру́гом
танцева́л с [з] де́вушкой

познако́мились с экономи́стом
разгова́ривала с арти́стом
танцева́ла с Анто́ном

занима́емся матема́тикой
интересу́юсь иску́сством

занима́юсь ру́сским языко́м
интересу́юсь класси́ческой му́зыкой

Поздравля́ю Вас с днём рожде́ния!
поздра́вили меня́ с пра́здником

б) сове́тую вам пойти́ в Большо́й теа́тр
сове́тую тебе́ прочита́ть э́ту кни́гу
посове́товал нам посмотре́ть вы́ставку
посове́товали мне купи́ть э́тот альбо́м
Посове́туйте, куда́ пойти́ в воскресе́нье?
Посове́туйте, что посмотре́ть в Москве́?

в) расска́зываю о худо́жнике
расска́зывал о Петербу́рге
расскажу́ о семье́
Расскажи́те об экску́рсии!

г) Когда́ я отдыха́ю, чита́ю кни́ги.
Когда́ мы отдыха́ли, смотре́ли интере́сные фи́льмы.
Когда́ занима́лись, повторя́ли но́вые слова́.
Когда́ пришёл, пригото́вил у́жин.

Когда́ пришла́, позвони́ла домо́й.
Когда́ встре́тила его́, сказа́ла ему́...
Когда́ уви́дели нас, спроси́ли...

д) Ско́лько?

100 — сто	800 — восемьсо́т
200 — две́сти	900 — девятьсо́т
300 — три́ста	1000 — ты́сяча
400 — четы́реста	2000 — две ты́сячи
500 — пятьсо́т	2001 — две ты́сячи оди́н
600 — шестьсо́т	2002 — две ты́сячи два
700 — семьсо́т	2003 — две ты́сячи три

Како́й год?

1985 — ты́сяча девятьсо́т во́семьдесят пя́тый
2000 — двухты́сячный
2001 — две ты́сячи пе́рвый
2002 — две ты́сячи второ́й
2003 — две ты́сячи тре́тий
2004 — две ты́сячи четвёртый

е)

	како́й (эта́ж)?		кака́я (кварти́ра)?		како́е (число́)?
	пе́рвый		пе́рвая		пе́рвое
	второ́й		втора́я		второ́е
	тре́тий		тре́тья		тре́тье
	четвёртый		четвёртая		четвёртое
	пя́тый		пя́тая		пя́тое
	шесто́й		шеста́я		шесто́е
	седьмо́й		седьма́я		седьмо́е
	восьмо́й		восьма́я		восьмо́е
	девя́тый		девя́тая		девя́тое
	деся́тый		деся́тая		деся́тое

2 Слушайте и повторяйте. Запомните последнее предложение и запишите его. Продолжите высказывание.

聽MP3，跟讀。記住並寫下最後一個句子。按此主題繼續說一說。　▶ MP3-02

мой друг... ⇨

мой друг научи́лся... ⇨

мой друг научи́лся ката́ться... ⇨

Мой друг научи́лся ката́ться на конька́х. ⇨

Мой друг научи́лся хорошо́ ката́ться на конька́х. ⇨

Зимо́й мой друг научи́лся хорошо́ ката́ться на конька́х. ⇨

Зимо́й в Москве́ мой друг научи́лся хорошо́ ката́ться на конька́х. ... ⇨

познако́мился... ⇨

я познако́мился... ⇨

Я познако́мился с Ви́ктором. ⇨

На ве́чере я познако́мился с Ви́ктором. ⇨

В пя́тницу на ве́чере я познако́мился с Ви́ктором. ⇨

В пя́тницу на ве́чере в университе́те я познако́мился с Ви́ктором. ⇨

В пя́тницу на ве́чере в университе́те я познако́мился с Ви́ктором и его́ сестро́й. ... ⇨

моя́ подру́га... ⇨

моя́ подру́га рассказа́ла... ⇨

Моя́ подру́га рассказа́ла о Пу́шкине. ⇨

Моя́ подру́га рассказа́ла мне о Пу́шкине. ⇨

Моя́ подру́га рассказа́ла мне о Пу́шкине, о его́ семье́. ⇨

Моя́ подру́га рассказа́ла мне о Пу́шкине, о его́ семье́, о его́ жи́зни. ⇨

Моя́ подру́га рассказа́ла мне о Пу́шкине, о его́ семье́, о его́ жи́зни в Москве́. ⇨

Когда́ мы гуля́ли на Арба́те, моя́ подру́га рассказа́ла мне о Пу́шкине, о его́ семье́, о его́ жи́зни в Москве́. ... ⇨

II. Поговорим 說一說

1 **Прослушайте диалоги, задайте аналогичные вопросы своим друзьям.**
聽對話，並向朋友們提同樣的問題。 ▶ MP3-03

— О чём расска́зывал преподава́тель на
уро́ке?
— Об экску́рсии по Москве́.

— С кем ты игра́ешь в ша́хматы?
— Коне́чно, с бра́том.

— С кем ты прово́дишь свобо́дное вре́мя?
— С подру́гой.

— Посове́туй, куда́ пойти́ в суббо́ту?
— В зоопа́рк.

2 **Как вы ответите? (Возможны варианты.)** 您如何回答？（請寫出各種可能形式。）

— С кем ты хо́чешь встре́тить Но́вый год?
— ... .

— С кем ты познако́мился вчера́ на
дискоте́ке?
— ... .

— Чем ты лю́бишь занима́ться в свобо́дное
вре́мя?
— ... .

— Чем интересу́ется твой друг?
— ... .

— Кем ты хо́чешь быть?
— ... .

— О чём ты узна́л вчера́ на экску́рсии?
— ... .

— Я люблю́ пирожки́ с капу́стой. А ты с чем?
— ... .

3 **Как вы спросите? (Возможны варианты.)** 您如何提問？（請寫出各種可能形式。）

— ... ?
— Я бу́ду врачо́м.

— Она́ рабо́тает медсестро́й.
— ... ?

— ... ?
— Он хо́чет быть программи́стом.

— ... ?
— Она́ ме́неджер.

— ... ?
— Этот фильм о любви́.

— ... ?
— Это кни́га о А. П. Че́хове.

— ... ?
— Она́ игра́ет на скри́пке.

 語法

Склонение имён существительных с местоимениями и прилагательными
代詞、形容詞與名詞連用及各格的變化

1. Склонение **неодушевлённых** имён существительных мужского рода с местоимениями и прилагательными
代詞、形容詞與陽性非動物名詞連用及其變化

1 а) Прочитайте текст и скажите, какой художник жил в этом городе? Почему там часто бывают художники?

讀課文並說一說，哪位畫家曾住在這座城市？為什麼畫家們經常到那裡去？ ▶ MP3-04

После дождя. Плёс.

Вечер. Золотой Плёс.

Город на Волге

Плёс — это мой родной город. **Этот город** находится в центре России на Волге. На карте мира нет **этого города**. Плёс — очень маленький старинный русский город. **Этому городу** уже 500 лет. В Плёсе есть Дом-музей художника Исаака Ильича Левитана. Этот известный художник очень любил природу, поэтому он жил и работал **в этом тихом зелёном городе**. Он видел вокруг красивые, живописные места, невысокие горы, леса, реку Волгу. Левитан написал здесь картины: «Вечер. Золотой Плёс», «После дождя. Плёс» и другие.

Русский писатель Антон Павлович Чехов дружил с И. И. Левитаном. Он хорошо знал и любил этого художника. Они писали друг другу письма, встречались. А. П. Чехов часто бывал в Плёсе в доме этого известного художника.

И раньше, и сейчас туристы и молодые художники часто бывают в Плёсе. Им нравятся эти красивые живописные места. Они интересуются **этим городом** и его историей. Художники любят работать здесь, рисовать. Их всегда можно встретить на берегу Волги. Они очень любят **этот прекрасный город**. А если вы хотите узнать **об этом городе** больше, вы можете поехать туда и увидеть его своими глазами.

б) Найдите в тексте ответы на вопросы. 按照課文回答問題。

1. Где нахо́дится го́род Плёс?
2. Э́тот го́род есть на ка́рте ми́ра?
3. Ско́лько лет го́роду Плёсу?
4. Кто жил и рабо́тал в Плёсе?
5. Како́й музе́й есть в э́том го́роде?
6. Почему́ И. И. Левита́н жил и рабо́тал в э́том го́роде?
7. Где ча́сто быва́л А. П. Че́хов и почему́?
8. Почему́ тури́сты и молоды́е худо́жники ча́сто быва́ют в Плёсе?
9. Где лю́бят быва́ть тури́сты в э́том го́роде?
10. А вы хоти́те бо́льше узна́ть об э́том го́роде? Вы хоти́те побыва́ть в э́том го́роде?

Посмотрите таблицу 1. Задайте полные вопросы, используя краткие вопросы из таблицы. 請看表1。按照範例提問。

Образец 範例： Го́род называ́ется Плёс. ⟶ Како́й го́род называ́ется Плёс?
Како́й го́род?

Таблица 1. 表1

① Го́род называ́ется Плёс. **Како́й го́род?** → Э́тот ста́рый го́род называ́ется Плёс. -ый / -ий / -о́й

② Го́рода нет на ка́рте. **Како́го го́рода?** → Э́того ста́рого го́рода нет на ка́рте. -ого / -его

③ Го́роду 500 лет. **Како́му го́роду?** → Э́тому ста́рому го́роду 500 лет. -ому / -ему

④ Худо́жники лю́бят э́тот го́род. **Како́й го́род?** → Э́тот ста́рый го́род лю́бят худо́жники. ④ = ①

⑤ Тури́сты познако́мились с го́родом. **С каки́м го́родом?** → С э́тим ста́рым го́родом познако́мились тури́сты. -ым / -им

⑥ Музе́й нахо́дится в го́роде. **В како́м го́роде?** → В э́том ста́ром го́роде нахо́дится музе́й. -ом / -ем

Вопросы к прилагательным и местоимениям, которые связаны с **неодушевлёнными** существительными мужского и среднего рода в именительном (1) и винительном (4) падежах, одинаковы (*какой? / какое?*). 形容詞、代詞與陽性、中性非動物名詞連用時，第四格與第一格相同。

! **Обратите внимание!** 請注意！ ④ = ①

! **Прилагательные и местоимения среднего рода изменяются так же, как и прилагательные мужского рода. Например: это высокое здание (4=1), этого высокого здания (2), этому высокому зданию (3), рядом с этим высоким зданием (5), в этом высоком здании (6).** 形容詞和代詞的中性各格變化與其陽性各格變化相同。

2 **а)** Задайте вопросы к выделенным словам, чтобы уточнить и расширить информацию (таблица 1 поможет вам). 對粗體詞提問（參考表1）。

В Москве́ рабо́тает **клуб** (молодёжный, спорти́вный).
Ра́ньше здесь не́ было **э́того клу́ба**.
Этому клу́бу то́лько 3 го́да.
Молоды́е лю́ди о́чень лю́бят **э́тот клуб**.
Спортсме́ны заинтересова́лись **э́тим клу́бом**.
В э́том клу́бе занима́ются спо́ртом де́ти и взро́слые.

> 1. како́й...
> 2. како́го...
> 3. како́му...
> 4. како́й...
> 5. каки́м...
> 6. в / о како́м...

б) Заполните свою таблицу (по образцу таблицы 1).
В таблице можно использовать примеры из упр. № 2 (а).
參考表1，自製表格，表格中可以使用第2題（a）的例句。

2. Склонение одушевлённых имён существительных мужского рода с местоимениями и прилагательными
代詞、形容詞與陽性動物名詞連用及各格變化

Посмотрите таблицу 2. Задайте полные вопросы, используя краткие вопросы из таблицы. 請看表2。按照範例提問。

Образец 範例： **Кто?**
Худо́жник жил в Плёсе.
Како́й худо́жник? ⟶ Како́й худо́жник жил в Плёсе?

Таблица 2. 表2

1. **Кто?**
   Худо́жник жил в Плёсе.
   Како́й худо́жник? → **Этот изве́стный худо́жник** жил в Плёсе. | он
   -ый / -ий /-о́й

2. **У кого́?**
   У худо́жника был дом.
   У како́го худо́жника? → **У э́того изве́стного худо́жника** был дом. | у него́
   -ого / -его

3. **Кому́?**
   Худо́жнику нра́вился Плёс.
   Како́му худо́жнику? → **Этому изве́стному худо́жнику** нра́вился Плёс. | ему́
   -ому / -ему

4. **Кого́?**
   Худо́жника зна́ют и лю́бят.
   Како́го худо́жника? → **Этого изве́стного худо́жника** зна́ют и лю́бят. | его́
   -ого / -его

5. **С кем?**
   С худо́жником дружи́л А. П. Че́хов.
   С каки́м худо́жником? → **С э́тим изве́стным худо́жником** дружи́л А. П. Че́хов. | с ним
   -ым / -им

6. **О ком?**
   О худо́жнике мо́жно прочита́ть в энциклопе́дии.
   О како́м худо́жнике? → **Об э́том изве́стном худо́жнике** мо́жно прочита́ть в энциклопе́дии. | о нём
   -ом / -ем

Вопросы к прилагательным и местоимениям, которые связаны с одушевлёнными существительными мужского рода в родительном (2) и винительном (4) падежах, одинаковы (*какого?*). 形容詞、代詞與陽性動物名詞連用時，第四格與第二格相同。

! **Обратите внимание!**
請注意！ ② = ④

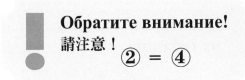

3 **а) Задайте вопросы к выделенным словам, чтобы уточнить и расширить информацию (таблица 2 поможет вам).** 對粗體詞提問（參考表2）。

Этот **арти́ст** рабо́тает в теа́тре (молодо́й, тала́нтливый).

У **э́того арти́ста** мно́го роле́й в теа́тре.

Э́тому арти́сту нра́вится его́ рабо́та.

Э́того арти́ста лю́бят зри́тели.

С **э́тим арти́стом** я познако́мился неда́вно.

Об **э́том арти́сте** я прочита́л в журна́ле.

1. како́й...
2. како́го...
3. како́му...
4. како́го...
5. каки́м...
6. о како́м...

б) Заполните свою таблицу (по образцу таблицы 2.). В таблице можно использовать примеры из упр. № 3 (а).
參考表2，自製表格，表格中可以使用第3題（a）的例句。

3. Склонение имён существительных женского рода с местоимениями и прилагательными
代詞、形容詞與陰性名詞連用及其變化

4 **а) Прочитайте текст и скажите: как называется эта улица? Кто написал о ней книгу?** 讀課文並說一說，這條街叫什麼？誰寫了關於它的書？ ▶ MP3-05

Улица Чи́стые пруды́ — э́то ста́рая у́лица в це́нтре Москвы́. **Эта у́лица** небольша́я, но изве́стная. Исто́рия **э́той небольшо́й моско́вской у́лицы** о́чень интере́сная. Там нахо́дятся ста́рые пруды́. Ра́ньше, три ве́ка наза́д, э́то бы́ли гря́зные пруды́. Но в 1703 (в ты́сяча семьсо́т тре́тьем) году́ Алекса́ндр Ме́ньшиков (секрета́рь ру́сского царя́ Петра́ Пе́рвого) купи́л э́то ме́сто и приказа́л очи́стить пруды́. По́сле э́того лю́ди да́ли **э́той небольшо́й у́лице** назва́ние Чи́стые пруды́.

Москвичи́ хорошо́ зна́ют и лю́бят **э́ту краси́вую у́лицу**. Ле́том **на э́той зелёной у́лице** гуля́ют влюблённые. А зимо́й на пруда́х де́лают като́к, и молодёжь ката́ется здесь на конька́х.

На э́той у́лице нахо́дится изве́стный в Москве́ теа́тр «Совреме́нник». **На э́той у́лице** жил ру́сский писа́тель Юрий Наги́бин. Он написа́л **об э́той у́лице** кни́гу, кото́рая называ́ется «Чи́стые пруды́».

б) Найдите в тексте ответы на вопросы. 按照課文回答問題。

1. Кака́я э́то у́лица? Где она́ нахо́дится?
2. Что вы узна́ли об исто́рии э́той у́лицы?
3. Почему́ лю́ди да́ли э́той у́лице назва́ние Чи́стые пруды́?
4. Кто зна́ет и лю́бит у́лицу Чи́стые пруды́?
5. Где и как отдыха́ют молоды́е лю́ди?
6. Где нахо́дится теа́тр «Совреме́нник»?
7. Каку́ю кни́гу написа́л Юрий Наги́бин? О чём расска́зывает э́та кни́га?

Посмотрите таблицу 3. Задайте полные вопросы, используя краткие вопросы из таблицы. 請看表3。按照範例提問。

Таблица 3. 表3

1. Улица называ́ется Чи́стые пруды́. **Кака́я у́лица?**	→ **Эта моско́вская у́лица** называ́ется Чи́стые пруды́.	она́ **-ая / -яя**
2. Ра́ньше здесь не́ было у́лицы. **Како́й у́лицы?**	→ **Этой моско́вской у́лицы** ра́ньше здесь не́ было.	у неё **-ой / -ей**
3. Улице да́ли назва́ние Чи́стые пруды́. **Како́й у́лице?**	→ **Этой моско́вской у́лице** да́ли назва́ние Чи́стые пруды́.	ей **-ой / -ей**
4. Москвичи́ лю́бят у́лицу. **Каку́ю у́лицу?**	→ **Эту моско́вскую у́лицу** лю́бят москвичи́.	её **-ую / -юю**
5. С у́лицей свя́зана исто́рия го́рода. **С како́й у́лицей?**	→ **С э́той моско́вской у́лицей** свя́зана исто́рия го́рода.	с ней **-ой / -ей**
6. Об э́той у́лице Юрий Наги́бин написа́л кни́гу. **О како́й у́лице?**	→ **Об э́той моско́вской у́лице** Юрий Наги́бин написа́л кни́гу.	о ней **-ой / -ей**

❗ Обратите внимание!
請注意！ -ая / -яя (1)
      -ую / -юю (4)
-ой / -ей (2, 3, 5, 6)

5 **а) Задайте вопросы к выделенным словам, чтобы уточнить и расширить информацию (таблица 3 поможет вам).** 對粗體詞提問（參考表3）。

Мне нра́вится **э́та арти́стка** (изве́стная, ру́сская).
У э́той арти́стки хоро́ший го́лос.
Этой арти́стке 35 лет.
Эту арти́стку вы ви́дели в но́вом фи́льме.
Журнали́ст разгова́ривал **с э́той арти́сткой**.
Он написа́л статью́ об **э́той арти́стке**.

б) Заполните свою таблицу (по образцу таблицы 3). В таблице используйте примеры из упр. 5 (а).
參考表3，自製表格，表格中可以使用第5題（а）的例句。

1. кака́я...
4. каку́ю...
2. како́й...
3. како́й...
5. с како́й...
6. о како́й...

Предложный падеж (6) имён существительных с местоимениями и прилагательными (единственное число)

形容詞、代詞與名詞連用及其
單數第六格

1

о ком? о чём?	о како́м? о како́й?

Ива́н мечта́ет об интере́сном путеше́ствии.

2

где?	в / на како́м? в / на како́й?

Ви́ктор у́чится в Моско́вском университе́те.

3

когда́?	в како́м году́?

В 2006 (две ты́сячи шесто́м) году́ чемпиона́т ми́ра по футбо́лу.

1. Предложный падеж (6). Объект

第六格。表示思維與言語內容

А ты по́мнишь о на́шей пе́рвой встре́че, о на́шем пе́рвом свида́нии, о на́шем пе́рвом поцелу́е?

Он мечта́ет о со́лнечной пого́де, о тёплом мо́ре, о хоро́шем о́тдыхе.

Посмотрите таблицу 4. 請看表4。

а) Задайте полные вопросы (о каком? / о какой?), используйте глаголы из таблицы 4. 使用表4動詞，提出包含 о каком? / о какой? 的完整問題。

Таблица 4. 表4

како́й? (1)	о како́м? (6)		
Мой ста́рый хоро́ший друг.	ду́маю говорю́ расска́зываю	о моём ста́ром хоро́шем	дру́ге	-ом / -ем **-е / -и**
кака́я? (1)	о како́й? (6)		
Моя́ хоро́шая шко́льная подру́га.	по́мню пишу́ вспомина́ю	о мое́й хоро́шей шко́льной	подру́ге	-ой / -ей **-е / -и**

б) Узнайте у своих друзей:

О каком человеке они часто вспоминают? О каком подарке они мечтают? О какой встрече они помнят?

問問您的朋友：他們經常想起誰？他們期望得到什麼禮物？他們還記得哪次會面？

6 а) Восстановите информацию. (Используйте словосочетания справа.)

連詞成句（利用右列的詞組）。

Журна́л «Театра́льная жизнь» пи́шет...	о ру́сской приро́де
Писа́тель И. С. Турге́нев мно́го писа́л...	о большо́й любви́
Телепереда́ча «Му́зыка и мы» рассказывает...	о совреме́нном иску́сстве
	о популя́рной и класси́ческой му́зыке
Фильм «Пе́рвая любо́вь» расска́зывает...	о молодо́й тала́нтливой актри́се
В кни́ге «Москва́ и москвичи́» мо́жно узна́ть...	о большо́м спо́рте
	о совреме́нной семье́
В газе́те «Спорти́вная жизнь» мо́жно прочита́ть...	о ста́рой Москве́
	о но́вом росси́йском ба́нке
Журна́л «Де́ньги» написа́л...	об изве́стном тенниси́сте
Телепереда́ча «Моя́ семья́» рассказа́ла...	о молодо́й интере́сной же́нщине

б) Скажите, какие ваши любимые газеты, журналы, фильмы, передачи, книги. О ком / о чём они рассказывают?

請說出您喜歡的報紙、雜誌、影片、廣播與電視節目、圖書，並敘述其內容。

7 а) Спросите друзей, о ком / о чём сейчас думают, мечтают, вспоминают эти люди? (Используйте словосочетания и образец, данные на с. 12.)

詢問朋友們，這些人在想什麼，期待什麼，回憶什麼（使用第12頁的詞組及範例）。

· но́вая спорти́вная маши́на;

· больша́я до́брая соба́ка;

· тёплая зи́мняя ша́пка;

· изве́стный ру́сский писа́тель Че́хов;

· прести́жная, высокоопла́чиваемая, совреме́нная интере́сная рабо́та;

· совреме́нный компью́тер;

· краси́вое, мо́дное пла́тье;

· ма́ленький, удо́бный дереве́нский дом

Образец 範例 :   — Оле́г, о чём мечта́ет э́тот челове́к в ста́рой маши́не?

              — О маши́не.

              — О како́й маши́не?

              — Он мечта́ет о но́вой дорого́й спорти́вной маши́не.

б) Сделайте подписи к рисункам. Напишите, о ком / о чём думают, мечтают, рассказывают эти люди?

請為每幅畫下標題。寫一寫這些人在想誰（什麼）、期待誰（什麼）、講述誰（什麼）。

8   **О чём вы сейчас думаете, мечтаете? О чём вы мечтали в детстве? Когда учились в школе?** 您現在在想什麼？渴望什麼？您童年時有什麼夢想？您讀中學時有什麼夢想？

9 **Прочитайте микротексты. О чём Жан, Клара, Виктор, Джон расскажут друг другу, если...** 讀短文。讓、克拉拉、維克多、約翰互相講述什麼，如果…… ▶ MP3-06

Неда́вно Жан посмотре́л по телеви́зору но́вый ру́сский сериа́л «Петербу́ргские та́йны». В фи́льме игра́л популя́рный моско́вский актёр Никола́й Кара́ченцев.

Вчера́ Кла́ра была́ в до́ме-музе́е худо́жника В. М. Васнецо́ва в Москве́. Этот изве́стный ру́сский худо́жник жил и рабо́тал там.

В суббо́ту Ви́ктор рабо́тал на компью́тере. Ему́ о́чень понра́вилась но́вая компью́терная програ́мма.

Сего́дня ве́чером Джон верну́лся из пое́здки. Он е́здил отдыха́ть на Байка́л. Байка́л — э́то са́мое глубо́кое о́зеро в ми́ре. Джо́ну о́чень понра́вилась бога́тая приро́да Байка́ла.

10 **Прочитайте названия статей и скажите, о ком / о чём пишут журналисты.**
讀文章標題並說一說，記者寫的是什麼，寫的是誰？ ▶ MP3-07

Интере́сная премье́ра в Ма́лом теа́тре.

Удиви́тельные путеше́ствия на Бе́лое мо́ре, на ру́сский Се́вер.

Бу́дущая звезда́ нау́ки — студе́нтка МГУ На́стя Ефи́менко.

Но́вая кни́га Бори́са Аку́нина — но́вый детекти́в.

Мара́т Са́фин — молодо́й тала́нтливый теннеси́ст.

Информацио́нный сайт МГУ в Интерне́те.

Но́вый но́белевский лауреа́т — фи́зик Жоре́с Алфёров.

Весе́нняя мо́да: после́дняя колле́кция За́йцева.

語法 # Местоимение свой, своя, своё в предложном падеже (6)
物主代詞 свой、своя、своё 的單數第六格

> Не забыва́йте о своём здоро́вье!
> Ка́ждый челове́к до́лжен ду́мать о своём здоро́вье!
> 關注身體，關注健康！

Анто́н не ду́мает о своём здоро́вье.

Ма́ма забо́тится о его́ и её здоро́вье.

Анна ду́мает о своём здоро́вье.

Врач забо́тится о его́ здоро́вье.

Врач забо́тится об их здоро́вье.

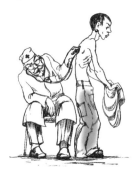

Врач забо́тится о её здоро́вье.

Но бо́льше всего́ врач ду́мает о своём здоро́вье.

Таблица 5. 表5

Это :	▸мой друг ↘моя́ семья́	Я ду́маю :	▸ о своём = о моём дру́ге ↘ о свое́й = о мое́й семье́
Это :	▸твой друг ↘твоя́ семья́	Ты ду́маешь :	▸ о своём = о твоём дру́ге ↘ о свое́й = о твое́й семье́
Это :	▸наш друг ↘на́ша семья́	Мы ду́маем :	▸ о своём = о на́шем дру́ге ↘ о свое́й = о на́шей семье́
Это :	▸ваш друг ↘ва́ша семья́	Вы ду́маете :	▸ о своём = о ва́шем дру́ге ↘ о свое́й = о ва́шей семье́

Это :	▸его́ друг ↘его́ семья́	Он ду́мает :	▸ о своём дру́ге ↘ о свое́й семье́
Это :	▸её друг ↘её семья́	Она́ ду́мает :	▸ о своём дру́ге ↘ о свое́й семье́
Это :	▸их друг ↘их семья́	Они́ ду́мают :	▸ о своём дру́ге ↘ о свое́й семье́

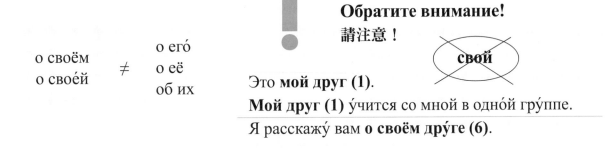

о своём о свое́й	≠	о его́ о её об их

Обратите внимание!
請注意！

~~свой~~

Это **мой друг (1)**.

Мой друг (1) у́чится со мной в одно́й гру́ппе.

Я расскажу́ вам **о своём дру́ге (6)**.

11 **а) Прочитайте микротекст. Скажите, о чём Клара рассказывает маме? О чём рассказывает ей мама?** 讀短文，說一說克拉拉跟媽媽說什麼？而媽媽又跟她說什麼？

▶ MP3-08

Я не люблю́ писа́ть пи́сьма, поэ́тому я ча́сто звоню́ домо́й и расска́зываю о свое́й жи́зни в Москве́, о свое́й учёбе, о своём но́вом дру́ге, о моско́вском университе́те, о на́шем факульте́те. Когда́ я говорю́ с ма́мой, я узнаю́ но́вости о свое́й семье́: о своём отце́, о своём ста́ршем бра́те и о свое́й мла́дшей сестре́. Ма́ма расска́зывает мне о свое́й рабо́те.

б) Скажите, о чём вы пишете в письмах домой, о чём вы спрашиваете?

說一說，您在家書中寫些什麼？詢問些什麼？

12 **О ком или о чём может рассказать человек, который показывает эти фотографии?** 看圖說故事。展示這些照片的人會講述誰或什麼呢？

Посмотри, вот мои фотографии. Это моя семья. А это мой школьный друг (моя школьная подруга, мой первый учитель, мой родной город, моя любимая улица, мой любимый парк, мой дом, моя новая машина...)

13 **Восстановите микротекст. (Используйте местоимения справа.)**
選擇適當的物主代詞填空。

Мой отец работает в банке. Он часто рассказывает мне ... работе, ... банке. Я тоже мечтаю работать в ... банке. Иногда я читаю в газете ... банке.

его
о его
о её
о своём
о своей

Моя бабушка — очень интересный человек.
Она часто вспоминает о ... молодости. Я люблю слушать рассказы о ... жизни и мечтаю написать книгу о ... бабушке.

 語法 **2. Предложный падеж (6). Место** 第六格。表示地點意義

Скажи, в какой руке конфета? В правой или в левой?
— В левой.

Где мои очки?
— Посмотри в правом кармане.

— Интере́сно, в како́й су́мке колбаса́?
— В э́той большо́й су́мке.
— В како́м паке́те молоко́?
— В ма́леньком голубо́м паке́те.

Посмотрите таблицу 6. Узнайте у своих друзей:
В каком доме они живут? На каком этаже? На какой улице?

請看表6，詢問朋友們，他們住在哪棟房子？哪層樓？哪條街上？

Таблица 6. 表6

какой? (1)		в / на каком? (6)	
Вот но́вый дом.	живу́	в э́том но́вом до́ме на пе́рвом этаже́	-ом / -ем
како́е? (1)			
Вот но́вое кафе́.	обе́даю	в но́вом кафе́	**-е / -и**
кака́я? (1)		**в / на како́й? (6)**	
Вот но́вая спорти́вная шко́ла.	рабо́таю	в э́той но́вой спорти́вной шко́ле на Пу́шкинской у́лице	-ой / -ей **-е / -и**

14 **а) Прочитайте микротексты. Скажите, о чём вы узнали? Начните**
предложение так: Я узнал, что ... .

讀短文。說一說您了解了什麼？請以「我了解了……」開始講述。

В э́том прекра́сном австрали́йском го́роде бы́ли ле́тние Олимпи́йские и́гры-2000.

Это дом Пашко́ва. Ра́ньше в э́том ста́ром зда́нии жил о́чень бога́тый челове́к. А сейча́с здесь нахо́дится са́мая больша́я библиоте́ка в Росси́и — Росси́йская Госуда́рственная библиоте́ка.

Это дере́вня Константи́ново. В э́той ма́ленькой дере́вне на реке́ Оке́ роди́лся и вы́рос ру́сский поэ́т Серге́й Есе́нин. Здесь он писа́л стихи́ о ру́сской приро́де.

Это гости́ница «Балчу́г». В э́той совреме́нной, дорого́й моско́вской гости́нице обы́чно живу́т изве́стные поли́тики, бога́тые бизнесме́ны и кинозвёзды.

Это Мане́жная пло́щадь. В свобо́дное вре́мя молодёжь лю́бит встреча́ться в це́нтре Москвы́ на Мане́жной пло́щади.

Это Гео́ргиевский зал в Кремле́. В э́том стари́нном кремлёвском за́ле Президе́нт Росси́и встреча́ет иностра́нные делега́ции.

б) С по́мощью вопро́сов уточни́те по́дписи к фотогра́фиям. Поста́вьте все возмо́жные вопро́сы к ка́ждому те́ксту и зада́йте их друг дру́гу.
讀每幅照片下面的短文，並按照範例提問。

Образец 範例：

Како́й э́то го́род? В како́м го́роде бы́ли Олимпи́йские и́гры-2000? Когда́ бы́ли И́гры-2000?

15

В те́ксте, кото́рый вы бу́дете чита́ть, вы встре́тите но́вые слова́. Познако́мьтесь с ни́ми. Прочита́йте объясне́ния. Постара́йтесь поня́ть но́вые слова́ и выраже́ния. 讀課文，理解新詞語的意義和用法。

1. **подмоско́вный го́род** — го́род недалеко́ от Москвы́, под Москво́й

а) Найди́те ко́рень (о́бщую часть да́нных слов), скажи́те, на каки́е вопро́сы отвеча́ют э́ти слова́: 找出同根詞並提問：
подмоско́вный, Москва́, москви́чка, моско́вский, москви́ч.

б) Соста́вьте словосочета́ния и предложе́ния, испо́льзуя однокоренны́е слова́ из № 1 (а): 用第1題 а)中的同根詞造詞組和句子：

... го́род; ... лес; ... парк; ... дере́вня; ...
проспе́кт; ... худо́жник; краси́вая ...;
знако́мый ... .

... — столи́ца Росси́и.
Мой друг — ... .
Ви́ктор — ... худо́жник.

2.

сочиня́ть I	сочини́ть II	что? (4)
я сочиня́ю	я сочиню́	му́зыку
ты сочиня́ешь	ты сочини́шь	пе́сни
они́ сочиня́ют	они́ сочиня́т	стихи́
сочиня́л (-а, -и)	сочини́л (-а, -и)	

- Моско́вский худо́жник Евге́ний Бачу́рин — о́чень тала́нтливый челове́к. Он не то́лько рису́ет карти́ны, но и пи́шет стихи́, **сочиня́ет** прекра́сную му́зыку и сам поёт свои́ пе́сни.

3.

начина́ть I	нача́ть I	что де́лать?
я начина́ю	я начну́	ходи́ть
ты начина́ешь	ты начнёшь	рисова́ть
они́ начина́ют	они́ начну́т	игра́ть на скри́пке
начина́л (-а, -и)	на́чал (-а́, -и)	
Начина́й(те)!	Начни́(те)!	

- Тенниси́стка Анна Ку́рникова **начала́** игра́ть в те́ннис, когда́ ей бы́ло 5 лет.

4.
ю́ный = о́чень молодо́й;
ю́ноша = молодо́й челове́к;
ю́ность = мо́лодость;
в ю́ности = в мо́лодости =
когда́ был молодо́й

- **Ю́ный** компози́тор сочиня́л му́зыку, когда́ ему́ бы́ло 5 лет.
- **Ю́ноша!** Помоги́те, пожа́луйста, откры́ть дверь.
- **В ю́ности** он хорошо́ рисова́л.

5.

ско́лько лет?	когда́?
4 го́да	в 4 го́да
5 лет	в 5 лет

- Вади́м на́чал игра́ть на скри́пке **в 4 го́да**. = Когда́ Вади́му бы́ло **4 го́да**, он на́чал игра́ть на скри́пке.

16 а) Прочита́йте текст. Скажи́те, что лю́бит де́лать Вася?

讀課文。說一說瓦夏喜歡做什麼？ ▶ MP3-09

Вундерки́нды

Оля З. живёт в **небольшо́м подмоско́вном го́роде**. Оля пи́шет пе́сни. Она́ сочиня́ет не то́лько му́зыку, но и стихи́. В 4 го́да она́ написа́ла 103 пе́сни и начала́ писа́ть о́перу.

Мура́т М. на́чал выступа́ть в ци́рке, когда́ ему́ бы́ло то́лько 4 го́да. В 6 лет он уже́ выступа́л **на Междунаро́дном ко́нкурсе «Де́тский цирк» в италья́нском го́роде Веро́не**. Он са́мый ма́ленький кло́ун в ми́ре.

На́стя Ф. живёт **в украи́нском го́роде** Доне́цке. Она́ о́чень ра́но начала́ фотографи́ровать. Когда́ ей бы́ло 2 го́да, её фотогра́фии бы́ли **на Междунаро́дной фотовы́ставке в Герма́нии**. А в 3 го́да у На́сти уже́ была́ персона́льная фотовы́ставка. **На э́той вы́ставке** бы́ли все её рабо́ты.

Мария́м Н. начала́ рисова́ть в 3 го́да. Де́вочка слу́шала ска́зки и рисова́ла. Карти́ны Мария́м бы́ли **на Междунаро́дной вы́ставке** не то́лько в Москве́, но и в Нью-Йо́рке. Все газе́ты писа́ли **о ю́ной тала́нтливой худо́жнице**.

Лили́т М. живёт в Ерева́не. Ей 4 го́да. Она́ поёт пе́сни не то́лько **на родно́м языке́**, но и **на англи́йском, францу́зском, италья́нском...** Она́ поёт всё, да́же «Ave Maria» Шу́берта. На вопро́с: «Ты уже́ у́чишься в шко́ле?» Лили́т о́чень серьёзно отвеча́ет: «Нет. Я рабо́таю в **Ерева́нской консервато́рии**».

Вади́м Р. из го́рода Новосиби́рска на́чал занима́ться му́зыкой, когда́ ему́ бы́ло 4 го́да, а в 5 лет он уже́ учи́лся **в музыка́льной шко́ле**. Он игра́л на скри́пке 7–8 часо́в ка́ждый день.

А вот мой сосе́д Ва́ся — удиви́тельный ма́льчик. Ему́ 5 лет. Он не сочиня́ет симфо́нии, не пи́шет о́перы, не игра́ет на скри́пке, не поёт Шу́берта, не пи́шет стихи́ и рома́ны, не выступа́ет в ци́рке, не изуча́ет иностра́нные языки́, не занима́ется матема́тикой, не игра́ет в ша́хматы. Он игра́ет в футбо́л, гуля́ет с соба́кой, смо́трит мультфи́льмы, игра́ет в компью́терные и́гры...

б) Отве́тьте на вопро́сы. 回答問題。

1. Когда́ Оля начала́ писа́ть о́перу?
2. Как зову́т са́мого ма́ленького кло́уна?
3. Когда́ у На́сти была́ персона́льная вы́ставка?
4. Как зову́т ю́ную худо́жницу?
5. На како́м языке́ поёт Лили́т?
6. Чем занима́ется Вади́м?

в) Поста́вьте вопро́сы к вы́деленным в те́ксте слова́м. 對課文中的粗體詞提問。

г) Скажи́те. 說一說。

1. Как вы по́няли назва́ние те́кста?
2. Что интере́сного вы узна́ли об э́тих де́тях (Оле, Мура́те, На́сте...)?
3. Кто вам понра́вился бо́льше всего́? Кто вас удиви́л бо́льше всего́? Расскажи́те об э́том ребёнке.
4. Есть ли вундерки́нды в ва́шей стране́? Расскажи́те о них.

д) Расскажи́те о себе́. 說說自己。

1. Чем вы люби́ли занима́ться в де́тстве, когда́ бы́ли ма́ленькими?
2. Вы уме́ете рисова́ть, фотографи́ровать, петь, ката́ться на велосипе́де, игра́ть в ша́хматы?
3. Вы сочиня́ете му́зыку, пе́сни, стихи́?
4. Когда́ вы на́чали рисова́ть, фотографи́ровать, петь, игра́ть в ша́хматы...?

17 **а) Прослушайте диалоги и скажите, какие проблемы хотят решить люди, которые разговаривают?** 聽對話，說一說這些說話的人想解決什麼問題？ ▶ МР3-10

— Здра́вствуйте!
— Здра́вствуйте! Что вы хоти́те?
— Я хочу́ поменя́ть ко́мнату. Сейча́с я живу́ в большо́й и шу́мной ко́мнате.
— А в како́й ко́мнате вы хоти́те жить, на како́м этаже́?
— В ма́ленькой и ти́хой ко́мнате на тре́тьем этаже́.

купи́ть / снять кварти́ра в но́вом до́ме, но́мер в гости́нице

— Джон, я хочу́ пое́хать в Аме́рику. Где мо́жно получи́ть ви́зу?
— В америка́нском посо́льстве.
— А где оно́ нахо́дится?
— На Садо́вом кольце́. Есть така́я у́лица в Москве́.

Кита́й — кита́йское посо́льство — Ломоно́совский проспе́кт; Шве́ция — шве́дское посо́льство — Мосфи́льмовская у́лица; Ира́н — ира́нское посо́льство — у́лица Чи́стые пруды́

— Что вы хоти́те, молодо́й челове́к?
— Я студе́нт. Я хочу́ порабо́тать в кани́кулы. Что вы мо́жете посове́товать мне?
— Вы мо́жете порабо́тать официа́нтом в молодёжном кафе́.

курье́р — рекла́мное аге́нтство корреспонде́нт — молодёжный журна́л секрета́рь — туристи́ческая фи́рма

— Ива́н, в кани́кулы я хочу́ пое́хать в Петербу́рг. Ты не зна́ешь, где мо́жно купи́ть биле́т?
— Коне́чно, на вокза́ле.
— На како́м?
— На Ленингра́дском.

Ки́ев — Ки́евский вокза́л Каза́нь — Каза́нский вокза́л Яросла́вль — Яросла́вский вокза́л

— Ви́ктор, я хочу́ пригласи́ть Ма́рту в рестора́н. Ты не зна́ешь, в како́м рестора́не мо́жно хорошо́ и недо́рого поу́жинать?
— В рестора́не «Ёлки-па́лки» на Тверско́й у́лице.

посмотре́ть / послу́шать кинотеа́тр, теа́тр, музе́й, вы́ставка

— Оле́г, что ты чита́ешь?
— Газе́ту «Из рук в ру́ки», хочу́ снять кварти́ру.
— Где, в како́м райо́не?
— В но́вом райо́не, о́коло метро́.

ко́мната, о́фис

б) Составьте аналогичные диалоги (используйте материал, данный справа).
利用右欄單詞或詞組仿造對話。

— На како́м этаже́ мы бу́дем жить?
— На шесто́м.
— А в како́й кварти́ре?
— В два́дцать пя́той.

Скажите, в каком доме, на каком этаже, в какой комнате (квартире) вы живёте? 說一說，您住在哪一棟樓，哪一層，哪個房間。

На како́м этаже́ (ме́сте)?	В како́й кварти́ре?
на пе́рвом	в пе́рвой
на второ́м	во второ́й
на тре́тьем	в тре́тьей
на четвёртом	в четвёртой
на оди́ннадцатом	в оди́ннадцатой
на два́дцать пя́том	в два́дцать пя́той

18 **а) Спросите, где находится нужный вам объект?**
詢問您要找的地方在哪裡。

Образец 範例：

— Скажи́те, пожа́луйста, на
  како́м этаже́ нахо́дится банк?
— На тре́тьем. Банк нахо́дится
  на тре́тьем этаже́.
— Спаси́бо.

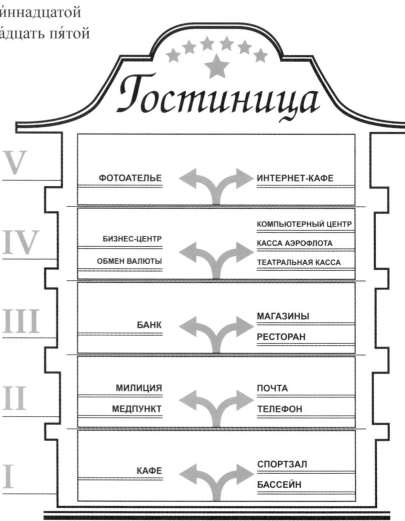

Гости́ница

V	ФОТОАТЕЛЬЕ	ИНТЕРНЕТ-КАФЕ
IV	БИЗНЕС-ЦЕНТР / ОБМЕН ВАЛЮТЫ	КОМПЬЮТЕРНЫЙ ЦЕНТР / КАССА АЭРОФЛОТА / ТЕАТРАЛЬНАЯ КАССА
III	БАНК	МАГАЗИНЫ / РЕСТОРАН
II	МИЛИЦИЯ / МЕДПУНКТ	ПОЧТА / ТЕЛЕФОН
I	КАФЕ	СПОРТЗАЛ / БАССЕЙН

б) Уточните, где находится то место, которое вам нужно, и объясните, что вы хотите сделать. 確認一下您要找的地方在哪裡，並解釋您想做什麼。

Образец 範例:
— Ви́ктор, ты не зна́ешь, би́знес-центр на тре́тьем этаже́? Я хочу́ посла́ть факс.
— Нет, би́знес-центр на четвёртом этаже́. Я был там неда́вно.

в) Расскажите, что и где находится в университете, в общежитии.
說一說您的學校和宿舍內有什麼、位於哪裡。

г) Спросите, где можно позвонить (поменять деньги, купить билет на самолёт, послать открытку, сфотографироваться...)?
問一問在哪裡可以打電話（換錢、買機票、寄明信片、照相等）。

19

РАСПИСАНИЕ		
Предметы	**Аудитория**	
	Этаж	
Ру́сский язы́к	II	15
Матема́тика	III	36
Биоло́гия	V	52
Литерату́ра	IV	45
Фи́зика	II	21
Хи́мия	VI	64
Исто́рия	II	19

а) У вас новое расписание. Скажите другу, в какой аудитории и на каком этаже вы будете заниматься. 您有新課表。
告訴同學，你們要在哪間教室、哪層樓上課。

б) Скажите, в какой аудитории и на каком этаже занимается ваша группа.
說一說你們班在哪間教室、哪層樓上課。

в) Спросите, где занимается ваш друг.
問一問您的朋友在哪裡學習。

20 **а) Прослушайте диалоги. Как вы думаете, где они происходят?**
聽對話。您認為這些事是在哪裡發生的？ ▶ MP3-11

— Скажи́те, пожа́луйста, в како́й аудито́рии сего́дня матема́тика?
— В 49 аудито́рии.
— А на како́м этаже́ нахо́дится э́та аудито́рия?
— На четвёртом.

— Ты не зна́ешь, како́е сего́дня дома́шнее зада́ние?
— На́до прочита́ть текст и написа́ть упражне́ние.
— На како́й страни́це текст?
— На 108.
— А упражне́ние?
— На 112.

— Скажи́те, пожа́луйста, в како́м кабине́те рабо́тает врач-хиру́рг?
— В 23.
— А на како́м этаже́ нахо́дится э́тот кабине́т?
— На второ́м.
— Спаси́бо.

— Извини́те, мне ну́жно метро́ «Университе́т». На како́й остано́вке мне ну́жно выходи́ть?
— На сле́дующей.
— Спаси́бо.

— Вы не зна́ете, где здесь библиоте́ка?
— Коне́чно, зна́ю, на пе́рвом этаже́.
— Спаси́бо.

— Я хочу́ узна́ть но́вое расписа́ние. Где его́ мо́жно посмотре́ть?
— На второ́м этаже́.
— Спаси́бо.

б) Скажите, что вы узнали из этих диалогов? (Составьте аналогичные диалоги.) 說一說從這些對話中您了解了什麼，並編對話。

3. Предложный падеж (6).
Время 第六格。表示時間意義

Мо́жет быть, в э́том ве́ке челове́к бу́дет жить не то́лько на Земле́, но и на Луне́.

Посмотрите таблицу 7 и прочитайте диалоги после таблицы. Как вы ответите на эти вопросы? 請看表7並朗讀表格下方的對話。您如何回答這些問題？

Таблица 7. 表7

Когда́? (6)		
(год)	(ме́сяц)	(неде́ля)
в э́том / том году́	в э́том / том ме́сяце	на э́той / той неде́ле
в про́шлом году́	в про́шлом ме́сяце	на про́шлой неде́ле
в бу́дущем / сле́дующем году́	в бу́дущем / сле́дующем ме́сяце	на бу́дущей / сле́дующей неде́ле

— В како́м году́ вы родили́сь?
— Я роди́лся в 1985 (ты́сяча девятьсо́т во́семьдесят пя́том) году́.

— В како́м ме́сяце вы родили́сь?
— В январе́.

— Когда́ у вас был день рожде́ния?
— На про́шлой неде́ле.

— Когда́ вы прие́хали в Росси́ю?
— Я прие́хал в 2004 (две ты́сячи четвёртом) году́.

21 **а) Посмотрите на фотографии, прочитайте микротексты и скажите, что вы узнали об этих людях.** 看照片，讀短文並說一說，關於這些人您了解了什麼。

Образец 範例 : Я узна́л, что М. В. Ломоно́сов роди́лся в 1711 году́ (в ты́сяча семьсо́т оди́ннадцатом году́), а у́мер в 1765 году́ (в ты́сяча семьсо́т шестьдеся́т пя́том году́). Он был...

1711–1765 гг.

Михаи́л Васи́льевич Ломоно́сов — учёный, поэ́т, худо́жник, исто́рик, пе́рвый ру́сский акаде́мик. Ломоно́сов на́чал учи́ться в 1731 году́, когда́ ему́ бы́ло 19 лет. А в 1735 году́ он уже́ око́нчил шко́лу и на́чал учи́ться в Петербу́ргском университе́те. В 1755 году́ Ломоно́сов основа́л Моско́вский университе́т.

умере́ть I (CB)
у́мер (-ла́, -ли)

1828–1910 гг.

Лев Никола́евич Толсто́й — вели́кий ру́сский писа́тель. Толсто́й на́чал писа́ть свой са́мый изве́стный рома́н «Война́ и мир» в 1863 (ты́сяча восемьсо́т шестьдеся́т тре́тьем) году́, а ко́нчил писа́ть рома́н в 1869 году́. Он писа́л э́тот знамени́тый рома́н шесть лет.

конча́ть I	ко́нчить II	что де́лать?
я ко́нчу		писа́ть
ты ко́нчишь		
они́ ко́нчат		
ко́нчил (-а, -и)		

1934–1968 гг.

Ю́рий Алексе́евич Гага́рин — пе́рвый в ми́ре космона́вт. В 1961 году́ в апре́ле Гага́рин полете́л в ко́смос.

лете́ть II	полете́ть II	куда́? (4)
я лечу́	полечу́	в ко́смос
ты лети́шь	полети́шь	
они́ летя́т	полетя́т	
лете́л (-а, -и)	полете́л (-а, -и)	

1963 г.

Га́рри Каспа́ров — росси́йский шахмати́ст, чемпио́н ми́ра. В 1985 году́ он в пе́рвый раз вы́играл чемпиона́т ми́ра по ша́хматам. Вот уже́ 16 лет Каспа́ров — са́мый си́льный шахмати́ст ми́ра.

игра́ть I	вы́играть I	что? (4)
	я вы́играю	ко́нкурс
	ты вы́играешь	
	они́ вы́играют	
	вы́играл (-а, -и)	

б) Напишите вопросы, которые помогут вам уточнить даты событий в текстах. 按照範例對上述短文提問。

Образец 範例 : В како́м году́ роди́лся М. В. Ломоно́сов?
Когда́ он на́чал учи́ться?

22 **Расскажите о себе.** 說說自己。

1. Когда́ (в како́м ме́сяце, в како́м году́) вы родили́сь?
2. Когда́ роди́лся ваш оте́ц (мать, брат, сестра́)?
3. Когда́ (в како́м году́) вы на́чали учи́ться в шко́ле?
4. Когда́ (в како́м году́) вы око́нчили шко́лу?
5. Когда́ вы на́чали учи́ться в университе́те?
6. Когда́ вы на́чали изуча́ть иностра́нный язы́к?
7. Когда́ вы прие́хали в Росси́ю?
8. Когда́ вы око́нчите университе́т?
9. Когда́ вы начнёте рабо́тать?

что? (4)
ко́нчить
око́нчить   институ́т
зако́нчить   шко́лу

23 **а) У Влади́мира есть сайт (страни́чка) в Интерне́те. Прочита́йте, что он написа́л о себе́.** 弗拉基米爾有自己的網頁，了解一下他的情況。

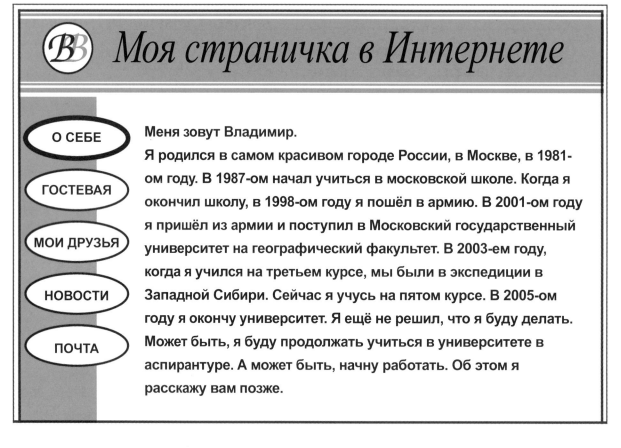

Моя страничка в Интернете

О СЕБЕ

ГОСТЕВАЯ

МОИ ДРУЗЬЯ

НОВОСТИ

ПОЧТА

Меня зовут Владимир.

Я родился в самом красивом городе России, в Москве, в 1981-ом году. В 1987-ом начал учиться в московской школе. Когда я окончил школу, в 1998-ом году я пошёл в армию. В 2001-ом году я пришёл из армии и поступил в Московский государственный университет на географический факультет. В 2003-ем году, когда я учился на третьем курсе, мы были в экспедиции в Западной Сибири. Сейчас я учусь на пятом курсе. В 2005-ом году я окончу университет. Я ещё не решил, что я буду делать. Может быть, я буду продолжать учиться в университете в аспирантуре. А может быть, начну работать. Об этом я расскажу вам позже.

б) Какую информацию о Владимире вы узнали из Интернета?
從網頁中您了解了弗拉基米爾哪些情況？

в) Откройте свой сайт (свою страничку) в Интернете. Что вы уже можете рассказать о себе? 請在自己的網頁上自我介紹一下。

Сложное предложение (который, которая, которое, которые) (1)
帶 **который**、**которая**、**которое**、 **которые**的複合句

Прочитайте предложения и объясните, почему изменяется форма слова который? 讀句子，並注意который的用法。

Это **мой друг**. 　　**Он** живёт в Москве́.

какой друг?

Это **мой друг**, **кото́рый** живёт в Москве́.

Это **моя́ подру́га**. 　　**Она́** живёт в Москве́.

кака́я подру́га?

Это **моя́ подру́га**, **кото́рая** живёт в Москве́.

Это **мои́ друзья́**. 　　**Они́** живу́т в Москве́.

каки́е друзья́?

Это **мои́ друзья́**, **кото́рые** живу́т в Москве́.

Мне о́чень нра́вится **ма́ленькое кафе́**. 　　**Оно́** нахо́дится о́коло до́ма.

како́е кафе́?

Мне о́чень нра́вится **ма́ленькое кафе́**, **кото́рое** нахо́дится о́коло до́ма.

Мне нра́вится **ста́рый парк**, **кото́рый** нахо́дится о́коло до́ма.

Мне о́чень нра́вится **моско́вская у́лица**, **кото́рая** называ́ется Чи́стые пруды́.

Вундерки́нды — э́то **де́ти**, **кото́рые** де́лают что-то необы́чное, удиви́тельное.

24 **Составьте сложное предложение (соедините части А и Б). Поставьте вопросы к выделенным словам в части А.** 連接А與Б並造句。對А部分的粗體詞提問。

А

Это мой **друг**,
У меня́ нет **дру́га**,
Я ча́сто звоню́ **дру́гу**,
Я ча́сто ви́жу **дру́га**,
Неда́вно я встреча́лся **с дру́гом**,
Я хочу́ рассказа́ть **о дру́ге**,

Б

кото́рый у́чится в университе́те.

А

Мне нра́вится **подру́га**,
Я получи́л письмо́ **от подру́ги**,
Я подари́л цветы́ **подру́ге**,
Я о́чень люблю́ **подру́гу**,
Я ча́сто сове́туюсь **с подру́гой**,
Я написа́л роди́телям **о подру́ге**,

Б

кото́рая у́чится вме́сте со мной.

25 **Составьте сложное предложение (соедините части А и Б). Поставьте вопросы к выделенным словам.** 連接А與Б並造句。對畫線部分提問。

Образец 範例： Друг, ..., присла́л Ви́ктору письмо́.

Како́й друг присла́л Ви́ктору письмо́?

Друг, кото́рый живёт в друго́м го́роде, присла́л Ви́ктору письмо́.

А

1. Газе́та, ..., мне о́чень нра́вится.

2. Цветы́, ..., сто́ят о́чень до́рого.

3. Общежи́тие, ..., о́чень удо́бное.

4. Мой сосе́д, ..., рассказа́л мне об э́том го́роде.

5. Друг, ..., присла́л Ви́ктору письмо́.

6. Изве́стная арти́стка, ..., вчера́ выступа́ла по телеви́зору.

Б

кото́рое нахо́дится о́коло метро́.

кото́рая называ́ется «Моя́ семья́»

кото́рый был на экску́рсии в Петербу́рге

кото́рые нра́вятся мое́й де́вушке

кото́рая неда́вно прие́хала в на́шу страну́

кото́рый живёт в друго́м го́роде

26 Передайте информацию одним предложением.
(Используйте слова который, которая, которое, которые.)
将兩個簡單句組成一個帶который的複合句。

1. У меня́ есть **друг**. **Мой друг** сейча́с то́же у́чится в Москве́.
2. Студе́нтки обы́чно за́втракают **в ма́леньком недорого́м кафе́**. **Оно́** им о́чень нра́вится.
3. Мой брат живёт **на Тверско́й у́лице**. **Эта у́лица** нахо́дится в це́нтре Москвы́.
4. Вчера́ Ви́ктор рассказа́л нам **о но́вом фи́льме**. **Этот фильм** называ́ется «Восто́к-За́пад».
5. У меня́ есть **симпати́чная ко́шка и у́мная соба́ка**. **Они́** о́чень дру́жат.
6. Вчера́ Кла́ра была́ в но́вом **общежи́тии**. **Это общежи́тие** ей не понра́вилось.
7. Ве́чером мне позвони́ли **ста́рые друзья́**. **Они́** неда́вно верну́лись из Евро́пы.
8. Познако́мьтесь! Это **моя́ учи́тельница**. **Она́** посове́товала мне поступи́ть на физи́ческий факульте́т.

 語法 # Сложное предложение со словом «который» в предложном падеже (6)
который 第六格形式的複合句

Прочитайте предложения и объясните, почему изменяется форма слова который? 讀句子，並注意который的用法。

Это **институ́т (1)**.   **В э́том институ́те (6)** у́чатся мои́ друзья́.

како́й институ́т?

Это **институ́т**, **в кото́ром** у́чатся мои́ друзья́.

А вот **моя́ шко́ла (1)**.   **В э́той шко́ле (6)** я учи́лся 10 лет.

кака́я шко́ла?

А вот **моя́ шко́ла**, **в кото́рой** я учи́лся 10 лет.

Вот Большо́й **теа́тр, в кото́ром** рабо́тают изве́стные арти́сты.

Мой брат рабо́тает в **Ма́лом теа́тре, в кото́ром** мы неда́вно смотре́ли спекта́кль.

В сентябре́ в Москве́ начала́ рабо́тать **вы́ставка, о кото́рой** я написа́л статью́ в газе́ту.

27 **Составьте сложное предложение (соедините части А и Б). Поставьте вопросы к выделенным словам.** 連接А與Б並造句。對畫線部分提問。

А

1. Вот дом.
   Я живу́ в до́ме, ...

2. Это у́лица.
   Я гуля́ла по у́лице, ...

3. Это ста́рая шко́ла.
   Я рабо́таю в шко́ле, ...

4. Это стадио́н.
   Я был на стадио́не, ...

5. Это ма́ленькое о́зеро.
   Я был на о́зере, ...

6. Познако́мьтесь, это моя́ подру́га.
   Мне нра́вится подру́га, ...

7. Это мой брат.
   Вот фотогра́фия бра́та, ...

8. Вот кафе́.
   Я люблю́ кафе́, ...

Б

на кото́ром мы ча́сто игра́ем в футбо́л.

о кото́ром я вам расска́зывал.

в кото́ром жи́ли мои́ роди́тели.

о кото́рой я вам писа́ла.

на кото́рой живёт моя́ подру́га.

в кото́ром мы ча́сто пьём ко́фе.

в кото́рой я учи́лся.

в кото́ром мно́го ры́бы.

28 **В тексте, который вы будете читать, вы встретите новые слова. Познакомьтесь с ними (проверьте в словаре, правильно ли вы поняли их).** 讀課文，查辭典檢驗是否正確理解了新詞語的意義和用法。

1.

иска́ть I (НСВ)	найти́ I (СВ)	кого́? что? (4)
я ищу́	я найду́	дру́га
ты и́щешь	ты найдёшь	подру́гу
они́ и́щут	они́ найду́т	друг дру́га
иска́л (-а, -и)	нашёл, нашла́ (-и́)	докуме́нты
Ищи́(те)!	Найди́(те)!	ключи́

· Молодо́й челове́к хоте́л **найти́** де́вушку, кото́рая ему́ о́чень понра́вилась. Он до́лго **иска́л** её, но не **нашёл**, потому́ что не знал её а́дрес. То́лько телепереда́ча «Жди меня́» помогла́ ему́ **найти́** э́ту де́вушку в друго́м го́роде.

· Когда́ я прие́хал в незнако́мый го́род, я о́чень до́лго **иска́л** гости́ницу.
· Совреме́нный компью́тер о́чень бы́стро мо́жет **найти́** ну́жную информа́цию.
· Мне нра́вится ру́сская посло́вица: «Нет дру́га — **ищи́**, а **найдёшь** — береги́».

2.

возвраща́ться I	верну́ться I	куда́? (4)	отку́да? (2)
я возвраща́юсь	я верну́сь	на ро́дину	из Москвы́
ты возвраща́ешься	ты вернёшься		
они́ возвраща́ются	они́ верну́тся		
возвраща́лся (-лась, -лись)	верну́лся (-лась, -лись)		
Возвраща́йся!	Верни́сь!		
Возвраща́йтесь!	Верни́тесь!		

· Неда́вно я была́ в Санкт-Петербу́рге. Туда́ я е́хала на по́езде, а **возвраща́лась** домо́й на самолёте.

· В суббо́ту у́тром мой друзья́ пое́дут отдыха́ть за́ город, а **верну́тся** в воскресе́нье ве́чером.

3.

замеча́ть I	заме́тить II	кого́? что? (4)
я замеча́ю	я заме́чу (т/ч)	де́вушку
ты замеча́ешь	ты заме́тишь	ошибку
они́ замеча́ют	они́ заме́тят	
замеча́л (-а, -и)	заме́тил (-а, -и)	
	Заме́ть! Заме́тьте!	

· Анто́н бы́стро прочита́л дома́шнее зада́ние и не **заме́тил** оши́бку.

· На ве́чере Васи́лий **заме́тил** симпати́чную де́вушку, кото́рая пришла́ с подру́гой.

· Молоды́е лю́ди разгова́ривали и **не заме́тили**, что прие́хали на коне́чную остано́вку.

29 а) Прочитайте текст и скажите, встретились ли герои этого текста?

讀課文並說一說，這篇課文的主角們是否見面了。 ▶ MP3-12

В понеде́льник в 19.00 по телеви́зору мо́жно посмотре́ть переда́чу «Жди меня́». В э́той популя́рной телевизио́нной переда́че лю́ди и́щут друг дру́га.

В после́дней переда́че выступа́л молодо́й челове́к. Он сказа́л, что его́ зову́т Влади́мир, что он у́чится в Моско́вском вое́нном институ́те на тре́тьем ку́рсе. Ле́том он отдыха́л в Со́чи на Чёрном мо́ре. Когда́ он возвраща́лся из Со́чи в Москву́, в

по́езде он познако́мился с де́вушкой. Они́ е́хали в одно́м ваго́не и всю доро́гу разгова́ривали. Они́ говори́ли о жи́зни, о любви́, о му́зыке, об учёбе, о бу́дущем...

Ему́ о́чень понра́вилась э́та де́вушка, понра́вились её мы́сли и слова́. Это была́ любо́вь с пе́рвого взгля́да. Они́ до́лго говори́ли и не заме́тили, что по́езд уже́ прие́хал в её родно́й го́род Воро́неж. Вре́мени бы́ло о́чень ма́ло. По́езд стоя́л там то́лько 5 мину́т. Де́вушка взяла́ свои́ ве́щи и бы́стро вы́шла из по́езда. Они́ да́же не успе́ли сказа́ть друг дру́гу «до свида́ния»...

Когда́ Влади́мир прие́хал домо́й, он по́нял, что лю́бит э́ту де́вушку и хо́чет найти́ её. Но как? Ведь он да́же не узна́л её а́дрес! Тогда́ он позвони́л в переда́чу «Жди меня́», потому́ что э́та переда́ча помога́ет лю́дям найти́ друг дру́га, и сказа́л, что он и́щет де́вушку. Э́то удиви́тельная де́вушка. У неё о́чень краси́вое и́мя — Улья́на. Он рассказа́л всё, что знал о ней: он сказа́л, что она́ студе́нтка, у́чится в Педагоги́ческом институ́те на второ́м ку́рсе, что она́ живёт в Воро́неже. Но он не мо́жет найти́ её в э́том большо́м го́роде, потому́ что не узна́л её а́дрес и не зна́ет, на како́й у́лице и в како́м до́ме она́ живёт.

По́сле э́той переда́чи Влади́мир был уве́рен, что де́вушка позвони́т ему́ на телеви́дение. Всё вре́мя он ду́мал об э́той удиви́тельной де́вушке и ждал её звонка́. Он ждал день, неде́лю, ме́сяц, но никто́ не звони́л ему́.

А в э́то вре́мя тележурнали́ст пое́хал в Воро́неж. Он не сра́зу нашёл Улья́ну, потому́ что в Педагоги́ческом институ́те в Воро́неже у́чатся две Улья́ны. Пе́рвая де́вушка не могла́ е́хать с Влади́миром в одно́м по́езде из Со́чи, потому́ что ле́том она́ отдыха́ла в Сиби́ри на Байка́ле. А втора́я де́вушка, действи́тельно, отдыха́ла ле́том на Чёрном мо́ре в Со́чи и возвраща́лась домо́й на по́езде. Тележурнали́ст хоте́л встре́титься и поговори́ть с ней, поэ́тому он пое́хал к ней домо́й. Но Улья́ны не́ было до́ма, и он поговори́л с её ма́мой.

Ма́ма Улья́ны о́чень удиви́лась, когда́ уви́дела журнали́ста из Москвы́ и узна́ла, что он и́щет её дочь. Она́ сказа́ла, что Улья́на — о́чень серьёзная де́вушка и у неё уже́ есть молодо́й челове́к. Его́ зову́т Влади́мир. ...И ма́ма рассказа́ла, что Улья́на познако́милась с ним ле́том, когда́ возвраща́лась из Со́чи домо́й. Они́ е́хали вме́сте в одно́м по́езде и в одно́м ваго́не, они́ разгова́ривали всю доро́гу и о́чень понра́вились друг дру́гу. Влади́мир о́чень хоро́ший па́рень, у́чится в вое́нном институ́те, бу́дет офице́ром. Он живёт в Москве́. Но вот беда́, Улья́на не мо́жет найти́ его́, потому́ что не зна́ет, где, на како́й у́лице и в како́м до́ме он живёт. Она́ о́чень лю́бит и ждёт его́.

И тогда́ тележурнали́ст пригласи́л Улья́ну и Влади́мира на переда́чу «Жди меня́». Так молоды́е лю́ди, кото́рые познако́мились в по́езде, наконе́ц, встре́тились.

б) Вы́берите назва́ние те́кста, кото́рое вам нра́вится. Объясни́те, почему́ вы хоти́те дать те́ксту э́то назва́ние. 選擇您喜歡的課文標題。請說明為什麼您想為課文下這個標題。

«Жди меня́»

«Встре́ча в по́езде»

«Исто́рия любви́»

«Любо́вь с пе́рвого взгля́да»

в) Ответьте на вопросы. 回答問題。

1. Что вы узнали о Владимире?
2. Что вы узнали об Ульяне?
3. Что Владимир рассказал журналисту?
4. Что Ульяна рассказала маме?

г) Как эту историю расскажет Владимир (Ульяна, её мама, журналист)? Как вы думаете, чем кончилась эта история?
弗拉基米爾（烏莉婭娜、她的媽媽、記者）會如何講述這個故事？您認為故事的結局是什麼？

30 **Передайте информацию одним предложением. (Используйте слова в / на / о котором / которой.)** 按照範例把下列簡單句變成帶 который 第六格形式的複合句。

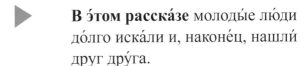

Образец 範例: Я прочитал **рассказ.** ▶ **В этом рассказе** молодые люди долго искали и, наконец, нашли друг друга.

▼

Я прочитал рассказ, **в котором** молодые люди долго искали и, наконец, нашли друг друга.

1. Тележурналист искал **девушку.** ▶ **Об этой девушке** ему рассказал Владимир.
2. Журналист приехал в **институт.** ▶ **В этом институте** училась Ульяна.
3. Владимир не знал название **улицы.** ▶ **На этой улице** жила Ульяна.
4. «Жди меня» — это **телепередача.** ▶ **В этой телепередаче** люди ищут друг друга.
5. Ульяна не знала номер **дома.** ▶ **В этом доме** живёт Владимир.

Домашнее задание 家庭作業

1 **Задайте вопросы к выделенным словам и заполните свою таблицу (по образцу таблицы 1 на стр. 5).** 對粗體詞提問（參考第5頁表1並自製表格）。

Сегодня по телевизору **новый интересный фильм.** Вчера по телевизору не было **этого нового интересного фильма.** На кинофестивале **этому новому интересному фильму** дали приз. Я уже посмотрел **этот новый интересный фильм.** Режиссёр поехал на Международный кинофестиваль **с этим новым интересным фильмом.** В газете была статья **об этом новом интересном фильме.**

2 **Откройте стр. 6, таблицу 2. Составьте свой микротекст, используйте словосочетание** этот известный русский писатель **в разных падежах.**
用「這位知名俄羅斯作家」的各格形式編寫短文（參考第6頁表2）。

3 Откройте стр. 8, таблицу 3. Составьте свой микротекст, используйте словосочетание эта молодая талантливая спортсменка в разных падежах.
用「這位年輕有天分的女運動員」的各格形式編寫短文（參考第8頁表3）。

4 Вернитесь к тексту «Вундеркинды», упр. № 16 (а) на стр. 19. Напишите, о ком вы узнали. Измените предложения, используйте слова который, которая, которые. 複習第19頁第16題（а）課文〈神童們〉。轉述課文。按照範例把簡單句變成複合句。

Образец 範例 : Я прочитал(а) текст о маленькой девочке Оле, **которая** живёт в небольшом подмосковном городе, **которая** пишет песни, **которая** сочиняет не только музыку, но и стихи, **которая** написала 103 песни и начала писать оперу.

5 Вспомните текст «Жди меня», упр. № 29 (а) на стр. 31. Восстановите информацию. 複習第31頁第29題（а）課文〈等我〉。續寫以下句子。

1. Мы посмотрели телепередачу, которая ... .
2. В передаче встретились молодые люди, которые ... .
3. В поезде ехал молодой человек, который ... .
4. Ульяна — это красивая девушка, которая ... .
5. Тележурналист говорил с мамой Ульяны, которая ... .
6. В Воронеж приехал тележурналист, который ... .
7. Тележурналист говорил с Владимиром, который ... .

6 Восстановите предложения. (Вставьте вместо точек слова: который, которая, которые.) 用 который 的各種形式完成句子。

1. В передаче выступал молодой человек, ... рассказал о себе.
2. Тележурналист говорил с женщиной, ... рассказала о своей дочери.
3. По телевизору можно посмотреть передачу, ... называется «Жди меня».
4. Молодые люди, ... познакомились в поезде, наконец встретились в Москве.
5. В поезде Ульяна познакомилась со студентом, ... ей очень понравился.
6. В телепередаче «Жди меня» встречаются люди, ... ищут друг друга.

7 Восстановите микротексты. (Вставьте нужные глаголы НСВ или СВ.)
選擇適當的未完成體或完成體動詞填空，完成短文。

Обычно мы ... заниматься на факультете в 10.00 часов, а ... заниматься в 3 часа. Завтра мы ... заниматься днём в 12 часов, потому что потом мы поедем в Третьяковскую галерею. А вечером я ... делать домашнее задание очень поздно.

начинать — начать
кончать — кончить

Обы́чно ка́ждый ве́чер Том ... де́лать дома́шнее зада́ние в 6 часо́в, поэ́тому в 9 часо́в он ... де́лать его́, и весь ве́чер он свобо́ден. Но вчера́ днём он е́здил в посо́льство, поэ́тому ... де́лать дома́шнее зада́ние по́здно ве́чером. И ... писа́ть упражне́ния почти́ но́чью.

начина́ть — нача́ть
конча́ть — ко́нчить

Обы́чно де́ти ... учи́ться в шко́ле в 7 лет, а ... учи́ться в 18 лет. Мой сосе́д И́горь — о́чень у́мный ма́льчик. Он ... учи́ться в шко́ле в 5 лет, а ... шко́лу в 15 лет.

начина́ть — нача́ть
конча́ть — ко́нчить

8 **Напиши́те упражне́ния.** 完成本課練習題。

№ 2 а), б)	№ 11 б)	№ 22
№ 3 а), б)	№ 12	№ 23 б)
№ 4 б)	№ 13	№ 25
№ 5 а), б)	№ 14 а), б)	№ 26
№ 6 а), б)	№ 16 а), б), в), г), д)	№ 27
№ 8	№ 18 в)	№ 29 г)
№ 9	№ 21 а), б)	№ 30
№ 10		

УРОК 2 第二課

I. Фонетическая зарядка 語音練習

ПОЙТЕ!

а о у э ы и

1 **Слушайте, повторяйте, читайте.** 聽MP3，跟讀。 ▶ MP3-13

а) вспоминаю о своём родном городе
   рассказываю о своём школьном друге
   думаю о своей будущей жизни
   помню о своём первом свидании
   мечтает об интересной работе
   спорим о новом фильме
   читаем о современной экологии
   говорим об известной артистке

в) В каком году́...
   В каком году́ ты роди́лся?
   В каком году́ ты роди́лась?
   В каком году́ вы роди́лись?
   В каком году́ ты поступи́л в школу?
   В каком году́ ты поступи́ла в школу?
   В каком году́ ты прие́хал в Россию?
   В каком году́ ты прие́хала в Россию?
   В каком году́ вы прие́хали в Россию?

б) живу́т в этом большо́м до́ме
   рабо́тал в этой изве́стной фи́рме
   у́чатся в Моско́вском госуда́рственном университе́те
   занима́лась в музыка́льной шко́ле
   игра́ем в футбо́л на городско́м стадио́не
   фотографи́ровался на Кра́сной пло́щади
   смотре́ли бале́т в Большо́м теа́тре

г) Родила́сь в 1980 (ты́сяча девятьсо́т восьмидеся́том) году́.
   На́чал учи́ться в шко́ле в 1992 (ты́сяча девятьсо́т девяно́сто второ́м) году́.
   Око́нчил шко́лу в 2000 (двухты́сячном) году́.
   Поступи́ла в институ́т в 2001 (две ты́сячи пе́рвом) году́.
   Прие́хал в Росси́ю в 2003 (две ты́сячи тре́тьем) году́.

2 **Слушайте и повторяйте. Запомните последнее предложение и запишите его. Продолжите высказывание.**

聽MP3，跟讀。記住並寫下最後一個句子。按此主題繼續說一說。 ▶ MP3-14

... я бу́ду учи́ться... ⇨

Я бу́ду учи́ться в университе́те. ⇨

Я бу́ду учи́ться в Моско́вском университе́те. ⇨

В сле́дующем году́ я бу́ду учи́ться в Моско́вском университе́те. ⇨

В сле́дующем году́ я бу́ду учи́ться в Моско́вском университе́те на экономи́ческом факульте́те. ⇨

В сле́дующем году́ я бу́ду учи́ться в Моско́вском университе́те на экономи́ческом факульте́те на пе́рвом ку́рсе. ... ⇨

... я узна́л... ⇨

Я узна́л о журна́ле. ⇨

Я узна́л о но́вом журна́ле. ⇨

Я узна́л о но́вом нау́чно-популя́рном журна́ле. ⇨

Я узна́л о но́вом нау́чно-популя́рном журна́ле, кото́рый называ́ется «Совреме́нная наука». ... ⇨

... друг был... ⇨

мой друг был... ⇨

мой друг был в го́роде... ⇨

Мой друг был в стари́нном го́роде. ⇨

Мой друг был в стари́нном ру́сском го́роде. ⇨

В про́шлом году́ мой друг был в стари́нном ру́сском го́роде. ⇨

В про́шлом году́ мой друг был в стари́нном ру́сском го́роде, кото́рый нахо́дится на Во́лге. ... ⇨

II. Поговорим 說一說

1 **Прослушайте диалоги, задайте аналогичные вопросы своим друзьям.**

聽對話，並向朋友們提同樣的問題。 ▶ MP3-15

— Джон, в како́м райо́не вы сня́ли ко́мнату?

— В ти́хом зелёном райо́не о́коло университе́та.

— Мари́я, когда́ вы на́чали изуча́ть ру́сский язы́к?

— В э́том году́, два ме́сяца наза́д.

— Когда́ вы хоти́те пое́хать на экску́рсию во Влади́мир?

— На бу́дущей неде́ле, в пя́тницу.

— Том, дава́й пойдём ве́чером на футбо́л!

— Дава́й! Где мы встре́тимся?

— В метро́ на «Спорти́вной».

— Ви́ктор, о како́й рабо́те ты мечта́ешь?

— Я мечта́ю об интере́сной нау́чной рабо́те в большо́й лаборато́рии.

— Ива́н, ты чита́л рома́н Л. Н. Толсто́го «Война́ и мир»?

— Коне́чно, чита́л.

— О чём э́тот рома́н?

— О жи́зни, о счастли́вой и несча́стной любви́, о войне́ и о ми́ре.

Как вы ответите? (Возможны варианты.)

您如何回答？（請寫出各種可能形式。）

— В каком году́ вы родили́сь?

— ... .

— Когда́ вы на́чали изуча́ть ру́сский язы́к?

— ... .

— На како́м факульте́те вы хоти́те учи́ться?

— ... .

— На како́м этаже́ ты живёшь?

— ... .

— В како́м посо́льстве мо́жно получи́ть ви́зу во Фра́нцию?

— ... .

— Где вы учи́лись ра́ньше?

— ... .

— В како́м университе́те вы хоти́те учи́ться?

— ... .

— Вы смотре́ли э́тот фильм? О чём он?

— ... .

Как вы спро́сите? (Возможны варианты.)

您如何提問？（請寫出各種可能形式。）

— ... ?

— На экономи́ческом факульте́те.

— ... ?

— Я хочу́ рассказа́ть о своём дру́ге.

— ... ?

— Друг занима́ется в ша́хматном клу́бе.

— ... ?

— Брат у́чится в математи́ческой шко́ле.

— ... ?

— Библиоте́ка нахо́дится на второ́м этаже́.

— ... ?

— Я прочита́л интере́сную статью́ в после́днем журна́ле «Нау́ка и жизнь».

— ... ?

— Мой друг роди́лся в 1987 году́.

— ... ?

— Мы обе́дали в рестора́не «Ёлки-па́лки».

— ... ?

— Гага́рин полете́л в ко́смос в 1961 году́, в апре́ле.

— ... ?

— В статье́ журнали́ст расска́зывает о де́тской музыка́льной шко́ле.

— ... ?

— Я сиде́л в пе́рвом ряду́ на деся́том ме́сте.

— ... ?

— Мои́ роди́тели живу́т в Петербу́рге.

開卷有益

語法

Винительный падеж (4) имён существительных с местоимениями и прилагательными (единственное число)
代詞、形容詞與名詞連用及其單數第四格

1.

| кого? / что? | какого? какую? | какой? какое? |

Я ча́сто смотрю́ фотогра́фии и вспомина́ю свой родно́й го́род, свою́ семью́.

2.

| похо́ж | на кого́? | на что? |

Внук о́чень похо́ж на своего́ де́душку.

3.

| когда́? |

Ка́ждую неде́лю мы хо́дим в бассе́йн.

4.

| глаго́лы движе́ния | куда́? |

Пойди́ туда́, не зна́ю куда́,
в страну́ чужу́ю, неизве́стную.

1. Винительный падеж (4). Объект 第四格。表示動作客體

Бабушка, я нашла твою старую шляпу.

Видишь этого симпатичного молодого человека? Он мне очень нравится.

Помогите мне выбрать самую красивую сумку.

Я хочу заказать праздничный ужин на двоих.

Посмотрите таблицу. Дополните её своими примерами. 參考表1並造句。

Таблица 1. 表1

какóй? (1)	какóго? (4)		-ого / -его **-а / -я**
Это мой стáрый хорóший друг.	люблю́ уважáю	своегó хорóшего стáрого друга	
Это мой роднóй дом.	**какóй? (4)**		**(1 = 4)**
	вспоминáю	свой роднóй дом	
какóе? (1)	**какóе? (4)**		**(1 = 4)**
Вот свобóдное мéсто.	ищу́ нашёл	свобóдное мéсто	
какáя? (1)	**какýю? (4)**		-ую / -юю **-у / -ю**
Это моя́ блúзкая хорóшая подрýга. Вот моя́ роднáя ýлица.	жду встречáю вспоминáю	мою́ блúзкую хорóшую подрýгу свою́ роднýю ýлицу	

1 **а) Прочитáйте микротéксты и отвéтьте на вопрóсы.** 讀短文並回答問題。

Знаменúтый россúйский режиссёр Никúта Михалкóв показáл на Междунарóдном Кáннском фестивáле свой сáмый извéстный фильм. Этот фильм получúл приз фестивáля.

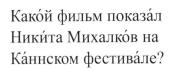

Какóй фильм показáл Никúта Михалкóв на Кáннском фестивáле?

Популя́рный россúйский артúст Филúпп Киркóров купúл женé необы́чный подáрок. Он подарúл ей совремéнную машúну. Её длинá 15 мéтров. А её ценá!!!

Какóй подáрок купúл женé Филúпп Киркóров?

 Росси́йский спортсме́н — плове́ц Алекса́ндр Попо́в — вы́играл золоту́ю меда́ль на Междунаро́дной олимпиа́де в Сидне́е.

Каку́ю меда́ль вы́играл Алекса́ндр Попо́в на Олимпиа́де в Сидне́е?

 Росси́йский учёный-фи́зик Жоре́с Алфёров получи́л Но́белевскую пре́мию в 2000 (в двухты́сячном) году́.

Каку́ю пре́мию получи́л росси́йский учёный-фи́зик Жоре́с Алфёров?

 Изве́стный росси́йский худо́жник-модельёр Сла́ва За́йцев показа́л свою́ но́вую колле́кцию оде́жды на Междунаро́дном ко́нкурсе в Пари́же.

Каку́ю колле́кцию Сла́ва За́йцев показа́л в Пари́же?

б) Задайте вопросы к этим микротекстам, чтобы уточнить, правильно ли вы поняли эту информацию. 對短文提問，確認是否正確理解這些訊息。

Образец 範例： Как зову́т росси́йского режиссёра, кото́рый показа́л свой фильм на фестива́ле?
На како́м фестива́ле режиссёр Ники́та Михалко́в показа́л свой са́мый изве́стный фильм?

в) Расскажите, что вы узнали о каждом человеке.
說一說，關於每個人您了解了什麼。

2 Подберите нужные словосочетания (соедините части А и Б, поставьте часть Б в нужную форму), а затем придумайте небольшие рассказы или опишите ситуацию, в которой можно использовать эти сочетания (А + Б) (формы глаголов можно изменять). 連詞成句（連接**А**與**Б**），並按照範例編寫小短文。

Образец 範例： **А** **Б**

встреча́ть ▶ шко́льный друг

Вчера́ ве́чером я е́здил на вокза́л *встреча́ть шко́льного дру́га.*
Он прие́хал из Петербу́рга. Я хочу́ показа́ть ему́ Москву́, моско́вские музе́и.

А

фотографи́ровать

смотре́ть

покупа́ть

люби́ть

чита́ть

рисова́ть

вспомина́ть

есть (на за́втрак)

встреча́ть

изуча́ть

уважа́ть

пить

поздравля́ть

благодари́ть

Б

ру́сский язы́к
ру́сская литерату́ра

де́тская переда́ча
весёлый мультфи́льм

ста́рый друг
пе́рвая учи́тельница
пе́рвая любо́вь

популя́рный арти́ст
изве́стный спортсме́н

осе́нний парк
осе́ннее не́бо
осе́нняя приро́да

люби́мая ба́бушка
ста́ршая сестра́
мла́дший брат

спорти́вный костю́м
мо́дная шля́па
тёплое пальто́

чёрный ко́фе
холо́дное молоко́
минера́льная вода́

Кра́сная пло́щадь
моско́вский Кремль

све́жий журна́л
све́жая газе́та

бе́лый хлеб
сли́вочное ма́сло
кра́сная икра́

но́вая подру́га
хоро́ший знако́мый

Местоимение «свой» в винительном падеже (4) 代詞свой的第四格

Худо́жник живёт в э́том до́ме.
Это его́ дом и его́ сад.

Иногда́ он рису́ет **свой** дом, **свой** сад.

Его́ друг живёт в друго́м до́ме.

Худо́жник лю́бит **своего́** дру́га и ча́сто рису́ет **его́** дом и **его́** сад.

	Како́й го́род?		Како́го дру́га?		Каку́ю подру́гу?	
я рису́ю	свой (мой)		своего́ (моего́)		свою́ (мою́)	
ты рису́ешь	свой (твой)	го́род	своего́ (твоего́)	дру́га	свою́ (твою́)	подру́гу
мы рису́ем	свой (наш)		своего́ (на́шего)		свою́ (на́шу)	
вы рису́ете	свой (ваш)		своего́ (ва́шего)		свою́ (ва́шу)	
он рису́ет						
она́ рису́ет	свой го́род		своего́ дру́га		свою́ подру́гу	
они́ рису́ют						

свой ≠ его́ / её / их

своего́ / свою́ ≠ его́ / её / их

Обратите внимание!
請注意！

⊘ **свой**

Это **мой** друг (1).
Мой друг (1) о́чень интере́сный челове́к.
Мне нра́вится **мой** друг (1).
Моего́ дру́га (4) зову́т Ива́н.

___

Я люблю́ **своего́** (4) дру́га.

---

3 Прослу́шайте диало́г, объясни́те ситуа́цию. Что сде́лала жена́ и почему́?

聽對話並解釋妻子做了什麼，為什麼？ ▶ MP3-16

ошиба́ться I	ошиби́ться II
	ошѝбся
Не ошиба́йся!	ошѝблась
Не ошиба́йтесь!	ошѝблись

Па́спортный контро́ль

Пограни́чник: Возьми́те свой па́спорт.
Муж: Но э́то не мой па́спорт, э́то её па́спорт.
Жена́: Я уже́ взяла́ свой па́спорт.
Муж: Зна́чит, ты взяла́ не свой, а мой па́спорт. Посмотри́, пожа́луйста, где мой па́спорт?
Жена́: Сейча́с, мину́точку. Я уже́ положи́ла его́ в свою́ су́мку. Да, вот он. Коне́чно, э́то твой па́спорт, я ошѝблась.

---

4 Вы́берите пра́вильный вариа́нт. Объясни́те, чем отлича́ются ситуа́ции.

選擇適當的代詞填空並解釋差別。

1. а) Да́йте, пожа́луйста, ... су́мку! Я забы́ла её здесь. Я положу́ докуме́нты в ... су́мку.

    б) Помоги́те мне, пожа́луйста. Возьми́те ... су́мку. Она́ о́чень тяжёлая.

    1. мою́
    2. свою́

2. — Ви́ктор, ты не зна́ешь, где фотогра́фия Анто́на? Он дал мне ... фотогра́фию на па́мять.

    — Нет, я не ви́дел ... фотогра́фию. Посмотри́ на столе́. Анто́н положи́л ... фотогра́фию туда́.

    1. его́
    2. свою́

3. Анто́н и Ма́ша прие́хали в Петербу́рг. Анто́н взял ... су́мку и ... чемода́н. Когда́ они́ вы́шли из ваго́на, Ма́ша вспо́мнила, что забы́ла в по́езде ... журна́л. Анто́н сказа́л, что он положи́л ... журна́л в ... су́мку.

    1. её
    2. свой

5 В тексте, который вы будете читать, вы встретите новые слова. Познакомьтесь с ними.
讀課文，理解新詞語的意義和用法。

---

1. стать + что де́лать? = нача́ть + что де́лать?

стал   рабо́тать
ста́ла   учи́ться
ста́ли   занима́ться
        стал рабо́тать = на́чал рабо́тать

· Мы вошли́ в зал и **ста́ли** слу́шать му́зыку.
· Они́ пришли́ на дискоте́ку и **ста́ли** танцева́ть.

---

2. смея́ться I   **засмея́ться I**

я смею́сь   я засмею́сь
ты смеёшься   ты засмеёшься
они́ смею́тся   они́ засмею́тся
смея́лся   засмея́лся
(-лась, -лись)   (-лась, -лись)

· Ве́чером студе́нты смотре́ли весёлый фильм по телеви́зору и **смея́лись**.
· Он прочита́л шу́тку и **засмея́лся**.

---

3. устава́ть I   **уста́ть I**   **что де́лать?**

я устаю́   я уста́ну   рабо́тать
ты устаёшь   ты уста́нешь   писа́ть
они́ устаю́т   они́ уста́нут
устава́л (-а, -и) уста́л (-а, -и)

· Он мно́го рабо́тал и **уста́л**.
· Он **уста́л** рабо́тать.
· Если вы **уста́ли**, вы должны́ отдохну́ть.

---

4. хвали́ть II   **похвали́ть II**   **кого́? / что? (4)**

я хвалю́   я похвалю́   студе́нта
ты хва́лишь   ты похва́лишь   рабо́ту
они́ хва́лят   они́ похва́лят
хвали́л (-а, -и)   похвали́л (-а, -и)

· Ива́н написа́л интере́сный расска́з. Преподава́тель **похвали́л** его́ расска́з.
· «Ма́ртин, ты о́чень хорошо́ сдал экза́мены. Молоде́ц!» — **похвали́л** преподава́тель студе́нта.
· Все лю́ди лю́бят, когда́ их **хва́лят**.

---

5. красне́ть I   **покрасне́ть I**

я красне́ю   я покрасне́ю
ты красне́ешь   ты покрасне́ешь
они́ красне́ют   они́ покрасне́ют
красне́л (-а, -и)   покрасне́л (-а, -и)

· Анто́н **покрасне́л**. = Его́ лицо́ ста́ло кра́сным.
· Пётр сказа́л Мари́не: «Я люблю́ вас...», — и **покрасне́л**.

a) Прочитайте текст. Скажите, почему Борис Сергеевич похвалил Дениса и не похвалил Мишку?

讀課文。說一說，為什麼鮑里斯·謝爾蓋耶維奇誇獎吉尼斯，而不誇獎米什卡？ ▶ MP3-17

Что я люблю

У меня́ есть друг Ми́шка. Мы с ним у́чимся в одно́й шко́ле и вме́сте занима́емся му́зыкой. Одна́жды мы с Ми́шкой вошли́ в класс, где у нас быва́ют уро́ки му́зыки. Наш преподава́тель Бори́с Серге́евич игра́л на пиани́но. Мы ти́хо се́ли и ста́ли слу́шать, как он игра́ет. Бори́с Серге́евич игра́л, а мы слу́шали прекра́сную му́зыку. Когда́ он ко́нчил игра́ть, я спроси́л:

— Что э́то вы игра́ли, Бори́с Серге́евич?

Он отве́тил:

— Это Шопе́н. Шопе́н — вели́кий компози́тор. Он сочиня́л чуде́сную му́зыку. А я люблю́ му́зыку бо́льше всего́ на све́те. А ты, Дени́с, что ты лю́бишь бо́льше всего́ на све́те?

— Я мно́гое люблю́.

И я рассказа́л, что я о́чень люблю́ игра́ть в ша́хматы, чита́ть ска́зки, смотре́ть телеви́зор; люблю́ петь пе́сни, игра́ть с соба́кой, звони́ть по телефо́ну; люблю́ пла́вать, гуля́ть, ходи́ть в зоопа́рк, о́чень люблю́ дари́ть пода́рки, люблю́ смея́ться... Я мно́гое люблю́.

Бори́с Серге́евич слу́шал меня́ внима́тельно, а пото́м сказа́л:

— Удиви́тельно! А я и не знал. Ты ещё ма́ленький, а лю́бишь так мно́го! Це́лый мир!

Ми́шка то́же о́чень хоте́л рассказа́ть, что он лю́бит, поэ́тому он не мог бо́льше молча́ть:

— А я то́же о́чень мно́гое люблю́. Я то́же хочу́ рассказа́ть вам, что я люблю́.

Бори́с Серге́евич засмея́лся и сказа́л:

— Очень интере́сно! Ну, расскажи́, что ты лю́бишь?

Ми́шка поду́мал немно́го и на́чал:

— Я люблю́ сла́дкий кекс, шокола́дный торт, бе́лый хлеб и чёрный хлеб. Очень люблю́ жа́реную карто́шку, варёную карто́шку то́же люблю́. Люблю́ кра́сную икру́ и чёрную икру́. Очень си́льно люблю́ варёную колбасу́. А бо́льше всего́ люблю́ копчёную колбасу́! Могу́ съесть це́лый килогра́мм! Я всей душо́й люблю́ моро́женое, осо́бенно люблю́ шокола́дное моро́женое, фрукто́вое моро́женое, вани́льное моро́женое... Ещё я люблю́ тома́тный сок, виногра́дный сок, я́блочный сок, апельси́новый сок... Могу́ вы́пить це́лый литр. И минера́льную во́ду я то́же люблю́. Люблю́ суп, сыр, колбасу́... Ой, колбасу́ я уже́ говори́л...

Ми́шка говори́л бы́стро и о́чень уста́л. Он ждал, что Бори́с Серге́евич похва́лит его́, но Бори́с Серге́евич внима́тельно смотре́л на Ми́шку и молча́л. Пото́м он сказа́л:

— Да... Я ви́жу, ты лю́бишь проду́кты, це́лый продукто́вый магази́н. И то́лько... А лю́ди? Кого́ ты лю́бишь?

Тут Ми́шка покрасне́л и сказа́л:

— Ой! Я совсе́м забы́л! Я люблю́ свою́ ба́бушку. Она́ так вку́сно гото́вит.

б) Ответьте на вопросы. 回答問題。

1. Что бо́льше всего́ лю́бит Бори́с Серге́евич?
2. Что лю́бит Дени́с?
3. Что лю́бит Ми́шка? Почему́ он лю́бит свою́ ба́бушку?
4. Како́й геро́й расска́за вам понра́вился и почему́?
5. Како́й геро́й расска́за вам не понра́вился и почему́?
6. Что вы о́чень лю́бите и что вы совсе́м не лю́бите?

в) Как эту историю расскажет Борис Сергеевич? 鮑里斯將如何講述這個故事？

г) Напишите рассказ о себе (что вы любите больше всего).

寫一篇短文，說一說您最喜歡什麼？

7 а) Прочитайте статьи из газеты «Московские новости» и ответьте на вопросы. 閱讀摘自《莫斯科新聞報》中的文章並回答問題。

Тре́нер поздра́вил но́вого олимпи́йского чемпио́на, кото́рому вручи́ли золоту́ю меда́ль.

Како́го спортсме́на поздра́вил тре́нер?

В моско́вском аэропорту́ «Шереме́тьево» журнали́сты встре́тили знамени́тую певи́цу. Она́ дала́ небольшо́е интервью́, в кото́ром рассказа́ла о себе́ и о свое́й звёздной карье́ре.

Каку́ю певи́цу встре́тили журнали́сты в моско́вском аэропорту́ «Шереме́тьево»?

В про́шлом году́ Ма́лый теа́тр пригласи́л изве́стного францу́зского актёра Пье́ра Риша́ра в Москву́. Он уча́ствовал в но́вом спекта́кле, кото́рый состоя́лся в декабре́.

Како́го актёра пригласи́л Ма́лый теа́тр в про́шлом году́?

На фотогра́фии вы ви́дите са́мую ю́ную студе́нтку МГУ Ю́лию Шевцо́ву. Ей то́лько 14 лет, но она́ уже́ око́нчила сре́днюю шко́лу и поступи́ла на математи́ческий факульте́т МГУ.

Каку́ю студе́нтку вы ви́дите на фотогра́фии?

б) Задайте дополнительные вопросы по этим статьям, чтобы уточнить правильно ли вы поняли эту информацию.

對這些文章提問，確認是否正確理解這些訊息。

в) Скажите, что вы узнали о каждом человеке. 說一說，關於每個人您了解了什麼。

8 Прочитайте объявления. Скажите, что вы узнали из этих объявлений. Какое объявление вас заинтересовало и почему?

讀廣告，說一說，從這些廣告您了解了什麼。您對哪則廣告有興趣，為什麼？

отдава́ть I	отда́ть что? (4) кому́? (3)
я отдаю́	я отда́м
ты отдаёшь	ты отда́шь
он отдаёт	он отда́ст
мы отдаём	мы отдади́м
вы отдаёте	вы отдади́те
они́ отдаю́т	они́ отдаду́т
отдава́л (-а, -и)	отда́л (-а, -и)
Отдава́й(те)!	Отда́й(те)!

125 - 58 - 12

Отдам умную добрую собаку в хорошие руки. Позвоните по телефону

125 - 58 - 12.

ЦМО приглашает на работу опытного преподавателя русского языка...

Медицинская фирма приглашает на работу опытного врача-хирурга и медсестру.

Справки по телефону 772 - 14 -51

Завтра в 10.00 начнёт работу новый московский магазин на Кутузовском проспекте. Магазин ждёт своего первого покупателя. Коллектив магазина поздравит его и вручит ему необычный подарок. Спешите! Первый — это Вы!

2. Винительный падеж (4): похож на кого? / на что? похож на кого / что 句型的應用

Сын похо́ж на своего́ отца́.

Дочь похо́жа на свою́ мать.

Бра́тья похо́жи друг на дру́га.

9 **а) Прослушайте диалог. Скажите, Наташа и её брат похожи друг на друга?**
聽對話。說一說，娜塔莎與她的弟弟長得像嗎？ ▶ MP3-18

— Ната́ша, интере́сно, на кого́ ты похо́жа?
— Я о́чень похо́жа на своего́ отца́, у него́ то́же све́тлые во́лосы и больши́е голубы́е глаза́.
— А твой брат то́же похо́ж на него́?
— Нет, он похо́ж на ма́му. У бра́та о́чень симпати́чное лицо́. У него́ высо́кий лоб, прямо́й нос, тёмные во́лосы и ка́рие глаза́.
— Зна́чит, вы совсе́м не похо́жи друг на дру́га.

б) Опишите портрет Наташи и её брата; отца и матери Наташи.
請描寫娜塔莎、她的弟弟、父親和母親的外表。

10 **а) Посмотрите на фотографии. Почему можно сказать, что сын похож на отца, дочь похожа на мать; братья похожи друг на друга? (какие у них глаза, волосы, нос?)** 看照片。為什麼可以說兒子像父親，女兒像母親；兄弟們彼此相像？（他們有怎麼樣的眼睛、頭髮、鼻子呢？）

б) Узнайте у своих друзей, на кого они похожи? 詢問自己的朋友，他們長得像誰？

11 **Посмотрите на рисунки. Опишите этих людей (данные слова помогут вам).** 看圖並描述這些人的外表（參考下列詞彙）。

Во́лосы:
дли́нные / коро́ткие;
тёмные / све́тлые.

Глаза́:
чёрные, ка́рие, голубы́е, живы́е,
до́брые / злы́е.

Лицо́:
до́брое / зло́е; краси́вое / некраси́вое;
симпати́чное, откры́тое.

Нос:
прямо́й, курно́сый.

Хара́ктер:
си́льный / сла́бый; лёгкий / тру́дный;
весёлый; споко́йный.

12 **Прослушайте диалог. Опишите артиста Евгения Миронова.**
聽對話並描述演員葉甫蓋尼 · 米羅諾夫的外表。 ▶ MP3-19

— Оле́г, ты ви́дел популя́рного моско́вского арти́ста Евге́ния Миро́нова?
— Ви́дел. Очень прия́тный молодо́й челове́к.
— А како́й он?
— Высо́кий, спорти́вный. У него́ откры́тое живо́е лицо́ и весёлые глаза́.

13 **а) Прочитайте текст и объясните, почему Саша дружит с Антоном?**
讀課文並解釋為什麼薩沙與安東交朋友。

Почему́ я дружу́ с Анто́ном? Потому́ что мы похо́жи. У нас о́бщие интере́сы. Мы лю́бим большо́й те́ннис, совреме́нную му́зыку, лю́бим шути́ть, да́же де́вушку мы лю́бим одну́ — Ната́шу. Она́ у́чится с на́ми на одно́м ку́рсе, она́ на́ша одноку́рсница. Мне нра́вится Анто́н, потому́ что он лю́бит ю́мор, у него́ хоро́ший, лёгкий хара́ктер. А ещё Анто́н о́чень надёжный челове́к. Он всегда́ гото́в помо́чь дру́гу.

б) Прочитайте текст и скажите, какой характер у этой девушки.
讀課文並說一說這位女孩的性格。

У мое́й сестры́ нет подру́ги. Говоря́т, что она́ не о́чень общи́тельная. Но я зна́ю, что она́ о́чень до́брый, серьёзный челове́к. Про́сто она́ лю́бит быть одна́, она́ лю́бит приро́ду, класси́ческую му́зыку, её лу́чший друг — кни́га.

в) Опишите своего друга, подругу, любимого артиста (артистку), спортсмена (спортсменку). 描述一下您的朋友、喜歡的演員、運動員的外表。

14. **Посмотрите на вещи вокруг себя и скажите, что на что похоже (или что на что не похоже)?** 觀察您周圍的物品並說一說，它們像什麼或不像什麼。

Давайте поиграем! 玩一玩！

Образец 範例： Каранда́ш похо́ж на ру́чку.
Журна́л похо́ж на кни́гу.
Стол не похо́ж на стул. ...

15. **В тексте, который вы будете читать, вы встретите новые слова и выражения. Прочитайте их, проверьте в словаре, правильно ли вы поняли их.** 讀課文，理解新詞語的意義和用法。

1. **узнава́ть I**   **узна́ть I**   кого? что? (4)

я узнаю́	я узна́ю
ты узнаёшь	ты узна́ешь
они́ узнаю́т	они́ узна́ют
узнава́л (-а, -и)	узна́л (-а, -и)
	Узна́й(те)!

· Че́рзе 10 лет я не **узна́л** свой го́род, так си́льно он измени́лся.
· Я давно́ не ви́дел своего́ знако́мого, я до́лго смотре́л на него́ и не **узнава́л**.

2. Когда́?

до
во вре́мя }→ чего? (2)   уро́ка
по́сле   полёта
                      встре́чи

· **До** полёта Гага́рин учи́лся в лётной шко́ле.
· **Во вре́мя** полёта Гага́рин разгова́ривал с Землёй.
· **По́сле** полёта Гага́рин е́здил в ра́зные стра́ны.

3. Заче́м?

     что́бы + что (с)де́лать?

· **Заче́м** вы прие́хали в Росси́ю?
Я прие́хал в Росси́ю, **что́бы изуча́ть** ру́сский язы́к.

· **Заче́м** вы изуча́ете ру́сский язы́к?
Я изуча́ю ру́сский язы́к, **что́бы поступи́ть** в Моско́вский университе́т.

· **Заче́м** лю́ди лета́ют в ко́смос?
Лю́ди лета́ют в ко́смос, **что́бы изуча́ть** други́е плане́ты.

16 a) Прочитайте текст. Скажите, что думает Юра о характере космонавта?

讀課文。說一說尤拉怎樣評價太空人的性格。 ▶ MP3-20

Юрий Алексе́евич Гага́рин
(1934–1968)

Юра Гага́рин

Внук Ю́рия Гага́рина

Посмотри́те на э́ти фотогра́фии. Сле́ва вы ви́дите изве́стную фотогра́фию Ю́рия Алексе́евича Гага́рина. Эту фотогра́фию вы, коне́чно, узна́ли. А кто на второ́й фотогра́фии — спра́ва? Посмотри́те на э́того ма́льчика, э́тот ма́льчик удиви́тельно похо́ж на пе́рвого росси́йского космона́вта! У него́ то́же откры́тое ру́сское лицо́, живы́е глаза́. И, са́мое гла́вное, улы́бка ма́льчика похо́жа на до́брую и приве́тливую гага́ринскую улы́бку, кото́рую зна́ет весь мир. Этот симпати́чный ма́льчик — внук Гага́рина, и зову́т вну́ка Ю́рия Гага́рина то́же Ю́рий, и́ли Ю́ра. Он роди́лся в 1990 году́, че́рез 29 лет по́сле полёта Гага́рина. Он у́чится в обы́чной моско́вской шко́ле, ка́ждую неде́лю занима́ется те́ннисом, игра́ет в футбо́л, танцу́ет, лю́бит чита́ть фанта́стику. Его́ мать — дочь Ю́рия Гага́рина — преподаёт эконо́мику в моско́вском институ́те. Его́ оте́ц — де́тский врач, рабо́тает в де́тской больни́це. Юра то́же мечта́ет о профе́ссии врача́. Он хо́чет стать де́тским врачо́м, как его́ оте́ц.

Юра никогда́ не ви́дел своего́ знамени́того де́душку, потому́ что он поги́б мно́го лет наза́д в 1968 году́. Но ма́ма ча́сто расска́зывала Ю́ре о де́душке, поэ́тому он мно́го зна́ет о нём. «В 1961 году́ 12 апре́ля мой де́душка полете́л в ко́смос, — говори́т Юра. — Он был там недо́лго, то́лько 108 мину́т. Но он был пе́рвым в э́том огро́мном ко́смосе». В ко́мнате ма́льчика есть фотогра́фии Гага́рина. Есть там и моде́ль самолёта «МИГ», на кото́ром лета́л пе́рвый космона́вт. Юра уве́рен, что челове́к до́лжен лета́ть в ко́смос, что́бы изуча́ть други́е плане́ты. Юра счита́ет, что то́лько о́чень у́мный, целеустремлённый, си́льный и сме́лый челове́к мо́жет стать космона́втом. У его́ де́да был и́менно тако́й хара́ктер. Это Юра зна́ет то́чно. «Мы бы с ним подружи́лись!» — говори́т он.

б) Ответьте на вопросы. 回答問題。

1. Кто такой Юрий Алексе́евич Гага́рин? Что вы зна́ли о нём ра́ньше? Что вы узна́ли но́вого об э́том челове́ке?
2. Почему́ ма́льчик на фотогра́фии похо́ж на Ю. А. Гага́рина?
3. Кто тако́й Юра Гага́рин? Ско́лько ему́ лет? Кто его́ роди́тели? Кем он хо́чет стать?
4. Почему́ Юра никогда́ не ви́дел своего́ де́душку?
5. Почему́ мо́жно сказа́ть, что внук зна́ет и по́мнит своего́ де́душку?

в) Как вы думаете, зачем человек летает в космос? Какой характер должен быть у космонавта? 您認為人類為什麼要飛向太空？太空人該具備怎麼樣的性格？

  # 3. Винительный падеж (4). Время 第四格。表示時間意義

Посмотрите таблицу 2. Дайте свои предложения с этими конструкциями (как часто? и когда?). 請看表2。運用「持續多長時間」與「什麼時間」句型造句。

Таблица 2. 表2

как ча́сто? (4) 持續多長時間？		когда́? (4) 什麼時間？			
ка́ждый	год ме́сяц день	год ме́сяц 5 дней	наза́д	че́рез	год ме́сяц день
ка́ждую неде́лю		неде́лю наза́д		че́рез неде́лю	
рабо́таю		рабо́тал		бу́ду рабо́тать	
отдыха́ю		отдыха́л		бу́ду отдыха́ть	
учу́сь		учи́лся		бу́ду учи́ться	

17 **Прослушайте диалоги и ответьте на вопросы.** 聽對話並回答問題。

а) Почему́ Виктор не звонит? 為什麼維克多沒打電話？ ▶ MP3-21

— Ви́ктор, я не ви́дел тебя́ уже́ це́лую неде́лю! Почему́ не звони́шь?
— Мне не́когда. Я за́нят ка́ждый день. Ка́ждый понеде́льник я занима́юсь в библиоте́ке, ка́ждую сре́ду пла́ваю в бассе́йне, а ка́ждую пя́тницу игра́ю в те́ннис.

б) Когда Иван поедет в отпуск? 伊萬何時去度假？ ▶ MP3-22

— Ива́н, каки́е у тебя́ пла́ны на ле́то?
— Че́рез две неде́ли пое́ду в Крым, я уже́ купи́л биле́ты.
— А в како́м ме́сте ты бу́дешь отдыха́ть?
— В Коктебе́ле.
— Хоро́шее ме́сто, я был там год наза́д.

в) Что вы узна́ли о Ви́кторе и об Ива́не? 說一說關於維克多與伊萬您了解了什麼。
г) Соста́вьте аналоги́чные диало́ги (испо́льзуйте табли́цу 2). 參考表2編對話。

18 **Восстанови́те сообще́ния (вы́берите пра́вильный вариа́нт и запиши́те его).**
選擇適當的詞填空。

1. Анна получи́ла посы́лку из до́ма ...
   Марк е́здил домо́й ...
   Том хо́чет пое́хать домо́й ...

   ме́сяц наза́д / че́рез ме́сяц

2. Джон на́чал изуча́ть ру́сский язы́к ...
   Он зако́нчит ку́рсы ру́сского языка́ ...
   ... он бу́дет поступа́ть в университе́т.

   год наза́д / че́рез год

3. Уро́к ру́сского языка́ начался́ ...
   Уро́к ко́нчится ...
   Переры́в на обе́д бу́дет ...

   час наза́д / че́рез час

4. Библиоте́ка откро́ется ...
   Студе́нты мо́гут взять кни́ги ...
   Они́ пришли́ в библиоте́ку ...

   15 мину́т наза́д / че́рез 15 мину́т

5. В э́том го́роде метро́ бу́дет ...
   ... в э́том го́роде не́ было метро́.
   Лю́ди не могли́ е́здить на метро́ ...

   5 лет наза́д / че́рез 5 лет

6. Ле́том моя́ семья́ ... отдыха́ет на мо́ре.
   ... мы бы́ли в гора́х.
   ... мы хоти́м пое́хать на Байка́л.
   20 000 (ты́сяч) москвиче́й ... отдыха́ют на
   Чёрном мо́ре.
   ... в го́роде Со́чи постро́или но́вые
   гости́ницы и туристи́ческие ба́зы.

   ка́ждый год
   че́рез год
   год наза́д

19 **а) Попроси́те ва́ших друзе́й отве́тить на э́ти вопро́сы. Расскажи́те, что вы
узна́ли.** 請朋友們回答這些問題。說一說您了解了什麼。

1. Когда́ вы око́нчили шко́лу?
2. Когда́ вы прие́хали в Росси́ю?
3. Когда́ вы на́чали изуча́ть ру́сский язы́к?

4. Когда́ у вас бу́дут кани́кулы?

5. Когда́ вы пое́дете домо́й на кани́кулы?

6. Как ча́сто вы пи́шете пи́сьма домо́й?

7. Как ча́сто вы звони́те домо́й?

8. Как ча́сто вы занима́етесь спо́ртом?

9. Как ча́сто вы хо́дите в теа́тр?

10. Как ча́сто вы смо́трите телеви́зор и слу́шаете му́зыку?

11. Когда́ вы начнёте учи́ться в университе́те?

12. Когда́ вы пое́дете на экску́рсию в Петербу́рг?

б) Отве́тьте са́ми на э́ти вопро́сы. 自行回答這些問題。

Глаго́лы движе́ния 運動動詞

пойти́ / пое́хать, прийти́ / прие́хать, уйти́ / уе́хать
（步行 / 坐車）去、來、離開

пойти́ I (СВ)		поéхать I (СВ)
я пойду́	куда́? (4)	я пое́ду
ты пойдёшь	отку́да? (2)	ты пое́дешь
они́ пойду́т	к кому́? (3)	они́ пое́дут
пошёл		пое́хал
пошла́		пое́хала
пошли́		пое́хали

Че́рез неде́лю Влади́мир Влади́мирович **пойдёт** в теа́тр, он уже́ купи́л биле́ты.

Че́рез ме́сяц А́нна **пое́дет** отдыха́ть на мо́ре.

прийти I (СВ)

я приду́	куда́? (4)
ты придёшь	отку́да? (2)
они́ приду́т	к кому́? (3)
пришёл	
пришла́	
пришли́	

прие́хать I (СВ)

я прие́ду
ты прие́дешь
они́ прие́дут
прие́хал
прие́хала
прие́хали

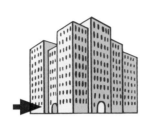

Сейча́с Анто́н в университе́те.
Он **придёт** домо́й по́здно.

МОСКВА

Сейча́с Анна отдыха́ет на мо́ре, а
о́сенью она́ **прие́дет** в Москву́.

уйти́ I (СВ)

я уйду́	отку́да? (2)
ты уйдёшь	куда́? (4)
они́ уйду́т	к кому́? (3)
ушёл, ушла́, ушли́	

уе́хать I (СВ)

я уе́ду
ты уе́дешь
они́ уе́дут
уе́хал, уе́хала, уе́хали

Ве́чером Анто́на не бу́дет
до́ма. Он **уйдёт** на футбо́л.

Сейча́с Анто́на нет до́ма.
Он **ушёл** на футбо́л.

Ле́том теа́тр не бу́дет рабо́тать.
Арти́сты **уе́дут** на гастро́ли.

Театр не работает

Сейча́с теа́тр не рабо́тает.
Арти́сты **уе́хали** на гастро́ли.

пришёл		ушёл
Он здесь, до́ма	≠	Был здесь, но сейча́с нет.

20 **Прослушайте диалоги.** 聽對話並回答問題。

а) Скажите, куда пойдёт Джон и куда поедет Наташа?
請問約翰和娜塔莎要去哪裡？ ▶ MP3-23

— Джон, ты уже́ ходи́л в цирк?
— Ещё нет, я пойду́ туда́ в сле́дующую суббо́ту, че́рез неде́лю.

— Ната́ша, куда́ ты пое́дешь в кани́кулы?
— В зи́мние кани́кулы я пое́ду на экску́рсию в Петербу́рг, а ле́том я пое́ду домо́й в Ки́ев.

б) Скажите, когда приедет сестра Марии, приедет друг Виктора?
請問瑪莉亞的姊姊和維克多的朋友將於什麼時候到？ ▶ MP3-24

— Мари́я, твоя́ сестра́ уже́ прие́хала?
— Нет, она́ прие́дет то́лько че́рез 2 ме́сяца.

— Ви́ктор, ты куда́, домо́й?
— Нет, сейча́с я пое́ду на вокза́л встреча́ть дру́га. Он прие́дет в 3 часа́.

в) Скажите, почему Андрея и Лены нет дома?
請問為什麼安德列和蓮娜不在家？ ▶ MP3-25

— До́брый день, позови́те, пожа́луйста, Андре́я.
— Его́ нет. Он ушёл в университе́т. У него́ сего́дня экза́мены.

— Здра́вствуйте, позови́те, пожа́луйста, Ле́ну.
— А Ле́ны нет, она́ то́лько что ушла́.
— Извини́те, а вы не зна́ете, куда́?
— В спортза́л. У неё сего́дня волейбо́л.

г) Скажите, где находятся эти люди? Почему вы так думаете?
請問這些人現在在哪裡？為什麼您這麼認為？ ▶ MP3-26

— Скажи́те, пожа́луйста, могу́ я поговори́ть с дире́ктором?
— Бою́сь, что сейча́с э́то невозмо́жно. Он уе́хал в министе́рство.

— А где Том и Майкл? Я не ви́жу их в аудито́рии.
— Они́ уе́хали на экску́рсию в Петербу́рг.

21 **Восстановите предложения, используя глаголы** прийти / уйти **в нужной форме.** 請以 прийти / уйти 正確形式完成句子。

Образец 範例：

Они ... и сделают задание.

▼

Они придут домой и сделают домашнее задание.

Мы ... и посмотрим новый фильм.
Он ... и приготовит ужин.
Ты ... и отдохнёшь.
Она ... и позвонит подруге.
Вы ... и мы поужинаем вместе.
Я ... и лягу спать.
Они ... и будут играть в шахматы.

Образец 範例：

Вечером Лены не будет дома. Она ... в театр.

▼

Вечером Лены не будет дома. Она уйдёт в театр.

Не звоните мне вечером, я ... в клуб.
Директора в 3 часа не будет, он ... на собрание.
В 5 часов вы ещё будете на работе или уже ... ?
Мы не сможем встретиться с ними, потому что в это время они уже ... домой.
Летом я не увижу своего друга, он ... на Кипр.

22 **Восстановите предложения. Как вы скажете, если эти события произойдут в будущем?** 完成句子。如果這些事件發生於未來，您會怎麼說？

1. Когда мы (приехать) в Петербург, мы обязательно (посмотреть) Эрмитаж.
2. Когда я (приехать) на родину, я обязательно (позвонить) подруге и (рассказать) ей о Москве.
3. Когда он (приехать) на море, он (купаться, загорать).
4. Когда они (приехать) в горы, они (кататься) на лыжах.
5. Когда ты (приехать) к бабушке в деревню, ты (увидеть) настоящую русскую природу.
6. Когда вы (приехать) в Москву, вы (изучать) русский язык.

23 **а) Ответьте на вопросы.** 回答問題。

1. Куда вы пойдёте после урока (в субботу / в воскресенье)?
2. Когда вы пойдёте в театр (в бассейн / в библиотеку / в цирк / в кино)?
3   Куда вы поедете в зимние каникулы (в летние каникулы / на Новый год)?
4. Когда вы поедете домой на родину (на экскурсию / отдыхать / путешествовать)?

б) Узнайте у ваших друзей, куда и когда они пойдут / поедут.
詢問自己的朋友們，他們將於什麼時候去哪裡。

Глаголы движения　運動動詞
идти / ходить, ехать / ездить
（歩行）去、（坐車）去

идти́ I (НСВ)		ходи́ть II (НСВ)
я иду́	куда́? (4)	я хожу́ (д/ж)
ты идёшь	отку́да? (2)	ты хо́дишь
они́ иду́т	к кому́? (3)	они́ хо́дят
шёл, шла, шли		ходи́л (-а, -и)

Сейча́с Ива́н **идёт** на рабо́ту.

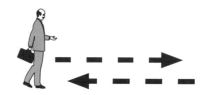

Он ка́ждый день **хо́дит / ходи́л** на рабо́ту.

Утром, когда́ Ива́н **шёл** на рабо́ту, он встре́тил своего́ дру́га.

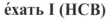

е́хать I (НСВ)		е́здить II (НСВ)
я е́ду	куда́? (4)	я е́зжу
ты е́дешь	отку́да? (2)	ты е́здишь
они́ е́дут	к кому́? (3)	они́ е́здят
е́хал (-а, -и)		е́здил (-а, -и)

Сейча́с друзья́ **е́дут** за́ город.

Когда́ они́ **е́хали** за́ город,
пошёл си́льный дождь.

Они́ ка́ждое воскресе́нье
е́здят / е́здили за́ город.

	ка́ждый год, ме́сяц, день
ходи́ть / е́здить	ка́ждую неде́лю
	всегда́, иногда́, ча́сто, ре́дко

24 a) Восстановите диалоги (вставьте глаголы идти / ходить, ехать / ездить).
Скажите, что вы узнали из этих диалогов?
選擇適當的運動動詞填空。說一說，從這些對話中您了解了什麼。

— Приве́т, Анто́н! Ты куда́ … ?
— Я … в бассе́йн.
— Ты ка́ждый день … в бассе́йн.
— Нет, что ты, я … в бассе́йн то́лько 2 ра́за в неде́лю.

— Что вы де́лаете сего́дня ве́чером?
— Мы … в теа́тр на мю́зикл.
— Вы ча́сто … в теа́тр?
— К сожале́нию, нет. Мы … в теа́тр раз в ме́сяц.

— Вы … в Волгогра́д пе́рвый раз?
— Да, мы о́чень ра́ды. Мы … туда́ на экску́рсию. А вы уже́ бы́ли в Волгогра́де?
— Да. Я ча́сто … к до́чери в Волгогра́д. Моя́ дочь живёт в Волгогра́де, а я в Москве́. И мы … в го́сти друг к дру́гу.

— Что вы де́лали в суббо́ту?
— … на маши́не в Плёс.
— Как пое́здка?
— Прекра́сно. Когда́ мы …, мы ви́дели краси́вые живопи́сные места́.

б) Скажите, куда вы ходите / ездите каждый день (каждую неделю, часто, иногда, редко). 說一說，您每天（每週、經常、有時、很少）去哪裡。

語法 **Прямая / косвенная речь**
直接引語和間接引語

1. **Анто́н:** Том, куда́ **ты** идёшь?
   Том: Я иду́ в столо́вую.

   Анто́н спроси́л То́ма, куда́ **он** идёт
   Том отве́тил, что **он** идёт в столо́вую.

2. **Оле́г:** Ира, с кем **вы** бы́ли в теа́тре?
   Ира: Я ходи́ла с бра́том.

   Оле́г спроси́л Иру, с кем **она́** была́ в теа́тре.
   Ира отве́тила, что **она́** ходи́ла в теа́тр с бра́том.

3. **Экскурсово́д:** Скажи́те, пожа́луйста, в како́й гости́нице **вы** живёте?
   Тури́ст: Я живу́ в гости́нице «Ко́смос».

   Экскурсово́д спроси́л тури́ста, в како́й гости́нице **он** живёт.
   Он сказа́л, что **он** живёт в гости́нице «Ко́смос».

4. **Студе́нты:** Скажи́те, пожа́луйста, когда́ бу́дет сле́дующий уро́к?
   Преподава́тель: Сле́дующий уро́к бу́дет за́втра.

   Студе́нты спроси́ли преподава́теля, когда́ бу́дет сле́дующий уро́к.
   Преподава́тель отве́тил, что сле́дующий уро́к бу́дет за́втра.

Антон спросил Тома,		**Том сказал (ответил) Антону, что:**

кто это?	это его друг.
где он живёт?	он живёт в Москве.
откуда он приехал?	он приехал из Англии.
куда он поедет летом?	летом он поедет домой.
когда у него день рождения?	день рождения у него в сентябре.
чем он любит заниматься?	он любит играть в теннис.
как зовут его сестру?	его сестру зовут Джейн.
почему он хочет стать врачом?	он хочет стать врачом, как его отец.

25 **Прочитайте диалоги. Переведите их в косвенную речь.**

讀對話。按照範例將其變成間接引語。　▶ MP3-27

Образец 範例：

Антон: Виктор, я давно хочу послушать свою любимую певицу Алсу. Где она сейчас выступает?

Виктор: Я не знаю, Антон, спроси мою сестру. Она интересуется музыкой и тоже любит эту певицу.

Антон сказал Виктору, что он давно хочет послушать свою любимую певицу Алсу. Он спросил Виктора, где она сейчас выступает.

Виктор сказал, что он не знает. Он посоветовал Антону спросить его сестру, потому что она интересуется музыкой и тоже любит эту певицу.

1. Олег: Как зовут новую студентку?

　Ира: Я не знаю, потому что меня вчера не было на уроке. Спроси нашего преподавателя, он должен знать.

2. Игорь: Вчера я видел по телевизору известного теннисиста Марата Сафина.

　Наташа: А у меня есть его автограф.

　Игорь: Когда и где ты взяла такой редкий автограф?

　Наташа: На стадионе «Дружба» в Москве.

3. Андрей Что ты любишь читать?

　Николай Обычно я читаю детективы. Я люблю читать книги Бориса Акунина.

　Андрей Какой последний роман Бориса Акунина ты читал?

　Николай Недавно я прочитал его роман «Внеклассное чтение».

4. Джон: Кого ты ждёшь здесь?

　Том: Своего старшего брата.

　Джон: Куда вы идёте?

　Том: Мы идём покупать новую машину. Мой брат согласился помочь мне.

5. Мария: Скажите, пожалуйста, в каком году Ломоносов основал Московский университет?

　Ольга: Я забыла. Спроси нашего преподавателя, он всё знает.

26 **О чём вы хотите спросить этих людей? Задайте как можно больше вопросов. Дайте возможные варианты ответов.**

按照範例用下列詞組造句，說一說，您想問這些人什麼。

известный артист

> Я хочу́ спроси́ть э́того изве́стного арти́ста, в како́м спекта́кле он сейча́с игра́ет.

изве́стный спортсме́н, знамени́тый писа́тель, молодо́й учёный, но́вый знако́мый, росси́йский президе́нт, ру́сская спортсме́нка, люби́мая певи́ца, но́вая знако́мая, популя́рная арти́стка

27 **Прочитайте микротексты. Восстановите диалоги между этими людьми.**

讀短文並把它們還原成對話形式（把下列句子變成直接引語）。

1. Молодо́й челове́к спроси́л продавца́, где он мо́жет вы́брать мужско́й костю́м. Продаве́ц отве́тил, что мужски́е костю́мы мо́жно купи́ть в э́том магази́не на второ́м этаже́.

2. Студе́нты спроси́ли преподава́теля, ско́лько сто́ит проездно́й биле́т на все ви́ды тра́нспорта. Преподава́тель отве́тил, что он не зна́ет то́чно, ско́лько сто́ит проездно́й биле́т на все ви́ды тра́нспорта.

3. Преподава́тель спроси́л студе́нта, почему́ он не чита́ет текст. Студе́нт отве́тил, что он забы́л свой уче́бник до́ма.

語法 Сложное предложение со словом «который» в винительном падеже (4) который 第四格形式的複合句

Прочитайте предложения. Объясните, почему меняется форма слова который, от чего это зависит? 讀句子，並注意который的用法。

Это ру́сский **писа́тель**. **Этого писа́теля** я о́чень люблю́.

како́й? (1)

Это ру́сский **писа́тель**, **кото́рого** я о́чень люблю́.

кого́? (4)

Мне понра́вился **рома́н**. **Этот рома́н** я прочита́л ле́том.

како́й? (1)

Мне понра́вился **рома́н**, **кото́рый** я прочита́л ле́том.

что? (4)

В э́том магази́не есть **кни́га**. **Эту кни́гу** я хочу́ купи́ть.

кака́я? (1)

В э́том магази́не есть **кни́га**, **кото́рую** я хочу́ купи́ть.

что? (4)

28 **Сделайте сообщение короче. Из двух предложений составьте одно предложение. (Используйте слова** который, которое, которого, которую.**)**
将兩個簡單句組成一個帶который的複合句。

1. На вы́ставке я купи́л карти́ну. Эту карти́ну нарисова́л молодо́й худо́жник.
2. В це́нтре го́рода нахо́дится ста́рое зда́ние. Это зда́ние постро́ил изве́стный архите́ктор.
3. Официа́нт предложи́л мне блю́до. Это блю́до я ещё не про́бовал.
4. В аудито́рию вошёл преподава́тель. Этого преподава́теля мы все лю́бим.
5. Я встре́тил шко́льную подру́гу. Эту де́вушку я давно́ не ви́дел.
6. Анто́н е́здит на автомоби́ле. Этот автомоби́ль ему́ подари́ли роди́тели.
7. В газе́те я прочита́ла статью́ изве́стного писа́теля. Этого писа́теля мы пригласи́ли на ве́чер.
8. Я купи́л кни́гу. Эту кни́гу я до́лго иска́л.

29 **Восстановите предложения. (Используйте слово** который **в нужной форме.)**
用который的適當形式填空。

1. Я пе́рвый раз ви́дел арти́ста, ... игра́л в э́том фи́льме.
2. Мне о́чень нра́вится арти́ст, ... я ви́дел в но́вом фи́льме.
3. Я услы́шала пе́сню, ... ма́ма пе́ла мне в де́тстве.
4. Мой друг купи́л фрукто́вое моро́женое, ... я о́чень люблю́.
5. У меня́ есть стари́нная карти́на, ... подари́л мне де́душка.
6. Мне не понра́вился фильм, ... я посмотре́л на фестива́ле.
7. Ты зна́ешь арти́ста, ... мы встре́тили в теа́тре?
8. Я познако́мился с сестро́й Анто́на, ... ра́ньше никогда́ не ви́дел.

кото́рый

кото́рое

кото́рого

кото́рую

В тексте, который вы будете читать, вы встретите новые слова и выражения. Познакомьтесь с ними.
讀課文，理解新詞語的意義和用法。

1. Прочитайте объяснения. Постарайтесь понять новые слова и выражения.
讀下列單詞並理解詞義。

(1) **зараба́тывать — зарабо́тать** де́ньги (4) = получа́ть — получи́ть де́ньги за рабо́ту.
· Молодо́й писа́тель **зараба́тывал** немно́го.

(2) **с трудо́м своди́ть концы́ с конца́ми** = жить о́чень бе́дно
· Молодо́й писа́тель **зараба́тывал** немно́го и **с трудо́м своди́л концы́ с конца́ми**.

(3) **представля́ть — предста́вить себе́** кого́? что? (4)
· Он **представля́л себе́** молоду́ю и краси́вую же́нщину. = Он не знал её, но ду́мал, что она́ молода́я и краси́вая.
· Она́ **представля́ла себе́** свой ле́тний о́тдых. = Она́ мечта́ла о том, как она́ бу́дет отдыха́ть ле́том, она́ ви́дела себя́ на пля́же, на мо́ре.
· Ка́ждый челове́к мо́жет **предста́вить себе́** свой родно́й дом.

(4) **брать приме́р** с кого́? (2)
Бери́те приме́р с меня́. = Де́лайте, как я.
· Всю жизнь он **брал приме́р** с отца́. = Он хоте́л всё де́лать так, как де́лал его́ оте́ц.

2. Прочитайте предложения, постарайтесь понять значение выделенных (новых) слов. Посмотрите эти слова в словаре, чтобы проверить, правильно ли вы их поняли. 查辭典並正確理解粗體詞的詞義。

(1) **обраща́ть — обрати́ть внима́ние** на кого́? на что? (4)
· Посмотри́те нале́во. **Обрати́те внима́ние** на э́то ста́рое зда́ние.
· Все **обрати́ли внима́ние** на но́вую студе́нтку, кото́рая вошла́ в аудито́рию.

(2)

у кого́?	не хвати́ло		де́нег	· Он не купи́л дорого́й костю́м,
кому́?	не хвата́ет	чего́? (2)	зна́ний	потому́ что у него́ **не хвати́ло**
	не хва́тит		вре́мени	де́нег.

· Она́ хоте́ла сде́лать э́ту рабо́ту, но не сде́лала, потому́ что у неё **не хвати́ло** вре́мени.

(3) **предлага́ть — предложи́ть** кому́? (3) что?(4), что (с)де́лать?
· Официа́нт **предложи́л** нам све́жий сала́т и ры́бу.
· Преподава́тель **предложи́л** студе́нту пое́хать на экску́рсию.

3. а) Прочитайте слова. Поставьте вопросы к каждому слову, найдите общую часть родственных слов (корень). 找出詞根並對每個詞提問。

читáть — чтéние — читáтель — **читáтельница**
шутúть — **шýтка** — **шутнúк**
болтáть — **болтлúвый**
полéзный — **полéзно** ≠ бесполéзный — бесполéзно

б) Составьте словосочетания или предложения с выделенными словами.
用粗體詞造詞組或句子。

31 Прочитайте текст и ответьте на вопрос, как изменилась жизнь писателя Александра Орлова?

讀課文並回答問題，作家亞歷山大・奧爾洛夫的生活是怎樣改變的？ ▶ MP3-28

Зáвтрак

Молодóй писáтель Алексáндр Орлóв жил в прекрáсном стáром рýсском гóроде Ростóве, снимáл недорогýю мáленькую квартúру и писáл кнúги. Он зарабáтывал немнóго и с трудóм сводúл концы́ с концáми. Однáжды он получúл интерéсное письмó. Это письмó написáла читáтельница, котóрая прочитáла егó нóвую кнúгу. Алексáндр отвéтил ей и скóро получúл ещё однó письмó, в котóром онá писáла, что приéдет на три дня в Ростóв, хóчет встрéтиться с ним в однóм извéстном дорогóм ресторáне и поговорúть. У неё бýдет тóлько одúн свобóдный день — воскресéнье, потомý что в пя́тницу онá пойдёт в Ростóвский Кремль, а в суббóту — на интерéсную вы́ставку и в музéй.

Алексáндр был óчень рад, что эта жéнщина обратúла внимáние на егó нóвую кнúгу и хóчет поговорúть о ней. Прáвда, у негó нé было дéнег, чтóбы пойтú в дорогóй ресторáн, но всё-таки он хотéл встрéтиться с ней. Молодóй человéк решúл, что не бýдет покупáть дорогýю едý и дорогúе сигарéты. Тогдá, мóжет быть, у негó хвáтит дéнег на дорогóй ресторáн. В своём письмé

он отвéтил, что бýдет ждать её в слéдующее воскресéнье в 11 часóв утрá óколо ресторáна.

В воскресéнье ýтром Алексáндр стоя́л óколо ресторáна и ждал свою́ прекрáсную незнакóмку. Он представля́л себé молодýю красúвую жéнщину, мечтáл, что вéчером онú вмéсте бýдут гуля́ть и он покáжет ей свой роднóй гóрод, свою́ любúмую ýлицу, свои любúмые местá. Когдá онá пришлá, он óчень удивúлся.

Онá былá немолодáя и некрасúвая. Её звáли Клáра. Онá началá говорúть. Онá говорúла бы́стро и мнóго. Алексáндр пóнял, что это óчень болтлúвая жéнщина. Но онá говорúла тóлько об Алексáндре и о егó нóвой кнúге, поэтому он был готóв внимáтельно слýшать эту неприя́тную жéнщину.

Онú вошлú в ресторáн и сéли за свобóдный стóлик. Когдá Алексáндр откры́л ресторáнное меню́, у негó потемнéло в глазáх — цéны бы́ли огрóмные. Клáра замéтила, как он посмотрéл на цéны, и решúла успокóить молодóго человéка.

— Я никогда́ не ем мно́го на за́втрак, — сказа́ла она́, — то́лько одно́ блю́до. По-мо́ему, лю́ди в на́ше вре́мя о́чень мно́го едя́т. Я возьму́ све́жую морску́ю ры́бу. Интере́сно, у них есть све́жая морска́я ры́ба?

Они́ позва́ли молодо́го внима́тельного официа́нта. Официа́нт сказа́л, что, коне́чно, в рестора́не есть све́жая морска́я ры́ба, кото́рую они́ получи́ли то́лько сего́дня у́тром. Алекса́ндр заказа́л э́ту морску́ю ры́бу. Официа́нт предложи́л Кла́ре взять ещё све́жий сала́т.

— Нет, — отве́тила она́, — я никогда́ не ем мно́го на за́втрак. Мо́жет быть, у вас есть чёрная икра́? Я о́чень люблю́ чёрную икру́.

Алекса́ндр на́чал волнова́ться, он знал, что чёрная икра́ сто́ит о́чень до́рого. Но что де́лать?! Он заказа́л чёрную икру́. Себе́ молодо́й челове́к взял са́мое дешёвое блю́до — жа́реное мя́со с карто́шкой.

— Заче́м вы берёте жа́реное мя́со с карто́шкой? — сказа́ла Кла́ра. — Это тяжёлая еда́, пото́м вы не смо́жете рабо́тать. Бери́те приме́р с меня́. Я всегда́ ем немно́го и чу́вствую себя́ прекра́сно.

Алекса́ндр молча́л. Тепе́рь на́до бы́ло вы́брать вино́.

— Я никогда́ не пью вино́ у́тром, — сказа́ла Кла́ра.

— Я то́же, — бы́стро сказа́л Алекса́ндр.

Но Кла́ра не слу́шала молодо́го челове́ка и продолжа́ла говори́ть.

— У́тром мо́жно пить то́лько бе́лое вино́, оно́ о́чень поле́зное. Мой врач сове́тует мне пить то́лько францу́зское шампа́нское.

— А мой врач сове́тует никогда́ не пить вино́.

— Что же вы бу́дете пить?

— Во́ду!

Кла́ра е́ла чёрную икру́, дорогу́ю ры́бу и пила́ францу́зское шампа́нское, пото́м заказа́ла овощно́й сала́т и фру́кты. Она́ ве́село болта́ла об иску́сстве, о литерату́ре, о му́зыке. А несча́стный писа́тель сиде́л, счита́л, ско́лько ему́ на́до бу́дет заплати́ть, и ду́мал, что он бу́дет де́лать, е́сли де́нег не хва́тит.

— Ко́фе? — спроси́л Алекса́ндр.

— Да, коне́чно. Я люблю́ сла́дкий чёрный ко́фе и шокола́дное моро́женое.

Наконе́ц, официа́нт дал Алекса́ндру счёт. Молодо́й челове́к заплати́л. У него́ бо́льше не́ было ни копе́йки.

— Бери́те приме́р с меня́, — ве́село сказа́ла Кла́ра, — никогда́ не е́шьте мно́го на за́втрак.

— Я сде́лаю ещё лу́чше, — отве́тил писа́тель, — Я сего́дня не бу́ду обе́дать и у́жинать.

— Вы шу́тите?! Коне́чно, вы шу́тите.

Алекса́ндр по́нял, что бо́льше никогда́ не хо́чет ви́деть э́ту же́нщину.

Прошло́ 20 лет. Одна́жды в теа́тре Кла́ра уви́дела изве́стного, популя́рного писа́теля. Она́ поняла́, что зна́ет э́того челове́ка. Это был Алекса́ндр Орло́в. Она́ поздоро́валась с ним. Он то́же поздоро́вался, но удиви́лся, потому́ что не по́нял, кто э́то. Пе́ред ним стоя́ла пожила́я, о́чень по́лная же́нщина. Он не узна́л свою́ ста́рую знако́мую. Но когда́ он услы́шал её и́мя, он сра́зу вспо́мнил её.

— Ско́лько лет, ско́лько зим! — улыбну́лась она́. — Как лети́т вре́мя! Вы по́мните на́шу пе́рвую встре́чу? Вы пригласи́ли меня́ поза́втракать.

Конéчно, он пóмнил э́тот зáвтрак и э́ту встрéчу. Ведь в то врéмя он с трудóм своди́л концы́ с концáми. А сейчáс, когдá он стал извéстным писáтелем и богáтым человéком, он мог пригласи́ть её в любóй ресторáн. Но тепéрь емý бы́ло совсéм не интерéсно, что онá дýмает о егó кни́гах.

32 **Отвéтьте на вопрóсы.** 回答問題。

1. Кто такóй Алексáндр Орлóв?
2. Почемý Алексáндр Орлóв был óчень рад, когдá получи́л письмó от своéй читáтельницы?
3. О чём написáла емý читáтельница в своём письмé?
4. Почемý Алексáндр Орлóв согласи́лся встрéтиться со своéй читáтельницей?
5. Каки́е проблéмы бы́ли у молодóго писáтеля?
6. Как Алексáндр Орлóв представля́л себé э́ту встрéчу? О чём он мечтáл пéред встрéчей?
7. Почемý он óчень удиви́лся, когдá уви́дел свою́ читáтельницу?
8. Почемý у Алексáндра потемнéло в глазáх, когдá он уви́дел меню́ в ресторáне?
9. Что заказáли на зáвтрак Алексáндр и Клáра и почемý кáждый из них вы́брал э́ти блю́да?
10. О чём дýмал писáтель, когдá Клáра болтáла об искýсстве и литератýре?
11. Почемý пóсле э́той встрéчи Алексáндр Орлóв не хотéл бóльше ви́деть э́ту жéнщину?
12. Когдá и где они́ встрéтились ещё раз?

33 **Сравни́те пéрвую и послéднюю встрéчу герóев. Что измени́лось в жи́зни э́тих людéй?**
比較主角的第一次和最後一次見面，他們的生活有哪些變化？

34 **Как вы дýмаете, как э́ту истóрию расскáжет Алексáндр Орлóв и как э́ту истóрию расскáжет Клáра?**
您認為兩位主角會如何講述這段故事？

35 **Что вы дýмаете о харáктере герóев — Орлóва и Клáры?**
您怎樣看待兩位主角的性格？

Домашнее задание 家庭作業

1 **а) Восстановите диалоги. Используйте глаголы прийти, приехать в нужной форме.** 用運動動詞的適當形式填空。

— Ми́ша, как твои́ дела́, как экза́мены?
— Сдал отли́чно, и все мои́ друзья́ то́же сда́ли. Мо́жно, мы сейча́с ... к вам в го́сти?
— Коне́чно, мо́жно! Когда́ вы ... ?
— Че́рез полчаса́.
— Хорошо́, жду вас, бу́дем пить чай с то́ртом.

Андре́й: Алло́, э́то Серге́й? Приве́т, Серге́й!
Серге́й: Приве́т, Андре́й, ты в Москве́?
Андре́й: Нет, я в Сара́тове, я здесь в командиро́вке.
Серге́й: Когда́ ты ... в Москву́? Мне ну́жно тебя́ уви́деть и поговори́ть.
Андре́й: ... че́рез неде́лю и сра́зу позвоню́.
Серге́й: Договори́лись!

б) Запишите информацию, которую вы узнали из диалогов. Начните так:
按照下列形式轉述上面的對話：

Я узна́л, что Ми́ша и его́ друзья́ отли́чно сда́ли экза́мены.
Ми́ша позвони́л дру́гу, и он пригласи́л их в го́сти.
Друг Ми́ши спроси́л его́, когда́ они́ приду́т.
Ми́ша сказа́л ему́, что ... .

2 **Запишите информацию в косвенной речи.** 把直接引語變成間接引語。

1) **Врач:** Вы о́чень мно́го ку́рите.
   Пацие́нт: Почему́ я не до́лжен кури́ть?
   Врач: Куре́ние де́лает жизнь коро́че.
   Пацие́нт: Я так не ду́маю. Дре́вние гре́ки не кури́ли, но все они́ у́мерли.
2) **Студе́нт:** Когда́ ве́чером я пишу́ стихи́, я всю ночь не могу́ спать.
   Преподава́тель: Я сове́тую вам чита́ть стихи́, кото́рые вы написа́ли.
3) Два дру́га возвраща́ются домо́й о́чень по́здно.
   Игорь: Что ты ска́жешь жене́, когда́ придёшь домо́й?
   Па́вел: Я скажу́ ей то́лько «До́брый ве́чер!», а всё остально́е она́ ска́жет сама́.

3 **Напишите упражнения.** 完成本課練習題。

№ 1 б), в)	№ 17	№ 25
№ 2	№ 18	№ 26
№ 4	№ 20 а), б), в), г)	№ 27
№ 6 б), в)	№ 21	№ 28
№ 8	№ 22	№ 31
№ 12	№ 23	№ 33
№ 16 а), б)	№ 24	

УРОК 3 第三課

I. Фонетическая зарядка 語音練習

1 **Слушайте, повторяйте, читайте.** 聽MP3，跟讀。 ▶ MP3-29

а) встре́тил ста́ршего бра́та
сфотографи́ровал ру́сскую арти́стку
пригласи́л изве́стного учёного-фи́зика
купи́л све́жую газе́ту
получи́л но́вый па́спорт
спел но́вую пе́сню

похо́ж на своего́ отца́
похо́ж на свою́ мать
похо́жи друг на дру́га
не похо́ж на ста́ршего бра́та

б) в како́м году́?
в како́м году́ роди́лся?
в како́м году́ прие́хал учи́ться?

ка́ждый день хожу́ в шко́лу
год наза́д е́здил в Англию
че́рз год пое́ду в Евро́пу

в) в 1985 году́, в 1992 году́, в 1995 году́,
в 2000 году́, в 2001 году́, в 2002 году́,
в 2003 году́, в 2004 году́, в 2005 году́...

г) у сы́на све́тлые во́лосы
у отца́ тёмные глаза́
у Ната́ши зелёные глаза́
у Андре́я хоро́ший мя́гкий хара́ктер
у Мари́ны прекра́сный го́лос

д) сказа́л, что придёт ...
написа́ла, что прие́дет ...
сказа́л, когда́ пойдёт ...
сказа́л, что пое́дет ...
написа́л, что е́здил ...
сказа́л, что ходи́л ...

2 **Слушайте и повторяйте. Запомните последнее предложение и запишите его. Продолжите высказывание.**

聽MP3，跟讀。記住並寫下最後一個句子。按此主題繼續說一說。 ▶ MP3-30

... мы пойдём... ⇨

... мы с дру́гом пойдём... ⇨

Мы с дру́гом пойдём на дискоте́ку. ⇨

Мы с дру́гом пойдём на молодёжную дискоте́ку. ⇨

Че́рез неде́лю мы с дру́гом пойдём на молодёжную дискоте́ку. ⇨

Че́рез неде́лю мы с дру́гом пойдём на молодёжную дискоте́ку в клуб. ⇨

Че́рез неде́лю мы с дру́гом пойдём на молодёжную дискоте́ку в студе́нческий клуб. ... ⇨

УРОК 3

... я не узна́л... ⇨

... я не сра́зу узна́л... ⇨

Я не сра́зу узна́л дру́га. ⇨

Я не сра́зу узна́л своего́ дру́га. ⇨

Я не сра́зу узна́л своего́ шко́льного дру́га. ⇨

Вчера́ я не сра́зу узна́л своего́ шко́льного дру́га. ⇨

Вчера́ на у́лице я не сра́зу узна́л своего́ шко́льного дру́га. ⇨

Вчера́ на у́лице я не сра́зу узна́л своего́ шко́льного дру́га, потому́ что ви́дел его́ 10 лет наза́д. ... ⇨

II. Поговори́м 說一說

1 **Прослу́шайте диало́ги, зада́йте аналоги́чные вопро́сы свои́м друзья́м.**

聽對話，並向朋友們提同樣的問題。　▶ MP3-31

— Како́го писа́теля ты лю́бишь бо́льше
всего́?
— Ру́сского писа́теля Пу́шкина.

— Скажи́те, когда́ вы прие́хали в Москву́?
— Неде́лю наза́д.

— Куда́ вы пое́дете на экску́рсию?
— Мы пое́дем в Я́сную Поля́ну, где жил
Лев Толсто́й.

— Вы ча́сто е́здите на метро́?
— Ка́ждый день.

— Каку́ю оде́жду вы покупа́ете?
— Я люблю́ удо́бную, спорти́вную оде́жду.

— Когда́ у вас бу́дут кани́кулы?
— Че́рез 3 ме́сяца.

— Когда́ принима́ет дека́н?
— Ка́ждую неде́лю в понеде́льник и
пя́тницу.

— Вы занима́етесь пла́ванием?
— Да, ка́ждую неде́лю хожу́ в бассе́йн.

— На кого́ ты похо́жа?
— Говоря́т, что я похо́жа на свою́ ба́бушка.

— Тебе́ нра́вится певи́ца Алсу́?
— Да, у неё о́чень краси́вые глаза́.

2 **Как вы ответите? (Возможные варианты.)** 您如何回答？（請寫出各種可能形式。）

— Когда́ вы ко́нчили шко́лу?

— ... .

— Како́го арти́ста журнали́сты встреча́ли вчера́ в аэропорту́?

— ... .

— Куда́ уе́хали ва́ши друзья́?

— ... .

— Вы ча́сто хо́дите в теа́тр?

— ... .

— На кого́ вы похо́жи?

— ... .

— Как ча́сто вы хо́дите в бассе́йн?

— ... .

— Каку́ю маши́ну ты хо́чешь купи́ть?

— ... .

— Куда́ ты пое́дешь в кани́кулы?

— ... .

3 **Как вы спро́сите? (Возможны варианты.)** 您如何提問？（請寫出各種可能形式。）

— ... ?

— Я зако́нчу университе́т че́рез 5 лет.

— ... ?

— Я жду свою́ подру́гу уже́ час.

— ... ?

— Мне ну́жно купи́ть минера́льную во́ду.

— ... ?

— Я прие́хал в Росси́ю два ме́сяца наза́д.

— ... ?

— Я жду свою́ подру́гу.

— ... ?

— Нет, я хожу́ в спортза́л раз в неде́лю.

— ... ?

— Я хожу́ в теа́тр ка́ждый ме́сяц.

— ... ?

— Мой друг о́чень похо́ж на своего́ отца́.

— ... ?

— В авто́бусе я обрати́ла внима́ние на гру́стного молодо́го челове́ка.

— ... ?

— Я верну́сь в Москву́ че́рез неде́лю.

— ... ?

— Я встре́тил дру́га, когда́ шёл в университе́т.

— ... ?

— На за́втрак я ем ри́совую ка́шу и пью ко́фе.

語法 **Родительный падеж (2) имён существительных с местоимениями и прилагательными**
代詞、形容詞與名詞連用及其單數第二格

1.

у кого́?		кого́? / чего́?
у како́го? / у како́й?	нет	како́го? / како́й?

У приро́ды нет плохо́й пого́ды.

— У вас нет ли́шнего биле́тика?

2.

у кого́?	нет	кого́? / чего́?
когда́?	не́ было	како́го? /
где?	не бу́дет	како́й?

3.

от како́го? / от како́й?
отку́да?
от кого́?
от како́го? / от како́й?

— Это откры́тка из Ю́жной Коре́и от моего́ люби́мого студе́нта.

4.

— Чья э́то карти́на?
— Это карти́на изве́стного худо́жника.

Худо́жник рису́ет портре́т мое́й подру́ги.

5.

когда́?

Пе́рвого января́ во всём ми́ре лю́ди встреча́ют Но́вый год.

6.

ско́лько?

2, 3, 4 бра́та

5–20
ско́лько
мно́го
ма́ло
не́сколько

2 (две), 3, 4 сестры́

бра́тьев
сестёр

語法 1. Родительный падеж (2). Обладание
第二格。表示誰有什麼

У э́той студе́нтки ещё нет но́вого уче́бника.

У э́того молодо́го спортсме́на ещё нет олимпи́йской меда́ли.

у кого́? у како́го? / у како́й?	нет	кого́? / чего́? како́го? / како́й?

Прочитайте таблицу и поставьте вопросы к выделенным словам. Дополните таблицу своими примерами. 參考表1並對粗體詞提問。用自己的例句擴充表格。

Таблица 1. 表1

у како́го? / нет како́го?	
У моего́ бли́зкого дру́га сего́дня день рожде́ния. У Ви́ктора нет **моби́льного** телефо́на. **У э́того высо́кого** челове́ка тёмные глаза́.	-ого / -его -а / -я
у како́й? / нет како́й?	
У мое́й бли́зкой подру́ги родила́сь дочь. У И́ры нет **тёплой** шу́бы. **У мое́й мла́дшей** сестры́ больши́е голубы́е глаза́.	-ой / -ей -ы / -и

1 **а) Прочитайте сообщения из газеты «Московские новости». Какая информация вас заинтересовала?**

閱讀摘自《莫斯科新聞報》中的報導。您對哪些訊息有興趣？

Образец 範例： Мне бы́ло интере́сно прочита́ть о...

> У **популя́рного моско́вского** актёра Серге́я Безру́кова была́ мечта́. Он мечта́л сыгра́ть роль А. С. Пу́шкина. Оте́ц Серге́я, режиссёр Вита́лий Безру́ков, помо́г сы́ну. Он поста́вил в своём теа́тре спекта́кль «Алекса́ндр Пу́шкин». Его́ сын Серге́й Безру́ков сыгра́л гла́вную роль в э́том спекта́кле.

> У **мо́дной моско́вской** фотохудо́жницы Екатери́ны Рожде́ственской откры́лась но́вая фотовы́ставка «Ча́стная колле́кция». На э́ту вы́ставку пришли́ изве́стные лю́ди: худо́жники, арти́сты, режиссёры, телеведу́щие. Мно́гие из них уви́дели свои́ портре́ты.

> У **са́мой изве́стной росси́йской** певи́цы Аллы Пугачёвой **нет моско́вской кварти́ры**, потому́ что в одно́й кварти́ре певи́цы на Тверско́й у́лице живёт её дочь и её вну́ки. Там о́чень шу́мно. А в друго́й кварти́ре певи́цы на Тага́нской у́лице нахо́дится её о́фис. Звезда́ не мо́жет жить в о́фисе. Поэ́тому, когда́ Алла Пугачёва приезжа́ет в Москву́, она́ живёт в гости́нице «Балчу́г».

б) Поставьте вопросы к выделенным словам. 對上述短文中的粗體詞提問。

в) Задайте вопросы к этим сообщениям, чтобы уточнить, правильно ли вы поняли эту информацию. 對報導提問，確認是否正確理解這些訊息。

г) Расскажите, что вы узнали о каждом человеке. 說一說，關於短文主角您了解了什麼。

2 С помощью вопросов уточните, каких вещей нет у человека.

按照範例造句，說一說這些人沒有什麼東西。

Образец 範例：

— У меня́ нет кни́ги.
— Како́й? (Како́й кни́ги у вас нет?)

У меня́ нет журна́ла (телефо́на, ша́пки, компью́тера, ру́чки, карандаша́, газе́ты, пальто́, словаря́, уче́бника, гита́ры, кольца́, га́лстука, кварти́ры, ключа́, маши́ны...).

3 **а) Посмотрите на рисунки. С помощью вопросов составьте портреты этих людей. (Используйте слова под рисунком.)**

看圖說一說圖中人物的外表（參考圖下方的詞彙）。

Образец 範例：

— У како́го молодо́го челове́ка тёмные во́лосы?
— У э́того высо́кого молодо́го челове́ка тёмные во́лосы.

1) дли́нные / коро́ткие   во́лосы
тёмные / све́тлые

2) ка́рие
голубы́е   глаза́
се́рые
зелёные

3) стро́йная
спорти́вная   фигу́ра
хоро́шая / плоха́я

б) Уточните, какая одежда у этих людей? (Есть ли эти вещи у вас?)

確認一下這些人有什麼衣服。您有這些東西嗎？

Образец 範例：

У како́го челове́ка но́вая шля́па?

▼

У э́того высо́кого молодо́го челове́ка но́вая шля́па.

си́няя ма́йка
спорти́вный костю́м
вече́рнее пла́тье
бе́лый костю́м
мо́дный га́лстук
коро́ткая ю́бка
высо́кие сапоги́
мо́дные ту́фли
лёгкая ку́ртка
но́вые кроссо́вки

4 **а) Прослушайте диалог. Как вы думаете, сколько лет девочке, которая рисовала? Какой у неё был карандаш?**

聽對話。您認為畫畫的小女孩多大？她的鉛筆是什麼顏色的？ ▶ МР3-32

ломáться I
сломáться
сломáлся
(-лась, -лись)

— Дáша, что ты дéлаешь?
— Рисýю.
— А почемý у тебя зелёное сóлнце?
— Потомý что у меня нет жёлтого карандашá.
— А почемý у тебя зелёное нéбо?
— Потомý что у меня нет сúнего карандашá.
— А почемý у тебя зелёные цветы́?
— Потомý что у меня нет крáсного карандашá.
— А какúе карандашú у тебя есть?
— Тóлько зелёный, а другúе карандашú сломáлись.

б) Скажите, какого карандаша нет у этой маленькой девочки?

說一說這位小女孩沒有哪種顏色的鉛筆。

5 **а) Посмотрите на рисунок и скажите, что продают в этом магазине в отделе «Бытовая техника»? Что можно здесь купить?**

看圖，說一說商店裡的家電部賣些什麼，可以在這裡買到什麼。

б) Прослушайте диалог и скажите, что хотят купить эти люди и почему?

聽對話並說一說，這些人想買什麼，為什麼。 ▶ МР3-33

▶ **БЫТОВАЯ ТЕХНИКА:**
стиральные машины, электрические чайники, кухонные комбайны, холодильники

— Дóбрый день! Что вы хотúте?
— Я хочý сдéлать женé хорóший подáрок, мы недáвно поженúлись.
— Подáрки на вторóм этажé. Там вы мóжете вы́брать одéжду, óбувь, духú.
— Нет, спасúбо, мы хотúм посмотрéть бытовýю тéхнику. У нас нóвая квартúра, но нет стирáльной машúны, электрúческого чáйника, кýхонного комбáйна и большóго холодúльника.
— Пожáлуйста, э́то на трéтьем этажé. У нас в магазúне есть бытовáя тéхника из Россúи, Южной Корéи и Зáпадной Еврóпы. Продавéц покáжет вам всё, что вы хотúте.

в) Расскажите, что вы узнали об этих людях? Расскажите, что вы узнали о магазине, в который пришли эти люди?

說一說，關於這些人以及他們去的商店，您了解了什麼？

6 **а) Пройдите по отделам магазина. Скажите, что вы хотите купить, кому и почему?** 看看商店裡賣些什麼。說一說，您想買什麼給誰，為什麼。

Образец 範例：

У мое́й мла́дшей сестры́ нет тёплой зи́мней ку́ртки. Я хочу́ купи́ть ей хоро́шую ку́ртку, потому́ что на у́лице о́чень хо́лодно.

Кни́ги, канцеля́рские това́ры

▼

то́лстая / то́нкая тетра́дь, просто́й / кра́сный / зелёный каранда́ш, си́няя / кра́сная ру́чка, большо́й / ма́ленький фотоальбо́м, большо́й / ма́ленький ру́сско-англи́йский слова́рь

Оде́жда

▼

чёрный / све́тлый костю́м, тёплое пальто́, си́няя руба́шка, мо́дный га́лстук, ле́тняя шля́па, зи́мняя ку́ртка, сва́дебное пла́тье, больша́я / ма́ленькая ко́жаная су́мка

Бытова́я те́хника

▼

стира́льная маши́на, ку́хонный комба́йн, электри́ческая плита́, персона́льный компью́тер, ма́ленький телеви́зор, большо́й холоди́льник, музыка́льный центр, электри́ческий ча́йник, моби́льный телефо́н

Спорти́вные това́ры

▼

спорти́вный костю́м, те́ннисная раке́тка, футбо́льный мяч, купа́льный костю́м (цветно́й купа́льник), купа́льная ша́почка, спорти́вный тренажёр, туристи́ческая пала́тка

б) Посове́туйте дру́гу пойти́ в э́тот магази́н, е́сли он хо́чет купи́ть пода́рок ма́ме, бра́ту, подру́ге, сестре́.
如果您的朋友想買禮物送給媽媽、哥哥、朋友、姊姊，請建議他逛這間商店。

2. Родительный падеж (2). Отсутствие 第二格・表示否定意義

у кого́?	нет	кого́? / чего́?
когда́?	не́ было	како́го? /
где?	не бу́дет	како́й?

у кого́?	есть		кто? / что? (1)
где?	был (-а́, -о, -и)		
когда́?	бу́дет		

у кого́?	нет		кого́? / чего́? (2)
где?	не́ было		како́го? / како́й?
когда́?	не бу́дет		

| У меня́ | есть | был | бли́зкий друг |
| | бу́дет | была́ | бли́зкая подру́га |

У меня́	нет		бли́зкого дру́га
	не́ было		бли́зкой подру́ги
	не бу́дет		

В го́роде	есть бу́дет	был была́ бы́ло	откры́тый бассе́йн
			музыка́льная шко́ла
			назе́мное метро́

В го́роде	нет		откры́того бассе́йна
	не́ было		музыка́льной шко́лы
	не бу́дет		назе́много метро́

| В э́том году́ | бу́дет | был была́ | молодёжный фестива́ль |
| | | | зи́мняя олимпиа́да |

| В э́том году́ | не́ было | | молодёжного фестива́ля |
| | не бу́дет | | зи́мней олимпиа́ды |

7 **Прочитайте сообщения, скажите, что вы узнали, какую информацию вы можете добавить. (Чего не было в XIX веке?)**

讀下列訊息。說一說您了解了什麼，您還可補充什麼資訊。（19世紀時沒有什麼？）

Ещё совсем недавно в мире не́ было моби́льного телефо́на, персона́льного компью́тера и электро́нной по́чты.

На кинофестива́ле в Со́чи не́ было изве́стного режиссёра и молодо́й тала́нтливой актри́сы из Ита́лии.

8 **а) Ответьте на вопросы. Скажите, что у вас нет этих предметов. Задайте свои вопросы друзьям. Скажите, что вы узнали.**

回答問題。說一說，您沒有這些物品。請向朋友們提問。說一說，您了解了什麼。

1. У вас есть ли́шний биле́т?
2. У вас есть кра́сная ру́чка?
3. У тебя́ есть чи́стая тетра́дь?
4. У тебя́ есть большо́й слова́рь?
5. У вас есть моби́льный телефо́н?

б) Закончите предложения. Скажите, что на этом месте или в это время не было / не будет этих объектов или событий.

完成句子。說一說，在這裡或在這個時候不曾有／將沒有這些物品或事件。

Образец 範例： Сего́дня я купи́л в кио́ске интере́сный журна́л, а вчера́ в кио́ске не́ было э́того журна́ла.

1. Сего́дня весь день был си́льный дождь, а вчера́ ...
2. В э́том году́ мои́ роди́тели купи́ли за́городный дом, а в про́шлом году́ ...
3. Ве́чером в кинотеа́тре бу́дет но́вый америка́нский фильм, а вчера́ ...
4. В понеде́льник в клу́бе бу́дет интере́сная ле́кция, а в воскресе́нье ...
5. Сейча́с у мое́й подру́ги есть ма́ленькая симпати́чная соба́ка, а ра́ньше ...
6. У моего́ дру́га есть отли́чная маши́на, а ра́ньше ...
7. Сейча́с здесь большо́е краси́вое о́зеро, а ра́ньше ...
8. Сейча́с в Москве́ есть де́тский аквапа́рк, а ра́ньше ...
9. Сего́дня на за́втрак был я́блочный пиро́г, а вчера́ ...

Образец 範例： В э́том до́ме бу́дет продукто́вый магази́н?

Нет, в э́том до́ме не бу́дет продукто́вого магази́на.

1. На э́том ме́сте бу́дет но́вый большо́й заво́д?
2. За́втра в кинотеа́тре бу́дет америка́нский фильм?
3. В суббо́ту бу́дет авто́бусная экску́рсия?
4. По́сле уро́ков бу́дет студе́нческое собра́ние?
5. Ве́чером по телеви́зору бу́дет спорти́вная переда́ча?
6. Ле́том в МГУ бу́дет математи́ческая олимпиа́да?
7. Весно́й в Москве́ бу́дет молодёжный фестива́ль?
8. Ве́чером у тебя́ бу́дет свобо́дное вре́мя?
9. На бу́дущей неде́ле у нас бу́дет контро́льная рабо́та?

語法 3. Родительный падеж (2). Место
第二格。表示地點意義（從哪裡來，從誰那裡來）

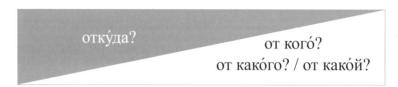

откуда?

от кого?
от какого? / от какой?

Спортсме́н пры́гнул с высо́кой горы́ и полете́л на дельтапла́не.

С я́хты пришло́ сообще́ние от ру́сского путеше́ственника Фёдора Ко́нюхова.

Посмотрите таблицу 2, поставьте вопросы к выделенным словам. Дополните таблицу своими примерами. 請看表 2，對粗體詞提問並造句。

Таблица 2. 表2

откуда? **из / с како́го?**	Джон прие́хал **из большо́го** го́рода.	-ого / -его **-а / -я**
от кого́? **от како́го?**	Анна получи́ла письмо́ **от своего́ но́вого** знако́мого.	
откуда? **из / с како́й?**	На́ша ба́бушка прие́хала **из ма́ленькой** дере́вни.	-ой / -ей **-ы / -и**
от кого́? **от како́й?**	Ива́н получи́л письмо́ **от свое́й америка́нской** подру́ги.	

9 С помощью вопросов уточните, откуда пришли эти люди?
按照範例回答問題，這些人是從哪裡來的？

Образец 範例 :   Друзья́ пришли́ из теа́тра.   ▶   Из како́го теа́тра?

Друзья́ пришли́ из институ́та (из рестора́на, из музе́я, из па́рка, с факульте́та, со стадио́на, с вокза́ла, с конце́рта, из кафе́, из посо́льства).

Друзья́ пришли́ из шко́лы (из библиоте́ки, из апте́ки, с вы́ставки, с по́чты, с экску́рсии, из столо́вой, из поликли́ники, из парикма́херской).

Местоимение «свой» в родительном падеже (2) 代詞 свой 的第二格

Ольга — моя́ ста́ршая сестра́.

Михаи́л — её муж и мой хоро́ший друг.

Я получи́л письмо́ и фотогра́фии от **свое́й** сестры́ и её му́жа — **своего́** хоро́шего дру́га.

Таблица 3. 表3

	от како́го дру́га?	от како́й подру́ги?
я получи́л письмо́ ты получи́л письмо́ мы получи́ли письмо́ вы получи́ли письмо́	от своего́ (моего́) от своего́ (твоего́) от своего́ (на́шего) дру́га от своего́ (ва́шего)	от свое́й (мое́й) от свое́й (твое́й) от свое́й (на́шей) подру́ги от свое́й (ва́шей)
он получи́л письмо́ она́ получи́ла письмо́ они́ получи́ли письмо́	от своего́ дру́га	от свое́й подру́ги

(от) своего́   (от) его́

≠   (от) её

(от) свое́й   (от) их

!   **Обрати́те внима́ние!**
請注意！

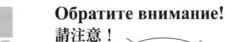

У моего́ дру́га (2) есть хоро́шие музыка́льные ди́ски.

Здесь нет **моего́** дру́га (2).

Я взял э́тот но́вый диск **у своего́** дру́га (2).

Я покажу́ вам портре́т **свое́й** подру́ги.

10 а) Посмотрите на рисунки, прочитайте текст и ответьте на вопрос.

請看圖，讀短文並回答問題。

Образец 範例：

Вчера́ у Влади́мира и Ле́ны была́ сва́дьба. Роди́тели, ро́дственники и друзья́ подари́ли им хоро́шие пода́рки. Как вы ду́маете, от кого́ жени́х и неве́ста получи́ли э́ти пода́рки?

У Влади́мира и Ле́ны не́ было но́вой видеока́меры. Они́ получи́ли но́вую видеока́меру от своего́ шко́льного дру́га.

б) Спроси́те у свои́х друзе́й, каки́е пода́рки обы́чно да́рят на сва́дьбу на их ро́дине? Скажи́те, что вы узна́ли?

問一問自己的朋友，在他們家鄉結婚時，通常送什麼禮物。說一說您了解了什麼？

11 а) Прослу́шайте диало́ги. Скажи́те, кто получи́л откры́тку, факс, посы́лку, письмо́, пода́рок?

聽對話並說一說，誰都收到了明信片、傳真、包裹、信件、禮物。　▶ MP3-34

— Здра́вствуйте, вам откры́тка.
— Отку́да?
— Из Ю́жной Аме́рики.
— А, э́то от моего́ студе́нта. Он всегда́ поздравля́ет меня́ с днём рожде́ния.

— Я так ра́да! Вчера́ я получи́ла посы́лку и письмо́ с Да́льнего Восто́ка.

— От кого́?

— От моего́ ста́ршего сы́на. Он офице́р и сейча́с слу́жит на Да́льнем Восто́ке.

— Что он пи́шет?

— Пи́шет, что у него́ всё в поря́дке, и приглаша́ет к себе́ на Да́льний Восто́к.

— Како́е краси́вое кольцо́! Это тебе́ жени́х подари́л?

— Нет, э́то стари́нное кольцо́. В день сва́дьбы моя́ ба́бушка получи́ла э́то кольцо́ в пода́рок от своего́ жениха́. А пото́м оно́ перешло́ ко мне от мое́й люби́мой ба́бушки.

б) Прослу́шайте диало́ги ещё раз. Скажи́те, что вы узна́ли об э́тих лю́дях?
再聽一次對話。說一說，關於這些人您了解了什麼。

в) От кого́ (отку́да?) вы получа́ете пи́сьма, телегра́ммы, посы́лки, пода́рки? Спроси́те об э́том свои́х друзе́й. Скажи́те, что вы узна́ли?
您收到來自誰（來自哪裡）的信件、電報、包裹、禮物？詢問朋友這些問題。說一說，您了解了什麼。

12 **а) Прочита́йте статью́ из газе́ты и да́йте ей своё назва́ние. Объясни́те, почему́ вы да́ли тако́е назва́ние?**
閱讀摘自報紙的文章。為文章下標題並說明理由。 ▶ MP3-35

Всю свою́ жизнь лю́ди да́рят и получа́ют пода́рки: на день рожде́ния, на Но́вый год, на Рождество́, на 8 ма́рта. Это прия́тная тради́ция. Мы да́рим друг дру́гу сувени́ры, кни́ги, цветы́, конфе́ты, откры́тки. А иногда́ быва́ют и дороги́е пода́рки, наприме́р, маши́ны, бриллиа́нты, путеше́ствия...

Но ру́сские говоря́т: «Гла́вное — не пода́рок, а внима́ние».

Неда́вно популя́рная певи́ца Ири́на Салтыко́ва получи́ла от своего́ дру́га необы́чный пода́рок. Он подари́л ей настоя́щую звезду́, кото́рую неда́вно откры́ли учёные. Эту звезду́ молодо́й челове́к купи́л в Моско́вском планета́рии и дал ей и́мя Ири́на. Тепе́рь э́та звезда́ — со́бственность популя́рной моско́вской певи́цы.

Астроно́мы открыва́ют но́вые и но́вые звёзды. И е́сли вы хоти́те име́ть свою́ звезду́, вы то́же мо́жете купи́ть её в Моско́вском планета́рии и дать ей любо́е и́мя.

б) Отве́тьте на вопро́сы. 回答問題。

1. Како́й пода́рок получи́ла Ири́на Салтыко́ва? От кого́ она́ получи́ла э́тот пода́рок?
2. Как вы понима́ете выраже́ние «Гла́вное — не пода́рок, а внима́ние»?
3. А вы хоти́те получи́ть в пода́рок и́ли подари́ть кому́-нибудь звезду́?

**4. Родительный падеж
(2). Характеристика.
Принадлежность**
第二格。表示事物特徵及所屬關係

Характеристика, качество, название	Принадлежность (Кому принадлежит этот предмет?)

— Какой это теа́тр?
— Теа́тр ю́ного зри́теля.

— Кака́я это ка́рта?
— Это ка́рта За́падной Сиби́ри.

— Како́е это зда́ние?
— Зда́ние Большо́го теа́тра.

— Чей это расска́з?
— Это расска́з ру́сского писа́теля А. П. Че́хова.

— Чья это маши́на?
— Это маши́на моего́ ста́ршего бра́та.

— Чьё это кольцо́?
— Это кольцо́ мое́й дорого́й ба́бушки.

Обратите внимание!
請注意！

Како́й это уче́бник?
    Это уче́бник (1) ру́сского языка́ (2).

Како́й уче́бник ты купи́л?
    Я купи́л уче́бник (4) ру́сского языка́ (2).

①, ②, ③, ④, ⑤, ⑥   +   ②

В како́м уче́бнике э́тот текст?
    Этот текст в уче́бнике (6) ру́сского языка́ (2).

Како́го уче́бника у тебя́ нет?
    У меня́ нет уче́бника (2) ру́сского языка́ (2).

13 **Прочитайте примеры. Напишите полные вопросы и ответы.**
讀下列例句。寫出完整的問題與答案。

Вот но́вая кни́га (кака́я?)

У меня́ нет кни́ги (како́й?)

Я хочу́ купи́ть кни́гу (каку́ю?)

Этот расска́з есть в кни́ге (в како́й?)

Я ищу́ кни́гу (каку́ю?)

Я узна́л о но́вой кни́ге (о како́й?)

Мне нра́вится но́вая кни́га (кака́я?)

изве́стной ру́сской
писа́тельницы.

14 **Посмотрите на фотографии. Прочитайте подписи к ним. Поставьте вопросы к выделенным словам.**

請看照片。讀照片下方的文字，並對粗體詞提問。

Библиоте́ка **иностра́нной литерату́ры**.

Зда́ние **моско́вского Ма́лого теа́тра**.

Дом мо́ды **изве́стного модельéра Вячесла́ва За́йцева**.

Семья́ **росси́йского режиссёра Ники́ты Михалко́ва**.

Студéнты **Моско́вского университéта**.

Музéй **изобрази́тельного искýсства** и́мени А. С. Пýшкина.

Украше́ния **ру́сской императри́цы Екатери́ны II.**

Письмо́ и рису́нки **ру́сского поэ́та А. С. Пу́шкина.**

Са́мая больша́я река́ **За́падной Сиби́ри.**

Карти́на **изве́стного ру́сского худо́жника XVIII (восемна́дцатого) ве́ка.**

15. **Вы уже́ давно́ живёте в Москве́. Ско́ро к вам прие́дут друзья́ или роди́тели, они́ пе́рвый раз в Москве́ и хотя́т посмотре́ть го́род. Что вы пока́жете им в Москве́, куда́ вы пойдёте, что посмо́трите, что послу́шаете?**

按照範例造句。您在莫斯科已經住了很長的時間。您的朋友或父母即將要來找您，他們第一次來莫斯科，想看看城市。您要帶他們參觀莫斯科哪些地方？你們將去哪裡，欣賞什麼，聆聽什麼？

Образец 範例：

зда́ние ▶ Большо́й теа́тр ▶ Я покажу́ им зда́ние Большо́го теа́тра.

конце́рт ▶ стари́нная му́зыка ▶ Мы послу́шаем конце́рт стари́нной му́зыки.

зда́ние ▶ Моско́вский госуда́рственный университе́т
Большо́й теа́тр
Росси́йская госуда́рственная библиоте́ка
Третьяко́вская галере́я

у́лицы
центр ▶ большо́й совреме́нный го́род
наш го́род
совреме́нная столи́ца

панора́ма ▶ совреме́нная Москва́
стари́нный го́род

музе́й	▶	ру́сское наро́дное иску́сство
вы́ставка	▶	совреме́нная фотогра́фия
презента́ция	▶	но́вый фильм
конце́рт	▶	популя́рная му́зыка
о́пера	▶	ру́сский компози́тор П. И. Чайко́вский
террито́рия	▶	моско́вский Кремль
ста́нции	▶	моско́вское метро́

16 **а) Прочитайте текст. Скажите, что вы узнали о возрасте счастья?**

讀課文。說一說，關於幸福的年齡您了解了什麼。 ▶ MP3-36

Совреме́нные психо́логи говоря́т, что в жи́зни ка́ждого челове́ка быва́ет два во́зраста сча́стья.

Пе́рвый — в 15 лет, когда́ жизнь молодо́го челове́ка то́лько начина́ется. Ю́ноши и де́вушки мечта́ют о бу́дущем, стро́ят пла́ны, ду́мают об учёбе и об интере́сной рабо́те. Именно в э́то вре́мя к челове́ку прихо́дит любо́вь. Это во́зраст пе́рвой любви́.

Второ́й во́зраст сча́стья — в 70 лет. Именно в э́том во́зрасте пожилы́е лю́ди начина́ют жить для себя́. Мно́гие уже́ на пе́нсии, у них доста́точно свобо́дного вре́мени, так как нет ежедне́вной рабо́ты. Де́ти уже́ взро́слые и живу́т самостоя́тельно.

Не́которые лю́ди путеше́ствуют, други́е увлека́ются иску́сством, теа́тром, му́зыкой, ведь ра́ньше у них не́ было тако́й возмо́жности, а сейча́с они́ реализу́ют свои́ ста́рые мечты́ де́тства и ю́ности. В э́том во́зрасте не́которые пожилы́е лю́ди да́же встреча́ют свою́ но́вую любо́вь, же́нятся и́ли выхо́дят за́муж.

б) Ответьте на вопросы. 回答問題。

1. Скажи́те, почему́ психо́логи счита́ют, что 15 лет — э́то пе́рвый во́зраст сча́стья? 70 лет — второ́й во́зраст сча́стья?
2. Согла́сны ли вы с мне́нием совреме́нных психо́логов? Почему́?
3. Что вы ду́маете о во́зрасте сча́стья?

17 **а) Прослушайте диалоги. Скажите, что вы узнали.**

聽對話。說一說，您了解了什麼。 ▶ MP3-37

— У меня́ нет студе́нческого биле́та.
  Вы не зна́ете, где я могу́ его́ получи́ть?
— Вам на́до пойти́ в декана́т к секретарю́.
— Спаси́бо.

проездно́й биле́т
чита́тельский биле́т
медици́нская спра́вка
зачётная кни́жка

— Вы не зна́ете, где нахо́дится Центр междунаро́дного образова́ния МГУ?

— Коне́чно, зна́ю. ЦМО МГУ нахо́дится на у́лице Кржижано́вского, дом 24.

— А где э́то? Это далеко́?

— Это недалеко́ от ста́нции метро́ «Профсою́зная», 5 мину́т пешко́м.

факульте́т журнали́стики МГУ, стадио́н моско́вского университе́та, Центра́льный дом худо́жника, Парк культу́ры, Большо́й теа́тр, Истори́ческий музе́й

— Кака́я краси́вая му́зыка! Ты не зна́ешь, чья?

— Это пе́рвый конце́рт Чайко́вского, изве́стного ру́сского компози́тора.

стихи́ Маяко́вского — росси́йский поэ́т, рома́н Л. Н. Толсто́го — знамени́тый ру́сский писа́тель, кни́га Б. Аку́нина — популя́рный совреме́нный писа́тель, карти́на Г. Серебряко́вой — изве́стная ру́сская худо́жница

— Скажи́те, пожа́луйста, как называ́ется э́та пло́щадь?

— Это пло́щадь Гага́рина.

— Спаси́бо.

проспе́кт Ми́ра, парк Побе́ды, пло́щадь Револю́ции, Теа́тр сати́ры, Теа́тр ю́ного зри́теля, Музе́й восто́чного иску́сства

б) Составьте аналогичные диалоги, используйте слова, данные справа.

使用右列的單詞編對話。

5. Родительный падеж (2). Время
第二格。表示時間意義

Посмотрите таблицу 4. Прочитайте примеры и дополните таблицу своими примерами. 請看表4，讀例句並擴充表格。

Таблица 4. 表4

когда́?			
то́чная да́та (2)	(6) + (2)	в како́м году́? (6)	в како́м ме́сяце? (6)
роди́лся 10.12.1985 (деся́того декабря́ ты́сяча девятьсо́т во́семьдесят пя́того го́да)	в сентябре́ 2003 го́да (в сентябре́ две ты́сячи тре́тьего го́да) в нача́ле в середи́не } XX ве́ка (двадца́того ве́ка) в конце́	в 2008 году́ (в две ты́сячи восьмо́м году́)	в а́вгусте в сентябре́ в октябре́ в про́шлом ме́сяце на про́шлой неде́ле

· Ви́ктор роди́лся **10 декабря́ 1985 го́да**. Он прие́хал в Москву́ **в сентябре́ 2003 го́да**. **В 2008 году́** Ви́ктор зако́нчит университе́т. **В а́вгусте** у него́ бу́дут кани́кулы, и он пое́дет отдыха́ть.

· **В нача́ле XX ве́ка** появи́лось телеви́дение.

· **В середи́не XX ве́ка** появи́лся компью́тер, а **в конце́ XX ве́ка** — Интерне́т.

18 Прочитайте информацию. Скажите, что вы узнали. (Знали ли вы раньше об этих событиях?) 讀下列訊息。說一說您了解了什麼。在此之前您知道這些事件嗎？

19 апреля 1563 года Иван Фёдоров начал печатать первую в России книгу, которая называлась «Апостол».

6 июня 1799 года родился русский поэт, основатель новой русской литературы и современного русского языка Александр Пушкин.

5 мая 2000 года астрономы наблюдали Малый парад планет: Солнце, Марс, Луна, Венера, Юпитер, Сатурн и Меркурий находились на одной линии.

24 мая 1972 года Россия и США подписали документ о мирном использовании космоса.

26 мая 1883 года в Москве открыли Храм Христа Спасителя.

30 мая 2003 года Санкт-Петербург праздновал своё трёхсотлетие.

19 Скажите, когда произошли эти события. 說一說，這些事件是何時發生的。

15.05.1935 г.	— В Москве открыли первую линию метро.
1928 г.	— В Москве появился первый Парк культуры и отдыха имени М. Горького.
1892 г.	— В Москве появилась первая картинная галерея — Третьяковская галерея.
1703 г.	— Пётр I основал новый город на Неве — Санкт-Петербург.
Январь 1755 г.	— В Москве открылся первый университет (МГУ).
15.09.2002 г.	— В Москве появилась новая площадь, которая называется площадь Европы.
Август 1980 г.	— В Москве прошли Олимпийские игры.
Сентябрь 2002 г.	— В Москве на территории ВВЦ (Всероссийского выставочного центра) прошла Международная книжная выставка.
09.10.2002 г.	— В России прошла перепись населения.

20 а) Узнайте у своего друга даты важных событий его жизни и запишите их. 問一問您的朋友在他生命中重要事件的日期，並記下來。

1. Когда он родился?
2. Когда он начал учиться в школе?
3. Когда он окончил школу и получил документ об образовании (аттестат)?
4. Когда он приехал в Россию?
5. Когда он начал изучать русский язык?
6. Когда он окончит университет? ...

б) Расскажите, что вы узнали о вашем друге. 敘述一下您朋友的情況。

6. Родительный падеж (2). Количество (Сколько?)
第二格。表示數量意義

Как мно́го де́вушек хоро́ших...

Ско́лько книг, ско́лько слов, ско́лько букв...

| 1 | (оди́н) друг — (одно́) я́блоко — (одна́) подру́га |
| 2, 3, 4 | (два, три, четы́ре) дру́га, я́блока
(две, три, четы́ре) подру́ги |

| 2, 3, 4 | + род. п. ед. ч. |

| ско́лько
5–20
мно́го
ма́ло
не́сколько | друзе́й
подру́г
я́блок |

| ско́лько
5–20
мно́го
ма́ло
не́сколько | + род. п. мн. ч. |

Широка́ страна́ моя́ родна́я,
Мно́го в ней лесо́в, поле́й и рек.
Я друго́й тако́й страны́ не зна́ю,
Где так во́льно ды́шит челове́к...

Посмотрите таблицу 5. Какое правило вы можете сформулировать? Объясните его своим друзьям и дайте свои примеры.

請看表5，了解名詞複數第二格的變化。

Таблица 5. 表5

Сколько?

			петух	курица	яйцо
стол_ студе́нт_		**-ов**	столо́в студе́нтов		
музе́й трамва́й **-й** геро́й		**-ев**	музе́ев трамва́ев геро́ев		
слова́рь **-ь** эта́ж **-ж** каранда́ш **-ш** врач **-ч** това́рищ **-щ**	ь ж ш ⎫ + **-ей** ч щ	**-ей**	словаре́й этаже́й карандаше́й враче́й това́рищей		
по́ле мо́ре **-е**					поле́й море́й
тетра́дь ночь **-ь**				тетра́дей ноче́й	
кни́га ка́рта **-а** библиоте́ка				кни́г_ карт_ библиоте́к_	
я́блоко **-о** ме́сто					я́блок_ мест_
зда́ние **-ие** общежи́тие		**-ий**			зда́ний общежи́тий
аудито́рия **-ия**				аудито́рий	

Запомните! 請記住！

друг — друзья́ мать — ма́тери дочь — до́чери сестра́ — сёстры ⎬ ско́лько брат — бра́тья стул — сту́лья лист — ли́стья	друзе́й матере́й дочере́й сестёр бра́тьев сту́льев ли́стьев	челове́к — лю́ди 2, 3, 4 челове́ка 5–20 ско́лько ⎬ челове́к не́сколько мно́го ⎬ люде́й ма́ло	1 раз 2, 3, 4 ра́за ско́лько 5–20 ⎬ раз мно́го

Запомните! 請記住！

сýмка — нéсколько сýмок

студéнтка — нéсколько студéнток

окнó — нéсколько óкон

лóжка — нéсколько лóжек

дéвушка — мнóго дéвушек

рýчка — мáло рýчек

письмó — нéсколько пи́сем

статья́ — нéсколько статéй

подáрок — мнóго подáрков

---

21 **Заполните свою таблицу по образцу таблицы 5. (Используйте данные слова в своей таблице.)** 參考表5，把下列單詞變成複數第二格。

1	2	3	4
учéбник	преподавáтель	лáмпа	óзеро
гóрод	плóщадь	библиотéка	слóво
дом	семья́	карти́на	посóльство
магази́н	дверь	рýчка	госудáрство
океáн	нож	сýмка	дéло
зонт	ключ	ýлица	предложéние
теáтр	словáрь	кассéта	упражнéние
подáрок	врач	дéвушка	задáние
герóй	этáж	страни́ца	заня́тие
музéй		шкóла	áрмия
трамвáй		пóчта	

---

22 **Узнайте о количестве объектов (предметов), которые вас интересуют. (Используйте слова из упр. 21.)**

請用第21題的詞彙，了解一下您感興趣的項目、物品的數量。

Образец 範例：

Скóлько книг вы взя́ли в библиотéке?

Скóлько магази́нов на э́той ýлице?

Скóлько госудáрств в Зáпадной Еврóпе?

---

23 **а) Задайте вопросы своим друзьям.** 向自己的朋友提以下問題。

Скóлько человéк в вáшей семьé?

Скóлько у вас брáтьев и сестёр?

Скóлько кóмнат в вáшем дóме (в вáшей кварти́ре)?

Скóлько этажéй в вáшем общежи́тии?

Скóлько у вас друзéй и подрýг?

Скóлько студéнтов в вáшей грýппе?

Скóлько преподавáтелей в вáшей грýппе?

Скóлько предмéтов вы изучáете сейчáс?

Скóлько предмéтов вы изучáли в шкóле?

б) Скажите, что вы узнали. 說一說您了解了什麼。

24 а) **Прочитайте интересную информацию. Ответьте на вопросы.**
閱讀有趣訊息並回答問題。

1) Ско́лько ученико́в в са́мой большо́й шко́ле в ми́ре?
2) Ско́лько слов запо́мнил молодо́й челове́к из Ерева́на? Ско́лько он сде́лал оши́бок в дикта́нте?
3) У како́го молодо́го челове́ка о́чень хоро́шая па́мять?
4) Кака́я интере́сная тради́ция существу́ет в Росси́и?

Са́мая больша́я шко́ла в ми́ре нахо́дится в Индии в Калькýтте. В э́той шко́ле ýчится 12 350 (двена́дцать ты́сяч три́ста пятьдеся́т) ученико́в.

В 1990 годý в моско́вском изда́тельстве «Прогре́сс» проходи́л необы́чный экспериме́нт. Молодо́й челове́к из Ерева́на прочита́л и запо́мнил 1000 (ты́сячу) слов из 10 (десяти́) языко́в ми́ра. Зате́м он написа́л дикта́нт, в кото́ром сде́лал то́лько 40 оши́бок.

По сообще́нию кита́йского аге́нтства «Синьхуа́», молодо́й челове́к из Харби́на по́мнит 15 000 номеро́в телефо́нов.

В Росси́и есть ста́рая тради́ция — провожа́ть зи́му и встреча́ть весну́. В э́то вре́мя лю́ди гото́вят ру́сское национа́льное блю́до — блины́. В ма́рте 2002 го́да в це́нтре Москвы́ приготóвили са́мый большо́й блин — 150 м² (квадра́тных ме́тров). Для приготовле́ния э́того блина́ испо́льзовали мно́го проду́ктов: 2500 яи́ц, 150 килогра́ммов муки́, 300 ли́тров молока́, 60 килогра́ммов са́хара и 1,5 (полтора́) килогра́мма со́ли.

б) **Найди́те реце́пт ру́сских блино́в. (Каки́е проду́кты ну́жно взять, что́бы приготóвить ру́сские блины́?)**
找一找俄羅斯布林餅食譜。製作俄羅斯布林餅需要準備哪些食材？

в) **Кака́я информа́ция вас заинтересова́ла? Почему́?**
上述文章哪一篇您最感興趣？為什麼？

г) **А каки́е интере́сные фа́кты зна́ете вы? Расскажи́те о них.**
您知道哪些有趣的事實？請敘述一下。

25 а) **Прочита́йте и восстанови́те текст. (Поста́вьте существи́тельные в ско́бках в ну́жной фо́рме.)** 讀課文，並把括號中的詞轉變成適當形式。 ▶ MP3-38

Ре́дкие музе́и

Зна́ете ли вы, что в ми́ре существу́ет мно́го (музе́й)? Есть необы́чные, ре́дкие и о́чень интере́сные музе́и. Наприме́р, в Москве́ на Ма́лой Дми́тровке нахо́дится уника́льный Музе́й (ку́кла). Хозя́йка э́того музе́я худо́жница Юлия Вишне́вская расска́зывает, что в её колле́кции 5 (ты́сяча) (экспона́т). Когда́ вы прихо́дите в э́тот музе́й, вы попада́ете в мир де́тства.

В Герма́нии в Берли́не есть Музе́й (соба́ка). В (э́тот музе́й) мо́жно уви́деть мно́го (скульпту́ры) (соба́ка) из де́рева, мета́лла и кера́мики.

А в Голла́ндии в Амстерда́ме нахо́дится Музе́й (ко́шка). Э́тот музе́й со́здал голла́ндец

Роберт Майер в 1990 году, когда умер его любимый рыжий кот. В Москве тоже есть музей (кошка). Это и понятно, потому что люди всегда любили (кошка) и (собака), но они никогда не любили (мышь). Однако в России на Волге есть старинный город Мышкин, и в этом городе есть единственный в мире Музей (мышь). 48 стран подарили много (мышь) этому музею. Конечно, это были не живые (мышь), а игрушки.

Особенно любят музеи жители Германии. Куда можно пойти в субботу или в воскресенье, если на улице дождь? Конечно, люди идут в музей. В Немецком музее техники в Берлине можно посмотреть интересные экспонаты XVII–XX (век): здесь много (велосипед, автомобиль, машина, вагон, паровоз) и даже несколько (самолёт). В коллекции музея есть редкий экспонат 1820 года — велосипед из дерева. Его вес 26 (килограмм).

В мире постоянно растёт количество (музей). Уже существуют музеи (фотоаппарат, зонтик, чайник, ручка, часы, очки, подарок).

б) Прочитайте текст ещё раз и ответьте на вопросы. 請再讀一遍課文並回答問題。

· Объясните, почему текст так называется?
· Скажите, что вы узнали, какие музеи существуют в мире?
· В какой из этих музеев вы хотите пойти? Почему?
· Какие музеи существуют в вашей стране?
· В каком музее Москвы вы уже были?
· Знаете ли вы, что есть Музей сахара? Вы хотите пойти в этот музей?
· Как вы думаете, что там можно увидеть?

26 а) Посмотрите на портреты. Прочитайте краткую информацию об этих людях. 看圖，讀一讀關於這些人的簡介。

1. Мария Петровна — домохозяйка. Всё свободное время она отдаёт дому, семье. У неё очень талантливые дети. Она надеется, что её старший сын будет художником, а младший — музыкантом.

2. Олег закончил биологический факультет МГУ. Сейчас он учится в аспирантуре и серьёзно работает над диссертацией.

3. Мари́на — студе́нтка. Она́ у́чится в МГУ на факульте́те журнали́стики. Она́ лю́бит чита́ть, слу́шать му́зыку, изуча́ет иностра́нные языки́. У неё соверше́нно нет свобо́дного вре́мени.

4. Анна о́чень лю́бит совреме́нную му́зыку. Она́ ча́сто хо́дит в клу́бы, на дискоте́ки, на конце́рты популя́рной му́зыки. У Анны есть друг. Они́ познако́мились в молодёжном клу́бе на дискоте́ке.

5. Игорь о́чень пунктуа́льный челове́к. Он всегда́ плани́рует своё вре́мя, поэ́тому он никогда́ не опа́здывает сам и не лю́бит, когда́ опа́здывают други́е.

6. Ольга Ива́новна — пенсионе́рка, но у неё нет свобо́дного вре́мени, потому́ что она́ о́чень лю́бит смотре́ть телеви́зор, слу́шать му́зыку, чита́ть газе́ты и журна́лы, а та́кже писа́ть пи́сьма в реда́кцию газе́ты «Моя́ семья́».

7. Михаи́л Ви́кторович — пенсионе́р. У него́ есть бли́зкий друг. Они́ дру́жат уже́ мно́го лет и ча́сто встреча́ются, потому́ что у них есть о́бщие интере́сы. Они́ о́ба коллекционе́ры.

8. Ната́ша и Анто́н пожени́лись в про́шлом году́. У них молода́я, но о́чень дру́жная семья́. Всё своё свобо́дное вре́мя они́ прово́дят вме́сте. Они́ лю́бят смотре́ть телеви́зор, быва́ть на конце́ртах и петь люби́мые пе́сни.

б) Прочитайте письма, которые написали эти люди в редакцию газеты «Моя семья». Скажите, какое письмо написал каждый из этих людей. Почему вы так думаете?

閱讀這些人寫給《我的家庭報》編輯部的信。說一說，哪個人寫了哪封信，為什麼您這樣認為。 ▶ MP3-39

Письмо́ 1. У моего́ ста́рого дру́га о́чень интере́сное хо́бби. Он собира́ет откры́тки. В колле́кции моего́ дру́га есть ре́дкие откры́тки девятна́дцатого ве́ка. Пя́того декабря́ у моего́ дру́га день рожде́ния. Я хочу́ сде́лать ему́ хоро́ший пода́рок. Скажи́те, где я могу́ купи́ть стари́нные откры́тки?

Письмо́ 2. У мое́й но́вой подру́ги никогда́ нет свобо́дного вре́мени. Она́ мне о́чень нра́вится, но мы с ней ча́сто ссо́римся, потому́ что она́ всегда́ опа́здывает на свида́ния. В суббо́ту я ждал её о́коло Большо́го теа́тра це́лый час. Мо́жет быть, нам расста́ться? Как вы ду́маете?

Письмо́ 3. Я слы́шала, что у изве́стной музыка́льной гру́ппы «Ива́нушки International» вы́шел но́вый музыка́льный диск. «Ива́нушки International» — люби́мая гру́ппа моего́ дру́га. Скажи́те, пожа́луйста, где и когда́ бу́дет презента́ция но́вого музыка́льного ди́ска э́той гру́ппы?

Письмо́ 4. У меня́ два сы́на. Мой ста́рший сын у́чится в худо́жественном учи́лище, кото́рое нахо́дится недалеко́ от на́шего до́ма. Все говоря́т, что у моего́ ста́ршего сы́на большо́й тала́нт. Он о́чень хорошо́ рису́ет. У моего́ мла́дшего сы́на о́чень хоро́ший го́лос и прекра́сный музыка́льный слух. Он о́чень лю́бит му́зыку. Все говоря́т, что ему́ на́до учи́ться в музыка́льной шко́ле. Но вот беда́, в на́шем райо́не нет музыка́льной шко́лы. Посове́туйте, что нам де́лать в э́той ситуа́ции?

Письмо́ 5. Мы с му́жем о́чень лю́бим певи́цу Ната́шу Королёву. У неё прия́тный го́лос. Нам нра́вится слу́шать и петь её пе́сни. Одна́жды мы бы́ли на конце́рте Ната́ши Королёвой и да́же получи́ли авто́граф на́шей люби́мой певи́цы. Очень хоти́м ещё раз уви́деть и услы́шать Ната́шу. Мы с удово́льствием смо́трим все конце́рты по телеви́зору, но, к сожале́нию, в после́днее вре́мя она́ нигде́ не выступа́ет. Скажи́те, пожа́луйста, что случи́лось?

Письмо́ 6. Зда́ние Росси́йской госуда́рственной библиоте́ки закры́то на ремо́нт. Скажи́те, пожа́луйста, когда́ гла́вная библиоте́ка на́шей страны́ начнёт рабо́тать? Я пишу́ диссерта́цию и о́чень хочу́ занима́ться в э́той библиоте́ке, так как там мо́жно получи́ть всю необходи́мую мне нау́чную литерату́ру.

в) Газета «Моя семья» отвечает на письма своих читателей. Прочитайте эти письма и скажите, какой ответ на своё письмо получил каждый из этих людей? 《我的家庭報》回信給讀者。閱讀這些信件，說一說每位讀者收到了怎樣的回信。 ▶ MP3-40

А. Презента́ция но́вого ди́ска популя́рной музыка́льной гру́ппы «Ива́нушки International» бу́дет 8 декабря́ в Моско́вском дворце́ молодёжи на Комсомо́льском проспе́кте. Биле́ты мо́жно купи́ть в ка́ссе.

Б. У популя́рной моско́вской певи́цы Ната́ши Королёвой роди́лся сын. Реда́кция на́шей газе́ты поздравля́ет Ната́шу с рожде́нием сы́на и жела́ет ей хоро́шего здоро́вья и большо́го сча́стья. Сейча́с Ната́ша чу́вствует себя́ хорошо́ и ско́ро сно́ва вы́йдет на сце́ну.

В. Стари́нные откры́тки XIX-ого ве́ка, откры́тки нача́ла и середи́ны XX-ого ве́ка мо́жно купи́ть в любо́м букинисти́ческом магази́не Москвы́. Коллекционе́ры о́чень лю́бят букинисти́ческий магази́н на Ста́ром Арба́те. Опытные продавцы́ помо́гут вам вы́брать хоро́ший пода́рок.

Г. Если ваш ребёнок хо́чет занима́ться му́зыкой, а в ва́шем райо́не нет музыка́льной шко́лы, сове́туем вам найти́ хоро́шего преподава́теля и брать ча́стные уро́ки му́зыки для ва́шего ребёнка.

Д. Если вы лю́бите ва́шу подру́гу, мы не сове́туем вам расстава́ться с ней. Все де́вушки опа́здывают на свида́ния!

Е. Действи́тельно, зда́ние Росси́йской госуда́рственной библиоте́ки сейча́с на ремо́нте. К сожале́нию, у нас нет информа́ции, когда́ библиоте́ка начнёт рабо́тать.

27 **Напишите письмо в газету «Моя семья».**
(О чём вы хотите спросить или узнать? О чём вы хотите рассказать?)
請給《我的家庭報》寫封信。您想要詢問或了解什麼？您有什麼想說的？

1. Сложное предложение со словом «который» в родительном падеже (2)
который 第二格形式的複合句

Прочитайте предложения и объясните, почему меняется форма слова который, от чего это зависит? 讀句子，並注意который的用法。

Это **мой друг**. **Моего́ дру́га** сего́дня не́ было на уро́ке.

▼

Это мой друг, **кото́рого** сего́дня не́ было на уро́ке.

Это **мой ста́рший брат**. **У моего́ бра́та** больша́я семья́.

▼

Это мой ста́рший брат, **у кото́рого** больша́я семья́.

У моего́ дру́га есть **кни́га**. **Этой кни́ги** нет в библиоте́ке.

▼

У моего́ дру́га есть кни́га, **кото́рой** нет в библиоте́ке.

Я пое́ду к **подру́ге**. **У мое́й подру́ги** сего́дня день рожде́ния.

▼

Я пое́ду к подру́ге, **у кото́рой** сего́дня день рожде́ния.

28 **Составьте свои предложения. (Возможны варианты.)**

按照範例造句。（請寫出各種可能形式。）

Образец 範例：

Кни́га | ..., кото́рой нет в на́шей библиоте́ке.
Я ищу́ кни́гу, кото́рой нет в на́шей библиоте́ке.
Я купи́л кни́гу, кото́рой нет в на́шей библиоте́ке.
Мы говори́м о кни́ге, кото́рой нет в на́шей библиоте́ке.

Журна́л	..., кото́рого не́ было в кио́ске.
Друг	..., у кото́рого есть хоро́ший компью́тер.
Го́род	..., из кото́рого прие́хали мои́ знако́мые.
Брат	..., от кото́рого я получи́л отли́чный пода́рок.
Дере́вня	..., кото́рой нет на ка́рте.
Подру́га	..., у кото́рой есть две сестры́.
Экску́рсия	..., с кото́рой пришли́ мои́ роди́тели.
Де́вушка	..., от кото́рой мой брат получа́ет пи́сьма.

29 **Соедините предложения с помощью слова который.**

將兩個簡單句組成一個帶который的複合句。

Утром я ви́дел своего́ дру́га. **Моего́ дру́га** не́ было вчера́ в университе́те.

Я хочу́ купи́ть су́мку. **Этой су́мки** нет в э́том магази́не.

Вот фотогра́фия моего́ дру́га. **От э́того дру́га** я получи́л вчера́ письмо́.

Анто́н ходи́л в кино́ с дру́гом. **У него́** был ли́шний биле́т.

Я хочу́ поздра́вить свою́ подру́гу. **У мое́й подру́ги** ско́ро бу́дет сва́дьба.

Я ещё не смотре́л э́тот спекта́кль. **С э́того спекта́кля** сейча́с верну́лись мои́ друзья́.

Ива́н напи́шет статью́ о вы́ставке. **С э́той вы́ставки** он пришёл час наза́д.

Мне ну́жно поздра́вить свою́ мла́дшую сестру́. **От неё** я получи́л краси́вую откры́тку.

語法 **2. Сложное предложение. Выражение желания** 複合句。表示願望

«Я так хочу́, что́бы ле́то не конча́лось...»

S + хочу́ + что (с)де́лать?

Я хочу́ поступи́ть в университе́т.
Я хоте́л получи́ть вы́сшее образова́ние.

S_1 + хочу́, что́бы S_2 + сде́лал (-а, -и)

Я хочу́, что́бы мой **друг** поступи́л в университе́т.
Мой **оте́ц** хоте́л, что́бы **я** получи́л вы́сшее образова́ние.

30 **а) Как вы скажете, если хотите, чтобы ваш друг сделал то же, что и вы? (Объясните, почему.)**
按照範例造句。如果您想請朋友與您做同樣的事，您會怎麼說？並說明原因。

Образец 範例：

Я хочу́ прие́хать в Москву́.

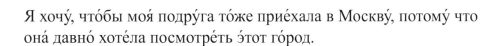

Я хочу́, что́бы моя́ подру́га то́же прие́хала в Москву́, потому́ что она́ давно́ хоте́ла посмотре́ть э́тот го́род.

Я хочу́...

посмотре́ть но́вый фильм.
прочита́ть но́вый рома́н Татья́ны Толсто́й.
пое́хать отдыха́ть на мо́ре.
хорошо́ сдать экза́мены.
купи́ть большо́й слова́рь.
в суббо́ту пойти́ в теа́тр.
пригласи́ть свою́ сестру́ на ве́чер.
сфотографи́ровать интере́сные па́мятники в Москве́.

б) Скажите, чего вы не хотите. (Объясните, почему.)
按照範例造句。說一說，您不想做什麼，並說明原因。

Образец 範例：

Я не хочу́, что́бы моя́ подру́га уе́хала из Москвы́, потому́ что нам интере́сно вме́сте.

3. Сложное предложение. Цель
複合句・表示目的意義

зачём? с какой целью? ▶ чтобы ...

Я приехал в Новгород, **чтобы посмотреть** город.	S + P, чтобы + что (с)делать?
Я приехал в Новгород к старому другу, **чтобы** он **показал** мне свой родной город.	S_1 + P_1, чтобы S_2 + P_2 (-л, -ла, -ли)

31 **Объясните цель действий этих людей. (Соедините части А и Б.)**
連接 А 與 Б，解釋這些人的目的。

А

Николас едет в Россию,

Родные и друзья пришли на вокзал,

Мама подарила Николасу мобильный телефон,

Папа подарил своему сыну часы,

Бабушка принесла любимому внуку тёплый шарф,

Дедушка принёс свой старый фотоаппарат,

Любимая подруга подарила Николасу свою фотографию,

Друг принёс футбольный мяч,

Б

чтобы Николас занимался спортом.

чтобы внук сфотографировал интересные памятники в Москве.

чтобы он не забывал её в России.

чтобы проводить его.

чтобы он не болел в России.

чтобы он звонил домой каждую неделю.

чтобы он никогда не опаздывал на занятия.

чтобы изучать русский язык.

32 **a) Прочитайте предложения. На какие вопросы ответил этот человек?**

讀下列句子並說一說，這個人回答了哪些問題。

Образец 範例：

Зачéм (с какóй цéлью?) э́тот человéк приéхал в Росси́ю?

Я приéхал в Росси́ю, **чтóбы получи́ть** образовáние.

Я хочý получи́ть образовáние, **чтóбы найти́** хорóшую рабóту.

Я бýду мнóго рабóтать, **чтóбы заработáть** мнóго дéнег.

Я хочý заработáть мнóго дéнег, **чтóбы путешéствовать**.

Я хочý путешéствовать, **чтóбы уви́деть** весь мир.

Я хочý уви́деть весь мир, **чтóбы бóльше** знать.

33 **Восстановите предложения. Поставьте глагол в нужной форме.**

選用動詞適當的形式填空。

Отéц купи́л тéннисную ракéтку,
чтóбы ... в тéннис.   игрáть
Отéц купи́л тéннисную ракéтку,
чтóбы сын ... в тéннис.

Ира взялá журнáл в библиотéке,
чтóбы ... нóвый расскáз.   прочитáть
Ира далá журнáл своéй подрýге,
чтóбы онá тóже ... э́тот расскáз.

Натáша купи́ла мя́со и óвощи,
чтóбы мáма ... борщ.   приготóвить
Натáша купи́ла мáсло, мукý и фрýкты,
чтóбы ... пирóг.

Ни́колас позвони́л своемý дрýгу Ивáну,
чтóбы он ... егó на вокзáле.   встрéтить
Ивáн приéхал на вокзáл, чтóбы ... Ни́коласа.

34 **a) Прослушайте текст и скажите, сколько лет сыну?**

聽課文並回答兒子幾歲了。 ▶ MP3-41

Ночнóй звонóк

Нóчью меня́ разбуди́л телефóн. Я посмотрéл на часы́. Бы́ло рóвно 3 часá нóчи. Телефóн
звони́л и звони́л.

— Кто э́то так пóздно? — подýмал я, взял трýбку и услы́шал гóлос мáмы.

— Сынóк, э́то ты?

— Да, ма́ма, э́то я. Что случи́лось?

— Ничего́. Сего́дня у тебя́ день рожде́ния. Ты по́мнишь?

— Коне́чно, я по́мню. А почему́ ты звони́шь мне так по́здно?

— Я хочу́ поздра́вить тебя́ с днём рожде́ния.

— Ты звони́шь мне в 3 часа́ но́чи, бу́дишь меня́, что́бы поздра́вить с днём рожде́ния?!

— Да, потому́ что 30 лет наза́д ты то́же разбуди́л меня́ в 3 часа́ но́чи. Вот я и звоню́ тебе́, что́бы взять рева́нш.

б) Ответьте на вопросы. 回答問題。

1. С како́й це́лью мать позвони́ла сы́ну так по́здно?

2. Почему́ мать поздра́вила сы́на с днём рожде́ния в три часа́ но́чи?

 # 4. Сложное предложение. Выражение необходимости действия
複合句。表示行為的必要性

Что́бы + что (с)де́лать?, на́до / ну́жно + что (с)де́лать?

> Что́бы мно́го знать, на́до мно́го учи́ться.
> Что́бы быть здоро́вым, ну́жно занима́ться спо́ртом.
> 要博學，多學習。
> 要健康，多運動。

35 Восстановите предложения. (Соедините части А и Б.)
請連接 А 與 Б 兩部分，接續句子。

А

1. Что́бы хорошо́ рабо́тать, ...

2. Что́бы знать иностра́нный язы́к, ...

3. Что́бы получи́ть студе́нческий биле́т, ...

4. Что́бы откры́ть дверь, ...

5. Что́бы стать чемпио́ном, ...

6. Что́бы узна́ть Москву́, ...

7. Что́бы поня́ть нау́чную статью́, ...

8. Что́бы име́ть ве́рного дру́га, ...

Б

на́до найти́ ключ.

на́до уме́ть дружи́ть.

на́до принести́ фотогра́фию.

на́до уви́деть её свои́ми глаза́ми.

на́до говори́ть на э́том языке́.

на́до хорошо́ отдыха́ть.

ну́жно прочита́ть её не́сколько раз.

на́до тренирова́ться ка́ждый день.

36 **Скажите, что надо или не надо (с)делать, чтобы выполнить желаемые действия.**
按照範例造句，說一說，要實現自己的願望需要或不需要做什麼。

Образец 範例： Чтобы понима́ть радиопереда́чи, на́до слу́шать их ка́ждый день, не на́до выключа́ть ра́дио.

1. Что́бы хорошо́ сдать экза́мен, на́до ...
2. Что́бы не опа́здывать на заня́тия, на́до ...
3. Что́бы перевести́ текст, на́до ...
4. Что́бы не боле́ть, на́до ...
5. Что́бы пое́хать на ро́дину, на́до ...
6. Что́бы полете́ть в ко́смос, на́до ...
7. Что́бы стать миллионе́ром, на́до ...
8. Что́бы путеше́ствовать, на́до ...

37 **а) Попроси́те дру́га отве́тить на вопро́сы.** 請朋友回答下列問題。

Заче́м вы прие́хали в Росси́ю?
С како́й це́лью вы изуча́ете ру́сский язы́к?
Как вы ду́маете, заче́м ну́жно изуча́ть иностра́нные языки́?

б) Скажите, что вы узнали. Как вы ответите на эти вопросы. Совпадают ли ваши ответы и ответы вашего друга?
請您回答上述問題，看看是否與朋友的回答相符。

38 **В тексте, котоырй вы будете читать, вы встретите новые слова и выражения. Познакомьтесь с ними.**
讀課文，借助辭典理解新詞語的意義和用法。

1. Прочитайте предложения. Постарайтесь понять значение выделенных слов. Посмотрите значение выделенных слов в словаре, чтобы проверить, правильно ли вы их поняли. 讀句子，查辭典並記住粗體詞的意義。

1. У кого́ (2) како́е **настрое́ние**.
· Сего́дня Джон получи́л письмо́ от роди́телей, поэ́тому у него́ **прекра́сное настрое́ние**.

· Вчера́ у Анны бы́ло **плохо́е настрое́ние**, потому́ что она́ не о́чень хорошо́ отвеча́ла на экза́мене.

2.
соглаша́ться I	согласи́ться II	что (с)де́лать?
я соглаша́юсь	я соглашу́сь (с/ш)	помо́чь дру́гу
ты соглаша́ешься	ты согласи́шься	написа́ть статью́
они́ соглаша́ются	они́ согла́сятся	
соглаша́лся	согласи́лся	
(-лась, -лись)	(-лась, -лись)	
Соглаша́йся!	Согласи́сь!	
Соглаша́йтесь!	Согласи́тесь!	

согла́сен	был	бу́дет согла́сен
согла́сна	была́	бу́дет согла́сна
согла́сны	бы́ли	бу́дут согла́сны

— Анна, пойдём сего́дня ве́чером в теа́тр.
— С удово́льствием, Анто́н. Я **согла́сна**.

· Анна **согласи́лась** пойти́ с Анто́ном в теа́тр.

3. а)

собира́ть I	**собра́ть I**	что? (4)
я собира́ю	я соберу́	кни́ги
ты собира́ешь	ты соберёшь	ма́рки
они́ собира́ют	они́ соберу́т	
собира́л (-а, -и)	собра́л (-а́, -и)	

· Коллекционе́ры **собира́ют** ма́рки, откры́тки, моне́ты.

б)

собира́ться	**собра́ться**	(где?) (6)
мы собира́емся	мы соберёмся	в клу́бе
вы собира́етесь	вы соберётесь	в па́рке
они́ собира́ются	они́ соберу́тся	
собира́лись	собрали́сь	

· В воскресе́нье молоды́е лю́ди **собира́ются** в клу́бе. Там они́ пою́т, танцу́ют, разгова́ривают.

4. а)

проводи́ть II	**провести́ I**	что? (4)
я провожу́ (д/ж)	я проведу́ (ст/д)	ко́нкурс
ты прово́дишь	ты проведёшь	собра́ние
они́ прово́дят	они́ проведу́т	экску́рсию
проводи́л (-а, -и)	провёл (-а́, -и́)	

· В нача́ле уче́бного го́да студе́нты и преподава́тели **прово́дят собра́ние**.
· Этот экскурсово́д хорошо́ **прово́дит экску́рсии** по Москве́.
· Журна́л «Но́вый мир» **прово́дит ко́нкурс** на лу́чший расска́з.

б)

проводи́ть	**провести́**	что (4)
		вре́мя
		кани́кулы
		пра́здники
		ве́чер

· Вчера́ мы с дру́гом бы́ли в теа́тре и посмотре́ли но́вый спекта́кль. Мы прекра́сно **провели́ вре́мя**.
· Как вы **прово́дите кани́кулы**?

5.

уча́ствовать I (ова/у)	в чём? (6)
я уча́ствую	в ко́нкурсе
ты уча́ствуешь	в ми́тинге
они́ уча́ствуют	в конфере́нции
уча́ствовал (-а, -и)	в конце́рте

· Студе́нты на́шего университе́та **уча́ствовали** в спорти́вном пра́зднике, кото́рый был на стадио́не «Лужники́». Они́ игра́ли в футбо́л, волейбо́л и те́ннис.
· Журна́л «Но́вый мир» прово́дит ко́нкурс на лу́чший расска́з. В э́том ко́нкурсе **уча́ствуют** молоды́е писа́тели Москвы́.
· Изве́стный ру́сский моделье́р Вячесла́в За́йцев **уча́ствовал** в ко́нкурсе «Мо́да–2003». Он показа́л свою́ но́вую колле́кцию оде́жды.

6. игра́ть — вы́играть у кого? (2)
   игра́ть — проигра́ть кому́ (3)
   вы́играть ≠ проигра́ть

· В Япо́нии на чемпиона́те ми́ра по футбо́лу кома́нда Брази́лии **вы́играла** у кома́нды Герма́нии со счётом 2:0, а кома́нда Герма́нии **проигра́ла** кома́нде Брази́лии со счётом 0:2.
· Молодо́й писа́тель из Росто́ва **вы́играл** ко́нкурс на лу́чший расска́з.

7. **проси́ть II**   **попроси́ть II**
   я прошу́ (с/ш)   я попрошу́
   ты про́сишь   ты попро́сишь
   они́ про́сят   они́ попро́сят
   проси́л (-а, -и)   попроси́л (-а, -и)
      Попроси́(те)!

кого? (4) что (с)де́лать?
бра́та   позвони́ть
Та́ню   прие́хать

· Я **прошу́** вас **не опа́здывать** на уро́к.
· На Кра́сной пло́щади незнако́мый челове́к **попроси́л** меня́ **сфотографи́ровать его́.**

Сравни́те 試比較

спра́шивать — спроси́ть   кого? (4) / о чём? (6)
проси́ть — попроси́ть   кого? (4) что (с)де́лать?

? Спроси́л меня́, | кого́ я ви́жу?
кто прие́хал?
когда́ он прие́хал?
где она́ жила́?

Попроси́л меня́
сде́лать...   купи́ть...   написа́ть...   прочита́ть... !

· Преподава́тель вошёл в аудито́рию и **спроси́л**: «Кого́ сего́дня нет на уро́ке?»
· Роди́тели ча́сто **спра́шивают** меня́, как я живу́ в Москве́, кто мой друзья́, что я де́лаю в свобо́дное вре́мя? Они́ **про́сят** меня́ ча́ще **звони́ть** и **писа́ть** пи́сьма домо́й.

8. нача́ться (СВ) ≠ ко́нчиться (СВ)
   спекта́кль начался́ ≠ ко́нчился
   экску́рсия начала́сь ≠ ко́нчилась
   кино́ начало́сь ≠ ко́нчилось
   кани́кулы начали́сь ≠ ко́нчились

· 24 января́ у студе́нтов **начали́сь** кани́кулы.
· Кани́кулы **ко́нчились** 10 февраля́.
· Фильм **начался́** в 11 часо́в ве́чера.
· Фильм **ко́нчился** о́чень по́здно.

2. Прочита́йте объясне́ния и постара́йтесь поня́ть но́вые слова́ и выраже́ния.
讀下列詞語解釋，並記住其詞義。

1) **Покло́нная гора́** — э́то ме́сто в Москве́, где нахо́дится па́мятник геро́ям Вели́кой Оте́чественной войны́ (1941–1945 гг.), Музе́й Оте́чественной войны́, прекра́сный парк и фонта́ны.

2) Он **уе́хал на 2 неде́ли** на мо́ре. = Он уе́хал и 2 неде́ли бу́дет отдыха́ть на мо́ре.

Позвони́ мне...

Бы́ло ле́то. У студе́нтов начали́сь кани́кулы. Гри́ша встал ра́но, у него́ бы́ло хоро́шее настрое́ние. Он поду́мал, что тепе́рь у него́ бу́дет мно́го свобо́дного вре́мени, ведь уже́ начали́сь кани́кулы. Гри́ша реши́л пое́хать на Покло́нную го́ру. Там всегда́ собира́лась молодёжь, чтобы́ поката́ться на ро́ликах, а Гри́ша неда́вно купи́л но́вые ро́ликовые коньки́.

В э́то вре́мя позвони́л его́ ста́рый друг и предложи́л ему́ немно́го порабо́тать в фотоателье́. Гри́ша учи́лся на четвёртом ку́рсе худо́жественного факульте́та одного́ моско́вского институ́та, поэ́тому прекра́сно фотографи́ровал.

Гри́ша согласи́лся. «Ла́дно, ро́лики подожду́т. Се́ссию я сдал, впереди́ дли́нные кани́кулы, поката́юсь пото́м!» — поду́мал Гри́ша.

Он пое́хал в центр Москвы́, на у́лицу, где находи́лось фотоателье́, в кото́ром рабо́тал его́ друг. Весь день Гри́ша рабо́тал и о́чень уста́л: ра́зные ли́ца, ста́рые и молоды́е, разгово́ры, вопро́сы, отве́ты. Гри́ша уже́ хоте́л зако́нчить рабо́ту и уйти́ из ма́ленькой ко́мнаты, но в э́то вре́мя пришёл ещё оди́н челове́к.

Это была́ де́вушка, ей бы́ло лет семна́дцать. Она́ попроси́ла сфотографи́ровать её для но́вого па́спорта. Гри́ша внима́тельно посмотре́л на де́вушку.

Она́ была́ необыкнове́нная, удиви́тельно краси́вая. У неё бы́ло приве́тливое лицо́, больши́е зелёные глаза́ и золоты́е дли́нные во́лосы.

— Почему́ ты так стра́нно смо́тришь на меня́? — спроси́ла де́вушка.

— Потому́ что нельзя́ быть краси́вой тако́й! — Гри́ша спел стро́чку из изве́стной пе́сни. — Ты, наве́рное, фотомоде́ль?

— Нет, коне́чно, — улыбну́лась де́вушка. — Я вообще́ не люблю́ фотографи́роваться.

— А что ты лю́бишь?

— Я люблю́ ката́ться на ро́ликах. Сего́дня вот то́же хоте́ла пойти́ на Покло́нную го́ру. Я там ча́сто ката́юсь.

— Мо́жет быть, пойдём вме́сте?

— Да, коне́чно. Я позвоню́ тебе́...

Когда́ Гри́ша зако́нчил фотографи́ровать, де́вушка вста́ла и бы́стро ушла́.

Фотогра́фии прекра́сной незнако́мки бы́ли гото́вы че́рез два дня. Но де́вушка не пришла́. Где её иска́ть? Гри́ша не знал ни её и́мени, ни но́мера телефо́на, ни дома́шнего а́дреса. Прошла́ неде́ля, друга́я, де́вушки не́ было, пото́м фотоателье́ закры́лось на ремо́нт.

Гри́ша взял фотогра́фии де́вушки домо́й и уже́ до́ма сде́лал для себя́ не́сколько больши́х фотогра́фий. Ка́ждый день он е́здил на Покло́нную го́ру, иска́л де́вушку, чтобы́ отда́ть ей фотогра́фии, но её там не́ было.

Одна́жды Гри́ша прочита́л в газе́те, что кру́пная фи́рма прово́дит ко́нкурс на лу́чшую рекла́му моби́льного телефо́на. Гри́ша реши́л уча́ствовать в ко́нкурсе. Он сел за свой дома́шний компью́тер и рабо́тал всю ночь, но хоро́шей иде́и не́ было. На столе́ ря́дом с компью́тером лежа́ли фотогра́фии де́вушки. На одно́й фотогра́фии она́ была́ гру́стная, на друго́й весёлая, на тре́тьей заду́мчивая...

Почему́ она́ не пришла́? И вдруг у него́ роди́лась иде́я — лицо́ де́вушки, моби́льный телефо́н и текст: «Позвони́ мне, позвони́...»

Гри́ша вы́играл ко́нкурс. Кру́пное рекла́мное аге́нтство пригласи́ло его́ на рабо́ту. Его́ рекла́му мо́жно бы́ло уви́деть везде́: на у́лице, в метро́, о́коло ста́нций метро́, в це́нтре Москвы́. На Покло́нной горе́ то́же стоя́л огро́мный щит с рекла́мой. Одна́жды по́здно ве́чером Гри́ша пришёл на Покло́нную го́ру, влез на щит и кра́ской написа́л на рекла́ме но́мер своего́ телефо́на.

Де́сять дней он ждал. Она́ не позвони́ла. Гри́ша на две неде́ли уе́хал отдыха́ть на мо́ре.

Он верну́лся и сра́зу пое́хал в аге́нтство, кото́рое пригласи́ло его́, что́бы нача́ть рабо́тать. Когда́ Гри́ша вошёл, он не пове́рил свои́м глаза́м — незнако́мка была́ там. Она́ то́же уви́дела Гри́шу и подошла́ к нему́.

— Неде́лю наза́д я была́ на Покло́нной горе́, уви́дела свою́ фотогра́фию на рекла́ме и но́мер телефо́на, и вот звоню́ тебе́ с утра́ до́ но́чи, а тебя́ нет до́ма, — сказа́ла де́вушка. — По́сле твое́й рекла́мы э́то аге́нтство пригласи́ло меня́ рабо́тать фотомоде́лью.

— Ка́тя! Нам на́до рабо́тать! — закрича́л фото́граф из сосе́дней ко́мнаты.

— Пока́! Я позвоню́ тебе́, — сказа́ла Ка́тя.

— Ну нет! — засмея́лся Гри́ша. — Я так до́лго ждал твоего́ звонка́! Тепе́рь мы бу́дем вме́сте!

40 **Прочита́йте предложе́ния из те́кста. Вы́берите пра́вильный вариа́нт и впиши́те бу́квы в кле́тку.**

讀下列句子，指出哪些句子符合課文內容，並在方格裡填上正確答案。

А. Пра́вильно   **Б. Непра́вильно**   **В. Этого нет в те́ксте**

1. Гри́ша — студе́нт 4 ку́рса худо́жественного факульте́та Моско́вского институ́та. ☐
2. У Гри́ши бы́ло хоро́шее настрое́ние, потому́ что он купи́л но́вые ро́ликовые коньки́. ☐
3. Гри́ша пое́хал на Покло́нную го́ру, что́бы поката́ться на ро́ликах. ☐
4. Друг Гри́ши то́же у́чится в Моско́вском институ́те на худо́жественном факульте́те. ☐
5. Гри́ша о́чень уста́л, потому́ что весь день он рабо́тал в фотоателье́. ☐
6. В фотоателье́ Гри́ша познако́мился с де́вушкой, кото́рая была́ фотомоде́лью. ☐
7. Ве́чером Гри́ша встре́тился с де́вушкой на Покло́нной горе́. ☐
8. На сле́дующий день Гри́ша сде́лал фотогра́фии де́вушки. ☐
9. Де́вушка не пришла́ в фотоателье́, потому́ что она́ уе́хала за грани́цу. ☐
10. Гри́ша уча́ствовал в ко́нкурсе на лу́чшую рекла́му моби́льного телефо́на. ☐
11. В э́том ко́нкурсе уча́ствовали 100 челове́к. ☐
12. На рекла́ме, кото́рую сде́лал Гри́ша, бы́ли три фотогра́фии де́вушки: на пе́рвой она́ была́ гру́стная, на второ́й — весёлая, на тре́тьей — заду́мчивая. ☐
13. Гри́ша вы́играл ко́нкурс, потому́ что на его́ рекла́ме была́ краси́вая де́вушка. ☐
14. Гри́шу пригласи́ли рабо́тать в рекла́мное аге́нтство, потому́ что он вы́играл ко́нкурс на лу́чшую рекла́му. ☐

15. Когда́ Гри́ша пришёл в рекла́мное аге́нтство, что́бы нача́ть рабо́тать, он уви́дел там де́вушку, кото́рую так до́лго иска́л. ☐

41 а) Расскажи́те. 回答下列問題。

1. Как познако́мились Гри́ша и Ка́тя?
2. Как и где Гри́ша иска́л Ка́тю и как он нашёл её?
3. Как вы ду́маете, что помогло́ Гри́ше сде́лать хоро́шую рекла́му?

б) Как э́ту исто́рию расска́жет Гри́ша? 格里沙將如何講述這個故事？
Как э́ту исто́рию расска́жет Ка́тя? 卡佳將如何講述這個故事？

в) Како́е назва́ние вы мо́жете дать те́ксту? Объясни́те, почему́?
您給課文什麼樣的標題？解釋一下為什麼。

Дома́шнее зада́ние 家庭作業

1 Вспо́мните упражне́ние № 5, стр. 78. Скажи́те, почему́ молоды́е лю́ди пришли́ в магази́н, чего́ у них не́ было?
複習第78頁第5題。說一說為什麼年輕人去商店，他們缺什麼東西？

2 а) Напиши́те отве́ты на вопро́сы по те́ксту № 39.
按照第39題課文回答下列問題。

1. Почему́ у Гри́ши бы́ло хоро́шее настрое́ние?
2. Почему́ Гри́ша реши́л пое́хать на Покло́нную го́ру?
3. Где учи́лся Гри́ша?
4. Почему́ друг Гри́ши предложи́л ему́ рабо́тать в фотоателье́?
5. Где находи́лось ста́рое фотоателье́?
6. Почему́ Гри́ша уста́л на рабо́те в конце́ дня?
7. Заче́м де́вушка пришла́ в фотоателье́?
8. Кака́я э́то была́ де́вушка?
9. Чем она́ люби́ла занима́ться в свобо́дное вре́мя?
10. О чём Гри́ша договори́лся с де́вушкой?
11. Почему́ Гри́ша не мог отда́ть де́вушке её фотогра́фии?
12. Как он иска́л её?
13. О чём Гри́ша прочита́л в газе́те?
14. Что он реши́л сде́лать?
15. Каку́ю рекла́му сде́лал Гри́ша?
16. Почему́ рекла́мное аге́нтство пригласи́ло Гри́шу на рабо́ту?
17. Где мо́жно бы́ло уви́деть рекла́му Гри́ши?
18. На чём он написа́л но́мер своего́ телефо́на?
19. Кого́ Гри́ша встре́тил в аге́нтстве?

б) Напишите, что вы думаете об этом тексте и его героях.

寫一寫您對本篇課文與其主角們的看法。

3 **Напишите письма.** 按照下列要求寫幾封信。

а) Вы хоти́те, что́бы ваш мла́дший брат (сестра́) изуча́л иностра́нный язы́к. Напиши́те ему́ (ей) письмо́ и объясни́те, зачéм э́то ну́жно, что э́то даёт челове́ку.

б) Вы хоти́те посовéтовать дру́гу (подру́ге) поéхать на кани́кулы посмотрéть о́зеро Байка́л в Сиби́ри (на экску́рсию в Санкт-Петербу́рг). Напиши́те ему́ (ей) письмо́ и объясни́те, почему́ вы совéтуете ему́ (ей) поéхать туда́.

4 **Напишите упражнения.** 完成本課練習題。

№ 2	№ 18	№ 28
№ 4	№ 19	№ 29
№ 5	№ 20	№ 30
№ 7	№ 21	№ 31
№ 8	№ 22	№ 32
№ 11 а), б)	№ 23 б)	№ 34
№ 12 б)	№ 24 а), б)	№ 35
№ 13	№ 26	№ 36
№ 14	№ 27	№ 40

УРОК 4 第四課

I. Фонетическая зарядка 語音練習

ПОЙТЕ!

а о у э ы и

1 **Слушайте, повторяйте, читайте.** 聽MP3，跟讀。 ▶ MP3-43

а) нет моби́льного телефо́на
нет персона́льного компью́тера
не́ было большо́го аквапа́рка
не́ было косми́ческой раке́ты
не́ было цветно́го телеви́зора
не́ было свобо́дного вре́мени
не бу́дет откры́того бассе́йна
не бу́дет но́вого автомоби́ля
не бу́дет прести́жной рабо́ты

б) прие́хал из Се́верной Áфрики
пришёл из Большо́го теа́тра
уе́хал из Южной Аме́рики
уе́хал из Се́верного Кита́я
прилете́л с Да́льнего Восто́ка
получи́л письмо́ от своего́ ста́ршего
бра́та
получа́ю пи́сьма от свое́й мла́дшей
сестры́
получа́ю де́ньги от роди́телей
получи́л эсэмэ́ску от шко́льного дру́га

в) Посмотри́те, вот зда́ние Большо́го
теа́тра.
Слу́шайте, э́то Пе́рвый конце́рт
Чайко́вского.
Посмотри́те, э́то карти́на ру́сского
худо́жника.
Вот кни́га изве́стной ру́сской
писа́тельницы Татья́ны Толсто́й.

г) 11.05.1972 — роди́лся
01.09.1979 — поступи́л в шко́лу
30.05.1990 — око́нчил шко́лу
10.10.1995 — прие́хал в Росси́ю
25.06.2001 — е́здил на Олимпиа́ду
15.03.2002 — жени́лся
19.12.2003 — вы́шла за́муж

д) мно́го у́лиц
мно́го трамва́ев
мно́го школ
мно́го библиоте́к
ма́ло студе́нтов
ма́ло де́нег
ско́лько авто́бусов
ско́лько книг
ско́лько зда́ний
не́сколько музе́ев
не́сколько вопро́сов
не́сколько пи́сем

е) Вот дом, кото́рый был...
Вот дом, в кото́ром жил...
Вот дом, кото́рому мно́го лет.
Вот дом, кото́рого не́ было...
Вот дом, кото́рый мне нра́вится.

ж) Прие́хал, что́бы учи́ться...
Пришёл, что́бы сказа́ть...
Пришёл, что́бы взять кни́ги...
Пошёл в магази́н, что́бы купи́ть хлеб...
Что́бы знать, ну́жно учи́ться...
Что́бы по́мнить, ну́жно повторя́ть...

2 Слушайте и повторяйте. Запомните последнее предложение и запишите его. Продолжите высказывание.

聽MP3，跟讀。記住並寫下最後一個句子。按此主題繼續說一說。 ▶ MP3-44

... я получи́л... ⇨

Я получи́л откры́тку. ⇨

Я получи́л краси́вую откры́тку. ⇨

Я получи́л краси́вую поздрави́тельную откры́тку. ⇨

На день рожде́ния я получи́л краси́вую поздрави́тельную откры́тку. ⇨

На свой день рожде́ния я получи́л краси́вую поздрави́тельную откры́тку. ⇨

На свой день рожде́ния я получи́л краси́вую поздрави́тельную откры́тку из Фра́нции. ⇨

На свой день рожде́ния я получи́л краси́вую поздрави́тельную откры́тку из Фра́нции от своего́ дру́га. ⇨

На свой день рожде́ния я получи́л краси́вую поздрави́тельную откры́тку из Фра́нции от своего́ ста́рого дру́га. ... ⇨

... на́ша гру́ппа е́здила... ⇨

На́ша гру́ппа е́здила на экску́рсию. ⇨

На про́шлой неде́ле на́ша гру́ппа е́здила на экску́рсию. ⇨

На про́шлой неде́ле на́ша гру́ппа е́здила на авто́бусную экску́рсию. ⇨

На про́шлой неде́ле на́ша гру́ппа е́здила на интере́сную авто́бусную экску́рсию. ⇨

На про́шлой неде́ле на́ша гру́ппа е́здила на интере́сную авто́бусную экску́рсию во Влади́мир. ⇨

На про́шлой неде́ле на́ша гру́ппа е́здила на интере́сную авто́бусную экску́рсию во Влади́мир, что́бы посмотре́ть го́род. ⇨

На про́шлой неде́ле на́ша гру́ппа е́здила на интере́сную авто́бусную экску́рсию во Влади́мир, что́бы посмотре́ть э́тот го́род. ⇨

На про́шлой неде́ле на́ша гру́ппа е́здила на интере́сную авто́бусную экску́рсию во Влади́мир, что́бы посмотре́ть э́тот стари́нный ру́сский го́род. ... ⇨

II. Поговорим 說一說

1 Прослушайте диалоги, задайте аналогичные вопросы своим друзьям.

聽對話，並向朋友們提同樣的問題。 ▶ MP3-45

— Где ты отдыха́л ле́том?
— У своего́ ста́ршего бра́та в Ки́еве.

— Отку́да вы прие́хали?
— Из Кита́я, из ма́ленького го́рода недалеко́ от столи́цы.

— Скажи́те, пожа́луйста, кака́я э́то пло́щадь?
— Это пло́щадь Пу́шкина.

— Ско́лько челове́к в ва́шей гру́ппе?
— 10 челове́к.

— Когда́ вы родили́сь?
— 12 ноября́ 1983 го́да.

— Вы не зна́ете, чей э́то уче́бник?
— Это уче́бник на́шего преподава́теля.

— Когда́ у нас бу́дут экза́мены?
— В середи́не ию́ня.

— Заче́м ты идёшь в посо́льство?
— Что́бы получи́ть ви́зу.

2 **Как вы ответите? (Возможны варианты.)** 您如何回答？（請寫出各種可能形式。）

— От кого́ ты вчера́ получи́л письмо́?

— ... .

— Почему́ ты хо́чешь уйти́ домо́й так ра́но?

— ... .

— Каки́е уче́бники тебе́ ну́жно взять в библиоте́ке?

— ... .

— Заче́м ты у́чишь япо́нский язы́к?

— ... .

— Отку́да ты вчера́ так по́здно верну́лся?

— ... .

— Когда́ у тебя́ день рожде́ния?

— ... .

3 **Как вы спросите? (Возможны варианты.)** 您如何提問？（請寫出各種可能形式。）

— ... ?

— Нет, у меня́ нет ли́шней ру́чки.

— ... ?

— Это фотогра́фия моско́вского Кремля́.

— ... ?

— От своего́ ста́ршего бра́та.

— ... ?

— Это ве́щи моего́ дру́га.

— ... ?

— Что́бы купи́ть проду́кты.

— ... ?

— Я взял э́ту кни́гу у дру́га.

Учиться всегда пригодится

 語法

Дательный падеж (3) имён существительных с местоимениями и прилагательными (единственное число)
代詞、形容詞與名詞連用及其單數第三格

«... Го́споди, дай же ты ка́ждому, чего́ у него́ нет:
Глу́пому дай го́лову, трусли́вому дай коня́,
Дай же счастли́вому де́нег и не забу́дь про меня́».

Б. Окуджа́ва

1.

комý?	какóму?
	какóй?

ПОЗВОНИТЕ
СВОЕМУ СТАРОМУ
ДРУГУ

2.

комý? (3)	нáдо / нýжно	что (с)дéлать?
комý (3)	нýжен (-á, -о, -ы)	кто? / что? (1)

Этому человéку нýжно брóсить курúть.
Емý нýжен спорт.

3.

комý? как?

Этому мáльчику вéсело
и интерéсно.

4.

идти́ подойти́	кудá? к комý?	к какóму?
	к чемý?	к какóй?

В каникулы Джон поéдет в гóсти к своемý
рýсскому дрýгу.

Турúсты подошлú к Большóму теáтру
и сфотографúровали егó.

5.

идти́ гуля́ть	где?	по како́му? по како́й?

Иностра́нные тури́сты лю́бят гуля́ть по Тверско́й у́лице.

6.

какóй? / каќая?

В э́том журна́ле есть интере́сная статья́ по ру́сскому иску́сству.

В библиоте́ке вы мо́жете взять уче́бник по ру́сской литерату́ре.

語法 # 1. Да́тельный паде́ж (3). Адреса́т
第三格。表示給予對象

Переда́йте приве́т моему́ ру́сскому преподава́телю!

Ско́ро Но́вый год. Ну́жно купи́ть пода́рки моему́ ру́сскому дру́гу, мое́й люби́мой де́вушке, мое́й дорого́й ба́бушке, моему́ ста́рому де́душке, мое́й люби́мой тёте...

Посмотрите таблицу 1. Дополните таблицу своими примерами.
(Составьте свои предложения по данным образцам.)

請看表1，熟悉名詞、代詞、形容詞第三格的變化並按照範例造句。

Таблица 1. 表1

какой? (1)	какому? (3)		ему́
Это мой ста́рый хоро́ший друг.	дал подари́л купи́л объясни́л	своему́ ста́рому дру́гу хоро́шему	-ому / -ему **-у / -ю**
кака́я? (1)	какой? (3)		ей
Это моя́ са́мая бли́зкая подру́га.	посове́товал обеща́л позвони́л помо́г	свое́й са́мой подру́ге бли́зкой	-ой / -ей **-е / -и**

1 **а) Прочитайте микротексты и быстро найдите ответы на следующие вопросы.** 讀短文並快速找出下列問題的答案。

1) Кому́ Мари́на Цвета́ева написа́ла мно́го пи́сем из Пра́ги?
2) Како́му режиссёру испо́лнилось 85 лет?
3) Кому́ А. С. Пу́шкин посвяти́л стихотворе́ние «Мадо́нна»?

посвяща́ть I	посвяти́ть II	что? (4)	кому́ (3)
посвяща́л (-а, -и)	посвяти́л (-а, -и)	стихи́	жене́

кому́ (3)	исполня́ется испо́лнилось испо́лнится	ско́лько лет?

В октябре́ 1830 го́да А. С. Пу́шкин жени́лся на пе́рвой краса́вице Москвы́ Ната́лье Гончаро́вой. Он был сча́стлив и посвяти́л свое́й люби́мой жене́ мно́го стихо́в. Одно́ из них называ́ется «Мадо́нна».

В 1922 году́ ру́сский поэ́т Мари́на Цвета́ева уе́хала из Росси́и. Не́сколько лет она́ жила́ в Пра́ге. Она́ о́чень люби́ла Пра́гу, э́тот краси́вый европе́йский го́род. Но все её друзья́ жи́ли в Росси́и, и она́ ча́сто писа́ла им пи́сьма. Своему́ хоро́шему дру́гу изве́стному поэ́ту Бори́су Пастерна́ку Мари́на Цвета́ева написа́ла из Пра́ги почти́ 100 пи́сем.

В Моско́вском теа́тре на Тага́нке неда́вно был пра́здник. Изве́стному росси́йскому режиссёру Юрию Люби́мову испо́лнилось 85 лет. Арти́сты теа́тра поздра́вили его́ и пожела́ли своему́ люби́мому режиссёру здоро́вья, сча́стья и любви́.

б) Скажите, что вы узнали? Какую новую информацию вы получили? Что вы знали раньше об этих людях?

說一說，您了解了什麼？哪些資訊是您過去不知道的？您過去知道這些人嗎？

2 **а) Расширьте словосочетания, уточните информацию. (Используйте слова справа.)** 按照範例利用右側的詞語擴展下列詞組。

Образец 範例: позвони́ть **сестре́**   ▶   позвоню́ ста́ршей сестре́

сказа́ть дру́гу пра́вду	хоро́ший
написа́ть письмо́ ба́бушке	ста́рший
отда́ть кни́ги подру́ге	мла́дший
купи́ть пода́рок жене́	дорого́й
подари́ть цветы́ де́вушке	люби́мый
позвони́ть бра́ту	бли́зкий
пригото́вить за́втрак му́жу	ма́ленький
рассказа́ть ска́зку ребёнку	большо́й
обеща́ть сестре́ позвони́ть	но́вый
	ста́рый

б) Напишите предложения с этими словосочетаниями.
用上述詞組造句。

3 **Восстановите информацию в части А и найдите её продолжение в части Б. (Слова в скобках поставьте в нужной форме).**
連接А與Б，並將А欄括號裡的詞變成適當的形式。

А

1. Молодо́й челове́к помо́г (пожила́я же́нщина) ...

2. Изве́стный режиссёр предложи́л (молода́я актри́са) ...

3. Незнако́мый челове́к объясни́л (иностра́нный тури́ст), ...

4. Сын обеща́л (... мать и ... оте́ц) ...

5. Изве́стный писа́тель посвяти́л но́вый рома́н (ста́ршая сестра́), ...

6. Родны́е и друзья́ пожела́ли (косми́ческий тури́ст) ...

7. Прави́тельство Москвы́ подари́ло (молодёжный теа́тр) зда́ние, ...

8. Преподава́тель посове́товал (но́вый студе́нт) ...

Б

кото́рую он о́чень люби́л.

звони́ть домо́й ка́ждую неде́лю.

занима́ться в лингафо́нном кабине́те.

кото́рое нахо́дится в це́нтре Москвы́.

как дое́хать до Мане́жной пло́щади.

нести́ тяжёлые ве́щи.

сыгра́ть но́вую роль в кино́.

уда́чного полёта и мя́гкой поса́дки.

Местоимение «свой» в дательном падеже (3) 代詞**свой**的第三格

	како́му дру́гу?		како́й подру́ге?	
Я подари́л кни́гу	своему́ (моему́)		свое́й (мое́й)	
Ты подари́л кни́гу	своему́ (твоему́)	дру́гу	свое́й (твое́й)	подру́ге
Мы подари́ли кни́гу	своему́ (на́шему)		свое́й (на́шей)	
Вы подари́ли кни́гу	своему́ (ва́шему)		свое́й (ва́шей)	
Он подари́л кни́гу Она́ подари́ла кни́гу Они́ подари́ли кни́гу	своему́ дру́гу		свое́й подру́ге	

— Да́йте мне, пожа́луйста, два буке́та.

— Кому́ вы покупа́ете э́ти цветы́?

— Оди́н буке́т я подарю́ свое́й люби́мой де́вушке, а друго́й — её ма́тери.

своему́ его́
свое́й ≠ её
их

Обрати́те внима́ние!

請注意！

~~**СВОЙ**~~

Моему́ дру́гу (3) 20 лет.

Моему́ дру́гу (3) нра́вится э́тот фильм.

Моему́ дру́гу (3) на́до занима́ться спо́ртом.

Я написа́л письмо́ **своему́** (моему́) дру́гу (3).

Анто́н идёт в го́сти к **своему́** дру́гу (3).

4 Ско́ро пра́здники — Рождество́ и Но́вый год. Кому́ вы хоти́те посла́ть пи́сьма, откры́тки, телегра́ммы? Кому́ вы хоти́те позвони́ть? Что вы хоти́те пожела́ть э́тим лю́дям?

聖誕節與新年即將到來，您想寄信、寄賀卡、發電報給誰？您想打電話給誰？您要祝福那些人什麼？

Образец 範例：

Я хочу́ посла́ть краси́вую откры́тку **свое́й** ма́ме и пожела́ть ей здоро́вья и хоро́шего настрое́ния.

па́па — ма́ма
де́душка — ба́бушка
брат — сестра́
дя́дя — тётя
жени́х — неве́ста
бли́зкий друг (подру́га)
да́льний ро́дственник
(ро́дственница)
хоро́ший знако́мый (знако́мая)
пе́рвый учи́тель
дире́ктор, дека́н

хоро́шее настрое́ние
кре́пкое здоро́вье
большо́е сча́стье
больша́я любо́вь
успе́хи в рабо́те (учёбе)

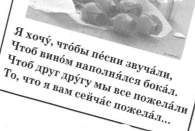

 Я хочу́, что́бы пе́сни звуча́ли,
Чтоб вино́м наполня́лся бока́л.
Чтоб друг дру́гу мы все пожела́ли
То, что я вам сейча́с пожела́л...

жела́ть I	пожела́ть I	чего́? (2)	кому́? (3)
я жела́ю	я пожела́ю	здоро́вья	ма́ме
ты жела́ешь	ты пожела́ешь		
они́ жела́ют	они́ пожела́ют		
жела́л (-а, -и)	пожела́л (-а, -и)		

5 **Что вы посоветуете сделать вашему другу / вашей подруге в следующих ситуациях? (Объясните, почему.)**
在下列情景中您會建議您的朋友做什麼？並解釋為什麼。

Образец 範例 : Моя́ подру́га лю́бит танцева́ть. ▶ Я посове́тую свое́й подру́ге пойти́ в шко́лу та́нцев, потому́ что там мо́жно научи́ться хорошо́ танцева́ть.

	лю́бит путеше́ствовать
	ча́сто опа́здывает
	лю́бит футбо́л
Мой друг /	ча́сто боле́ет
моя́ подру́га...	мно́го ку́рит
	мно́го рабо́тает и устаёт
	купи́л(а) ли́шний биле́т в кино́
	пло́хо зна́ет компью́тер

сове́товать I **что (с)де́лать?**
посове́товать I кому́? (3)

я посове́тую   пойти́
ты посове́туешь   купи́ть
они́ посове́туют   взять
посове́товал (-а, -и)
Посове́туй(те)!

6 **а) Прослушайте диалоги. Скажите, кому можно передать документы? Кому можно сдать деньги?** 聽對話並說一說，可以把證件轉交給誰？可以把錢交給誰？ ▶ MP3-46

— Я хочу́ получи́ть студе́нческий биле́т. Скажи́те, кому́ я могу́ переда́ть докуме́нты и фотогра́фии?
— Переда́йте докуме́нты на́шему секретарю́, ко́мната 3.
— Спаси́бо.

проездно́й
биле́т
ви́за

передава́ть **что? (4)**
переда́ть **кому́? (3)**

— На́ша гру́ппа че́рез неде́лю пое́дет на экску́рсию в Тверь. Кому́ мы должны́ сдать де́ньги?
— Вы мо́жете сдать де́ньги своему́ преподава́телю.

пойти́ в теа́тр
в музе́й
на вы́ставку

сдава́ть **что? (4)**
сдать **кому́? (3)**

б) Составьте аналогичные диалоги. (Используйте слова справа.)
按照上述範例編寫對話（請用右欄中的詞）。

7 **а) В тексте вы встретите новые слова. Посмотрите значение этих слов в словаре.** 查辭典並了解下列詞語的詞義。

вырази́тельный, го́ре, ра́дость, ико́на, чудоде́йственная (ико́на), пре́мия, о́черк, выздора́вливать / вы́здороветь, бере́чь / сбере́чь.

б) Прочитайте текст. Скажите, когда и с кем встретилась Анна Ахматова в Париже? 讀課文並說一說，安娜·阿赫瑪托娃在巴黎與誰見面了，什麼時候。 ▶ MP3-47

Анна Ахматова

Анна Ахматова
(1889–1966)

Анна Ахматова — яркая звезда русской поэзии. Её стихи знают и любят все люди в России.

Первая книга стихов Анны Ахматовой называлась «Вечер». Эта книга появилась в России в 1912 году, когда молодой поэтессе было только 23 года. Это была молодая, красивая, умная, талантливая и уже известная поэтесса, которая писала о любви. Талантливые композиторы сочиняли музыку на её стихи. Лучшие поэты посвящали стихи этой необыкновенной женщине. У Ахматовой было очень красивое, выразительное лицо.

Многие известные художники рисовали её портреты. В Москве в Литературном музее находится 200 её портретов и фотографий. А в Петербурге, где долгие годы жила Анна Ахматова, есть её музей.

Анна Ахматова прожила трудную, но интересную жизнь. У неё всегда было много друзей, которые были рядом с ней и в радости, и в горе, которые помогали ей в самые трудные минуты её жизни.

У неё были друзья не только в России, но и за границей. Например, знаменитый итальянский художник Амадео Модильяни, который написал самый известный портрет Ахматовой. А Анна Ахматова посвятила своему итальянскому другу очерк «Амадео Модильяни», в котором она рассказала о своей дружбе с ним.

«... И если я умру, то кто же
Мои стихи напишет вам?...»

Много стихов она посвятила своему мужу и другу, известному русскому поэту Николаю Гумилёву; своему близкому другу, художнику Борису Анрепу; известному английскому учёному, философу Исайе Берлину...

Ахматова умела любить и дружить. Она очень любила делать подарки: она дарила свои стихи, книги, автографы, портреты, дорогие ей вещи.

Вот история двух её подарков.

У Анны Ахматовой была старинная русская икона, которую ей подарил муж, когда она долго болела. Икона помогла Анне Ахматовой. Она сразу почувствовала себя лучше и очень скоро выздоровела. Анна Ахматова берегла эту чудодейственную икону.

А когда тяжело заболела её подруга, писательница Ирина Тимошевская, Анна Ахматова подарила эту икону своей близкой подруге. И чудодейственная икона помогла больной женщине.

В 1914 году в Петербурге Анна Ахматова познакомилась с художником Борисом Анрепом. Они очень понравились друг другу. Была зима. Они гуляли по холодному зимнему Петербургу, обедали в ресторане, слушали музыку, читали друг другу свои стихи... А когда Борис Анреп должен был уехать за границу, Анна Ахматова подарила на память своему

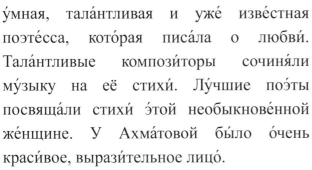

близкому дру́гу о́чень краси́вое кольцо́. Это кольцо́ А́нна получи́ла в пода́рок от свое́й ба́бушки. Это бы́ло стари́нное золото́е кольцо́ с бриллиа́нтом.

— Возьми́те, — сказа́ла она́. — Это вам. Вы уе́дете. Мы бо́льше не уви́димся.

— Я прие́ду, — сказа́л он.

В 1916 году́ Бори́с Анре́п уе́хал в Англию и бо́льше не верну́лся в Росси́ю. До́лгие го́ды он берёг кольцо́, кото́рое подари́ла ему́ А́нна Ахма́това. За грани́цей он ча́сто вспомина́л о ней. В письме́ своему́ бли́зкому дру́гу Бори́с Анре́п писа́л: «Для меня́ А́нна Ахма́това — э́то вся Росси́я».

Они́ встре́тились че́рез 48 лет в Пари́же. В 1964 году́ А́нна Ахма́това пое́хала за грани́цу. Изве́стной ру́сской поэте́ссе да́ли междунаро́дную литерату́рную пре́мию в Ита́лии и зва́ние до́ктора литерату́ры в Англии в Оксфорде, а пото́м она́ пое́хала в Пари́ж, где в э́то вре́мя рабо́тал Бори́с Анре́п. Он пришёл, что́бы уви́деть А́нну Ахма́тову. Они́ встре́тились, вспомина́ли свою́ мо́лодость, говори́ли о литерату́ре, о Петербу́рге, о друзья́х... Это была́ их после́дняя встре́ча.

в) Найди́те э́ту информа́цию в те́ксте и отве́тьте на вопро́сы.
按照課文回答下列問題。

1) Ско́лько лет бы́ло А́нне Ахма́товой, когда́ вы́шла её пе́рвая кни́га?
2) Как называ́лась пе́рвая кни́га А́нны Ахма́товой?
3) Ско́лько портре́тов и фотогра́фий А́нны Ахма́товой нахо́дится в Литерату́рном музе́е?
4) Кто написа́л са́мый изве́стный портре́т Ахма́товой?
5) Когда́ и где Ахма́това познако́милась с худо́жником Бори́сом Анре́пом?
6) В како́м году́ А́нна Ахма́това пое́хала за грани́цу?
7) Когда́ и где была́ их после́дняя встре́ча?

г) Расскажи́те, что вы узна́ли из те́кста. 說一說您從課文中了解了什麼。

1) Кому́ А́нна Ахма́това посвяти́ла свои́ стихи́, о́черки?
2) Кому́ А́нна Ахма́това подари́ла стари́нную ру́сскую ико́ну и почему́?
3) Кому́ А́нна Ахма́това подари́ла своё золото́е кольцо́ и почему́?
4) С како́й це́лью А́нна Андре́евна Ахма́това пое́хала в 1964 году́ за грани́цу?
5) Почему́ у А́нны Ахма́товой бы́ло мно́го друзе́й?

Для тех, кто любит стихи. **Прочита́йте стихи́ А. А. Ахма́товой.**
閱讀女詩人的詩作。

«... И мы сохрани́м тебя́, ру́сская речь,
Вели́кое ру́сское сло́во.
Свобо́дным и чи́стым тебя́ пронесём.
И вну́кам дади́м, и от пле́на спасём.

«... Не бу́дем пить из одного́ стака́на
Ни во́ду мы, ни сла́дкое вино́,
Не поцелу́емся мы у́тром ра́но,
А ввечеру́ не погляди́м в окно́...»

НАВЕ́КИ!..»

«... Я друзья́м мои́м сказа́ла:
Го́ря мно́го, сча́стья ма́ло, —
И ушла́, закры́в лицо́;
Потеря́ла я кольцо́...»

«... Широ́к и жёлт вече́рний свет.
Ясна́ апре́льская прохла́да.
Ты опозда́л на мно́го лет.
И всё-таки тебе́ я ра́да...»

語法 2. Дательный падеж (3). Выражение необходимости
第三格 · 表示必須意義

Посмотрите таблицу 2. Дополните таблицу своими примерами.
(Составьте свои предложения по данным образцам.)

請看表2並按照範例造句。

Таблица 2. 表2

кому? (3)			что (с)делать?
Мне, ему́, нам	на́до / ну́жно		взять уче́бники в библиоте́ке.
Этому студе́нту	на́до / ну́жно бы́ло		позвони́ть домо́й.
Этой студе́нтке	на́до / ну́жно бу́дет		пойти́ к врачу́.

8 **Скажите, что надо / нужно (с)делать этим людям. (Соедините части А и Б.)**

按照範例連接А與Б。說一說這些人需要（應該）做什麼？

Образец 範例： 　Серьёзный студе́нт　▼　сдать экза́мен

Этому серьёзному студе́нту ну́жно досро́чно сдать экза́мен.

А	**Б**
иностра́нный тури́ст	пить лека́рства
ю́ная тенниси́стка	написа́ть статью́ в газе́ту
молодо́й журнали́ст	пое́хать на гастро́ли
изве́стная фотомоде́ль	уви́деть Москву́ свои́ми глаза́ми
безрабо́тный	приня́ть уча́стие в ко́нкурсе красоты́
популя́рная арти́стка	занима́ться ка́ждый день
лени́вый студе́нт	мно́го тренирова́ться
больно́й челове́к	найти́ рабо́ту

9 **Скажите, что надо (нужно) (с)делать людям в этой ситуации.**

按照範例造句，說一說在這種情況下這些人需要做什麼。

Образец 範例： 　Моя́ подру́га забы́ла до́ма свой уче́бник.

Мое́й подру́ге ну́жно взять э́тот уче́бник в библиоте́кс.

1. У э́той молодо́й хозя́йки нет в до́ме хле́ба.
2. Этот студе́нт забы́л до́ма ключи́.
3. У э́того пожило́го челове́ка боли́т нога́.
4. Эта пожила́я же́нщина о́чень уста́ла.
5. Этот иностра́нный студе́нт потеря́л па́спорт.
6. У э́той краси́вой де́вушки слома́лась маши́на.
7. Ваш друг поссо́рился с де́вушкой.
8. Эта ма́ленькая де́вочка потеря́ла зо́нтик.
9. Мой друг хо́чет пое́хать отдыха́ть, но у него́ нет биле́та.

10 **Скажите, что нужно сделать вашему другу (подруге, брату, сестре). Посоветуйте ему (ей), как это сделать. (Составьте диалоги.)**

說一說，您的朋友（女朋友、弟弟、妹妹）需要做什麼？請建議他們該怎麼做。

Образец 範例：

Заказа́ть такси́ ▶ слу́жба такси́

Моему́ дру́гу ну́жно заказа́ть такси́.

Я сове́тую своему́ дру́гу позвони́ть в слу́жбу такси́.

Что́бы заказа́ть такси́, ну́жно позвони́ть в слу́жбу такси́.

1) узна́ть

Когда́ прилета́ет самолёт?

Как снять кварти́ру?

Когда́ прихо́дит по́езд?

телефо́н физи́ческого факульте́та МГУ

телефо́н магази́на ГУМ

▶ **позвони́ть**

спра́вочная Аэрофло́та

кварти́рное аге́нтство

железнодоро́жная спра́вочная

спра́вочная МГУ 9391000

спра́вочная слу́жба Москвы́ 09

2) найти́

рабо́ту

програ́мму телеви́дения

репертуа́р теа́тров

▶ **купи́ть**

газе́ту «Из рук в ру́ки»

журна́л «7 дней»

журна́л «Досу́г»

3) посла́ть эсэмэ́ску

▶ **включи́ть моби́льник, вы́брать в меню́ «Написа́ть сообще́ние», написа́ть текст и отпра́вить**

 語法 # Выраже́ние необходи́мости (ну́жен, нужна́, ну́жно, нужны́)

第三格。表示必須意義

Сравни́те 試比較

Мне

ну́жен слова́рь	
нужна́ кни́га	
ну́жно фо́то	
нужны́ уче́бники	

◀▶ Мне ну́жно

купи́ть	слова́рь
взять	кни́гу
получи́ть	фо́то
найти́	уче́бники

Посмотри́те таблицу 3. Допо́лните таблицу свои́ми приме́рами.

請看表3，注意 **нужен、нужна、нужно、нужны** 的用法並舉例說明。

Таблица 3. 表3

кому́? (3)		кто? / что? (1)
Мое́й подру́ге	ну́жен (был, бу́дет)	преподава́тель му́зыки
Моему́ дру́гу	нужна́ (была́, бу́дет)	но́вая маши́на
Этому челове́ку	ну́жно (бы́ло, бу́дет)	тёплое пальто́
На́шему факульте́ту	нужны́ (бы́ли, бу́дут)	совреме́нные компью́теры

Мое́й подру́ге **ну́жен** о́пытный преподава́тель, что́бы научи́ться игра́ть на гита́ре.

На́шему факульте́ту **нужны́** совреме́нные компью́теры, что́бы студе́нты могли́ на них рабо́тать.

Восстановите информацию. (Соедините части А и Б.)

按照範例連接А與Б。

Образец 範例：

Ната́ша пло́хо игра́ет в те́ннис, ей ну́жен хоро́ший тре́нер.

А	**Б**

1. Моя́ сестра́ хо́чет занима́ться му́зыкой ...

... бе́лое пла́тье и бе́лые ту́фли

2. Джон забы́л, как писа́ть э́то сло́во по-англи́йски ...

... а́нгло-ру́сский слова́рь

... де́ньги

3. Когда́ Анто́н заболе́л и у него́ была́ температу́ра, ...

... маши́на

4. Мой брат опа́здывает в аэропо́рт ...

... преподава́тель му́зыки

5. Моя́ подру́га бу́дет де́лать сала́т ...

6. Мои́ роди́тели хотя́т купи́ть но́вую маши́ну ...

... расти́тельное ма́сло

... кварти́ра

7. Моя́ тётя выхо́дит за́муж ...

... хоро́шее лека́рство

8. Когда́ мои́ друзья́ пожени́лись, ...

Скажите, чего нет у этих людей? Что им нужно? И что им для этого нужно сделать? 說一說，這些人沒有什麼？他們需要什麼？要得到這些東西，他們需要做什麼？

Образец 範例：

Ви́ктор　　　　но́вый уче́бник　　　взять

▶ У Ви́ктора нет но́вого уче́бника. Ви́ктору ну́жен э́тот но́вый уче́бник. Ви́ктору ну́жно взять в библиоте́ке э́тот но́вый уче́бник.

Анто́н — спорти́вный костю́м — купи́ть
Ната́ша — краси́вая ва́за — купи́ть
Ольга — большо́й зонт — купи́ть
Джон — те́ннисная раке́тка — купи́ть
Марк — футбо́льный мяч — взять у дру́га
Игорь — шенге́нская ви́за — получи́ть
Но́вый студе́нт — студе́нческий биле́т — принести́ фо́то
Но́вая студе́нтка — ма́ленькое фо́то — сде́лать

語法 3. Дательный падеж (3). Выражение состояния, чувства

第三格 • 表示情態意義

«Мне гру́стно потому́ ... что ве́село тебе́...»

М. Ю. Ле́рмонтов

Этой де́вушке ве́село.

Этой арти́стке прия́тно получа́ть цветы́.

Посмотри́те таблицу 4. Дополните таблицу своими примерами.

請看表4並造句，注意第三格的用法。

Таблица 4. 表4

кому́? (3)			как?	что (с)де́лать?
мне, тебе́, ему́	—		интере́сно	занима́ться
э́тому ребёнку	бы́ло		ве́село	игра́ть в мяч
э́той студе́нтке	бу́дет		легко́	учи́ть слова́

Сравните 試比較

Этот тала́нтливый программи́ст создаёт но́вые компью́терные програ́ммы. Ему́ **интере́сно**.

⬅️➡️ Этому тала́нтливому программи́сту **интере́сно создава́ть** но́вые компью́терные програ́ммы.

Студе́нт реша́л зада́чи на экза́мене. Ему́ **бы́ло тру́дно**.

⬅️➡️ На экза́мене э́тому студе́нту **бы́ло тру́дно реша́ть** зада́чи.

13 **Посмотрите на рисунки. Скажите, как чувствуют себя эти люди? Почему? (Используйте подписи к рисункам.)**

按照範例看圖說一說，這些人覺得怎麼樣？為什麼？

Образец 範例：

Этому пожило́му челове́ку хо́лодно, потому́ что он до́лго стои́т на остано́вке и ждёт свой авто́бус.

скýчно   хо́лодно

бо́льно   грýстно   жа́рко

трýдно   интере́сно   оби́дно

14 **а) Найдите антонимы (слова, противоположные по значению).**
找出下列詞語的反義詞。

легко́, хо́лодно, интере́сно, гру́стно, бо́льно, ве́село, пло́хо,
хорошо́, тру́дно, жа́рко, ску́чно, небо́льно

**б) В каких ситуациях вы можете использовать данные слова? (Соедините
части А и Б.)** 按照範例連接 А 與 Б，在哪些情況下您可以用到這些詞？

Образец 範例：

Мне интере́сно чита́ть журна́лы о спо́рте.
Моему́ дру́гу ску́чно игра́ть в ша́хматы с компью́тером.

А	**Б**
кому́? как?	что де́лать?

легко́

ве́село

интере́сно

ску́чно

жа́рко

хо́лодно

неинтере́сно

гру́стно

тру́дно

изуча́ть иностра́нный язы́к

игра́ть на компью́тере

води́ть маши́ну

писа́ть стихи́

ката́ться на лы́жах

ката́ться на ро́ликах

сочиня́ть му́зыку

смотре́ть фи́льмы о любви́

встреча́ться с дру́гом

слу́шать о́перу

гуля́ть зимо́й

понима́ть, что говоря́т лю́ди на у́лице

загора́ть на пля́же

провожа́ть дру́га

4. Глаголы движения. Направление (куда? (4) к кому? (3))

運動動詞。表示方向（去哪裡、去誰那裡）

— Ты к како́му врачу́ идёшь?
— К глазно́му.
— А я к зубно́му.

Посмотрите таблицу 5, прочитайте примеры. (Дополните таблицу своими примерами.) 請看表5，讀表中的例子並舉例說明。

Таблица 5. 表5

	куда́? (4) ⟶ 🏢	к кому́? (3) ⟶ 🧍
1) идти́ — е́хать пойти́ — пое́хать прийти́ — прие́хать	в декана́т	к на́шему дека́ну
	в общежи́тие	к ста́рому дру́гу
	в поликли́нику	к зубно́му врачу́
	куда́? (4) / к чему́? (3)	**к кому́? (3)**
2) подойти́ — подъе́хать	к Большо́му теа́тру	к свое́й люби́мой арти́стке
	к ста́рому зда́нию	к у́личному худо́жнику
	к но́вой шко́ле	к свое́й пе́рвой учи́тельнице

подойти́ (СВ)	**куда́? (4)**	**подъе́хать (СВ)**
я подойду́	к кому́? (3)	я подъе́ду
ты подойдёшь	к чему́? (3)	ты подъе́дешь
они́ подойду́т		они́ подъе́дут
подошёл (-а, -и)		подъе́хал (-а, -и)
Подойди́(те)!		Но: подъезжа́й(-те)!

⟶ ☐

На Арба́те моя́ подру́га подошла́ **к у́личному худо́жнику** и попроси́ла сде́лать её портре́т.

На кинофестива́ле я подошёл **к свое́й люби́мой арти́стке** и взял у неё авто́граф.

Когда́ мы подъе́хали **к Ки́евскому вокза́лу**, мы по́няли, что опозда́ли и наш по́езд уже́ ушёл.

Когда́ тури́сты подъе́хали **к Третьяко́вской галере́е**, экскурсово́д ждал их о́коло вхо́да.

Анто́н **подошёл** к врачу́.
(Анто́н стои́т о́коло врача́.)

Анто́н **пришёл** к врачу́.
(Анто́н нахо́дится в кабине́те врача́.)

Друзья́ **подъе́хали** к го́роду.
(Друзья́ нахо́дятся недалеко́ от го́рода.)

Друзья́ **прие́хали** в го́род.
(Друзья́ нахо́дятся в го́роде.)

15. **Зако́нчите предложе́ния. Опиши́те эту ситуа́цию. (Поста́вьте словосочета́ния в ско́бках в ну́жной фо́рме. Испо́льзуйте глаго́лы спра́ва.)**
選擇右欄適當的詞填空，並把括號中的詞變成適當的形式。

Образец 範例 : Молодо́й челове́к подошёл к цвето́чному кио́ску и купи́л большо́й буке́т свое́й де́вушке.

1. На у́лице иностра́нец подошёл к (незнако́мый челове́к) и ...
2. Мы подошли́ к (наш преподава́тель) и ...
3. На дискоте́ке Ива́н подошёл к (незнако́мая де́вушка) и ...
4. Я подошёл к (у́личный музыка́нт) и ...
5. Ольга подошла́ к (театра́льная ка́сса) и ...
6. Тури́сты подошли́ к (Моско́вский Кремль) и ...
7. Авто́бус подъе́хал к (авто́бусная остано́вка) и ...
8. Студе́нты подошли́ к (железнодоро́жная ка́сса) и ...

пригласи́ть
спроси́ть
попроси́ть
купи́ть
прочита́ть
сфотографи́ровать
останови́ться
узна́ть

16 а) **Прослушайте диалог. Скажите, Роберт нравится Алёне? Почему вы так думаете?**

聽對話，說一說，阿廖娜喜歡羅伯特嗎？您為什麼這麼認為？ ▶ MP3-48

Ро́берт: Приве́т, Алёна! Я так давно́ не ви́дел тебя́. Мо́жно мне прийти́ к тебе́ сего́дня ве́чером?

Алёна: Нет, Ро́берт, извини́, но сего́дня ве́чером я о́чень занята́. Я пойду́ к зубно́му врачу́.

Ро́берт: Как жаль, что ты занята́ сего́дня ве́чером! А мо́жно я приду́ к тебе́ за́втра?

Алёна: Нет-нет, Ро́берт, за́втра я ника́к не могу́. За́втра я пойду́ к свое́й шко́льной подру́ге в го́сти. Мы уже́ давно́ договори́лись встре́титься.

Ро́берт: А в суббо́ту? Ты свобо́дна в суббо́ту?

Алёна: Нет, Ро́берт, в суббо́ту у меня́ совсе́м нет вре́мени. В суббо́ту я пое́ду в Росто́в к свое́й ста́ршей сестре́, у неё роди́лся сын.

Ро́берт: А как на сле́дующей неде́ле? Мо́жно прийти́ к тебе́ в сре́ду?

Алёна: Нет, Ро́берт. Как раз в сре́ду я должна́ пойти́ к моему́ дорого́му дя́де в больни́цу. Ему́ 90 лет, и он о́чень пло́хо себя́ чу́вствует.

Ро́берт: Мо́жет быть, ты найдёшь вре́мя в сле́дующем ме́сяце в понеде́льник?

Алёна: Нет, Ро́берт. В сле́дующем ме́сяце в понеде́льник я должна́ пойти́ к своему́ ста́рому учи́телю на день рожде́ния. Мне обяза́тельно на́до поздра́вить его́.

Ро́берт: А весно́й?! Дава́й встре́тимся с тобо́й весно́й.

Алёна: Весно́й? Это невозмо́жно! Весно́й я уже́ вы́йду за́муж.

б) **Почему Алёна не хочет встречаться с Робертом:**

為什麼阿廖娜在下列時段不想見羅伯特？

сего́дня ве́чером, за́втра ве́чером, в суббо́ту, на сле́дующей неде́ле в сре́ду, в сле́дующем ме́сяце в понеде́льник, весно́й?

в) **Как вы думаете, Алёна говорит правду?** 您認為，阿廖娜說的是實話嗎？

Сравните 試比較

ходи́л / е́здил	куда́? (4)
	к кому́? (3)

⟷

был	где? (6)
	у кого́? (2)

· Журнали́сты е́здили **в за́городный дом (4)** к росси́йскому писа́телю А. Солжени́цыну (3) в день его́ рожде́ния и взя́ли у него́ интервью́.

· Журнали́сты бы́ли **в за́городном до́ме (6)** у росси́йского писа́теля А. Солжени́цына (2) в день его́ рожде́ния и взя́ли у него́ интервью́.

17 а) **Прослушайте информацию и скажите, куда и к кому ходили эти люди. Объясните, почему, зачем эти люди туда ходили.** 讀句子並說一說，這些人去了哪裡，或到誰那裡，為什麼去。 ▶ MP3-49

1. Был в поликли́нике у зубно́го врача́.

2. Бы́ли на да́че у свое́й подру́ги.

3. Была́ в Петербу́рге у ста́ршего бра́та.

4. Был на рабо́те у своего́ отца́.

5. Была́ в гостя́х у хоро́шего знако́мого.   7. Был на вы́ставке у знако́мого худо́жника.
6. Бы́ли в институ́те у ста́рого профе́ссора. 8. Была́ на консульта́ции у о́пытного юри́ста.

б) Спроси́те у свои́х друзе́й, где они́ бы́ли, куда́ и к кому́ они́ ходи́ли / е́здили в субботу и в воскресе́нье? Как они́ провели́ вре́мя?

按照範例說一說，詢問您的朋友，他們週末去哪裡了，是怎麼度過的？

Образе́ц 範例：

— Приве́т, Ви́ктор, где ты был в воскресе́нье?
— Я ходи́л в го́сти к своему́ ста́рому дру́гу. Мы игра́ли на компью́тере.

	НСВ	
ходи́ть		е́здить
	куда́? (4)	
приходи́ть	к кому́? (3)	приезжа́ть
подходи́ть	к чему́? (3)	подъезжа́ть

приходи́ть II
я прихожу́ (д/ж)
ты прихо́дишь
они́ прихо́дят
приходи́л (-а, -и)

приезжа́ть I
я приезжа́ю
ты приезжа́ешь
они́ приезжа́ют
приезжа́л (-а, -и)

· Когда́ я **прихожу́** в го́сти к свое́й шко́льной подру́ге, она́ всегда́ мне о́чень ра́да.

· Когда́ я **приезжа́ю** на маши́не к своему́ ста́ршему бра́ту, мы е́здим ката́ться по го́роду.

· На Арба́те моя́ подру́га всегда́ **подхо́дит** к у́личному худо́жнику и смо́трит, как он рабо́тает.

· Экскурсово́д сказа́л, что наш авто́бус уже́ **подъезжа́ет** к Петербу́ргу.

подходи́ть II
я подхожу́ (д/ж)
ты подхо́дишь
они́ подхо́дят
подходи́л (-а, -и)

подъезжа́ть I
я подъезжа́ю
ты подъезжа́ешь
они́ подъезжа́ют
подъезжа́л (-а, -и)

Сравни́те
試比較

СВ		НСВ
прийти́		**приходи́ть**
прие́хать	↔	**приезжа́ть**
подойти́		**подходи́ть**
подъе́хать		**подъезжа́ть**

... пришёл и сказа́л ...
... прихожу́ и говорю́ ...
... приходи́л и говори́л ...
... подошёл и купи́л ...
... подхожу́ и покупа́ю ...
... подходи́л и покупа́л ...

· Ка́ждое у́тро он **прихо́дит** в э́то кафе́ и **пьёт** ко́фе, а сего́дня **не пришёл**.
· Ра́ньше ка́ждое ле́то он **приезжа́л** в дере́вню к свое́й ба́бушке и **помога́л** ей, а в э́то ле́то он **не прие́хал**.

18 **Восстановите предложения. (Вставьте нужные глаголы. Объясните ваш выбор.)** 選擇適當的運動動詞填空。

1. Вчера́ я не́сколько раз ... к на́шему дире́ктору, что́бы поговори́ть с ним, но он был за́нят.

   а) подхожу́
   б) подходи́ла
   в) подошла́

2. Обы́чно Андре́й ... к свое́й подру́ге и да́рит ей цветы́.

   а) прихо́дит
   б) пришёл
   в) приходи́л

3. Ка́ждый раз, когда́ мой брат ... из Англии, он мно́го расска́зывал об э́той стране́.

   а) приезжа́л
   б) приезжа́ет
   в) прие́хал

4. Когда́ я ... к свое́й шко́ле, я всегда́ вспомина́ю шко́льные го́ды.

   а) подхожу́
   б) подойду́
   в) подошёл

5. Когда́ тури́сты ... в Петербу́рг, они́ всегда́ хо́дят в Эрмита́ж.

   а) прие́хали
   б) приезжа́ют
   в) приезжа́ли

6. Джон ... в Росси́ю в про́шлом году́ и на́чал изуча́ть ру́сский язы́к.

   а) прие́дет
   б) прие́хал
   в) приезжа́ет

7. Когда́ я гуля́ю, я всегда́ ... к театра́льной афи́ше и выбира́ю, какой спекта́кль посмотре́ть.

   а) подхожу́
   б) подошёл
   в) подойду́

8. Маши́на ... к центра́льной гости́нице го́рода и останови́лась.

   а) подъезжа́ет
   б) подъе́хала
   в) подъе́дет

9. Ка́ждое у́тро студе́нты ... к газе́тному кио́ску и покупа́ют газе́ты и журна́лы.

   а) подошли́
   б) подходи́ли
   в) подхо́дят

10. Преподава́тель ... и сказа́л, что за́втра мы пое́дем на экску́рсию в Петербу́рг.

   а) прихо́дят
   б) приходи́л
   в) пришёл

語法 5. Глаголы движения. Место движения (3) (где? по какому? по какой?)

運動動詞。表示運動的地點

— Я пе́рвый раз в Петербу́рге, хочу́ уви́деть центр го́рода.

— Тогда́ пойдём по Не́вскому проспе́кту.

	где? (3)	
идти́ — е́хать	по го́роду	по родно́му го́роду
ходи́ть — е́здить	по Петербу́ргу	по зи́мнему Петербу́ргу
гуля́ть	по Москве́	по вече́рней Москве́
ката́ться	по у́лице	по центра́льной у́лице

· Зимо́й студе́нты **бы́ли в Петербу́рге (6)**. Они́ до́лго **гуля́ли по зи́мнему го́роду (3)**.

· Я **живу́ в Москве́ (6)** уже́ 2 го́да и о́чень люблю́ э́тот го́род.

· Мы с дру́гом ча́сто **ката́емся** на маши́не **по вече́рней Москве́ (3)**.

Сравните 試比較

где?

(6)   (3)

жить		ходи́ть	
быть		е́здить	
быва́ть	в го́роде на у́лице	гуля́ть	по го́роду по у́лице
рабо́тать		ката́ться	
учи́ться		броди́ть	

19 а) Восстановите текст. Используйте следующие глаголы:

選擇下列運動動詞填空，並把它轉變成適當的形式。 ▶ MP3-50

идти́, вы́йти, пойти́, подойти́, уйти́, прийти́, прие́хать

На берегу́ мо́ря стоя́ла де́вушка и смотре́ла на кора́бль, кото́рый ... к бе́регу. Матро́сы ... с корабля́ на бе́рег и ... в го́род. Оди́н из них ... к де́вушке, и они́ познако́мились. Не́сколько дней они́ провели́ вме́сте: гуля́ли по вече́рнему го́роду, броди́ли по бе́регу мо́ря. Пото́м кора́бль ... в мо́ре, и они́ ста́ли писа́ть друг дру́гу пи́сьма. Два го́да они́ перепи́сывались и по́няли, что лю́бят друг дру́га.

И вот одна́жды моря́к написа́л де́вушке, что он ... к ней на Рождество́. Де́вушка была́ о́чень ра́да. Она́ реши́ла пригото́вить на Рождество́ гуся́ и я́блочный пиро́г. Но жила́ она́ небога́то.

Тогда́ де́вушка ... в ювели́рный магази́н и продала́ своё ма́ленькое золото́е кольцо́, кото́рое она́ получи́ла в пода́рок от ма́мы. Кольцо́ бы́ло недорого́е. Де́нег хвати́ло то́лько на гуся́ и на я́блоки.

И вот моря́к ... в го́род, в кото́ром жила́ э́та де́вушка. Он ... по шу́мной торго́вой у́лице, уви́дел небольшо́й ювели́рный магази́н и поду́мал, что он ничего́ не купи́л свое́й люби́мой де́вушке на Рождество́, что он ... к ней с пусты́ми рука́ми. Он ... к витри́не магази́на и уви́дел то са́мое ма́ленькое золото́е коле́чко. Он купи́л его́.

Когда́ моря́к ... к свое́й люби́мой де́вушке и подари́л ей кольцо́, она́ о́чень удиви́лась.

— Где ты взял э́то кольцо́? — спроси́ла она́.

— Я купи́л э́то кольцо́ для тебя́, — отве́тил моря́к.

б) Прочитайте эту историю ещё раз и ответьте на вопросы.

按照課文回答問題。

1. Где и как познако́мились моря́к и де́вушка?
2. Ско́лько вре́мени они́ не ви́дели друг дру́га и почему́?
3. Заче́м де́вушка продала́ своё золото́е кольцо́?
4. Когда́ и где они́ сно́ва встре́тились?
5. Что моря́к подари́л де́вушке на Рождество́?

в) Как вы думаете, о чём эта история? 您認為這個故事是關於什麼？

О золото́м кольце́ ☐

О любви́ ☐

О Рождестве́ ☐

г) Расскажите эту историю от лица девушки, от лица моряка. Как вы думаете, чем она закончилась?

以水手、女孩的角度來轉述課文。您認為，故事是怎麼結束的？

а) Прослушайте диалоги. Скажите, где они происходят.

聽對話，說出對話發生地點，用右欄中的詞語替換粗體詞組。 ▶ MP3-51

— Скажи́те, пожа́луйста, где здесь метро́?
— Метро́ недалеко́. Иди́те пря́мо, **по Тверско́й у́лице**, ста́нция метро́ бу́дет спра́ва.
— Спаси́бо.

проспе́кт Ми́ра
Сире́невый бульва́р
Молодёжная у́лица
Не́вский проспе́кт

— Здра́вствуйте, куда́ е́дем?
— Мне ну́жно в центр.
— Как мы пое́дем?
— Пое́дем **по Ле́нинскому проспе́кту**.
— Хорошо́, пое́дем по Ле́нинскому.

Ломоно́совский проспе́кт
Ленингра́дский проспе́кт
Профсою́зная у́лица
Тага́нская у́лица

— Извини́те, мне ну́жно поговори́ть с дире́ктором. Где я могу́ его́ найти́?
— Иди́те **по коридо́ру нале́во**, ко́мната 10.
— Спаси́бо

— Я никогда́ не́ был в моско́вском метро́. Мне нужна́ ста́нция «Октя́брьская».
— Вам ну́жно сде́лать переса́дку на Кольцеву́ю ли́нию.
— А где перехо́д?
— **Вверх по эскала́тору**.
— Спаси́бо.

вверх по ле́стнице
вниз по эскала́тору
нале́во по коридо́ру
напра́во
пря́мо

б) Составьте аналогичные диалоги. Узнайте, где находится интересующий вас человек или объект и как туда добраться. (Используйте слова справа.)

參考右欄中的詞組編寫對話。說一說，您要找的人或地方在哪裡，怎麼走？

語法 **6. Да́тельный паде́ж (3). Определе́ние объе́кта**
第三格。表示客體限定意義

Како́й э́то экза́мен? — Э́то экза́мен **по о́бщей фи́зике**.
Кака́я э́то ле́кция? — Э́то ле́кция **по ру́сскому иску́сству**.
Како́е э́то упражне́ние? — Э́то упражне́ние **по ру́сской грамма́тике**.
Каки́е э́то те́сты? — Э́то те́сты **по ру́сскому языку́**.

21 **а) Скажите, какие это учебники и тетради?**

按照圖說一說，這些是什麼教科書和習作？

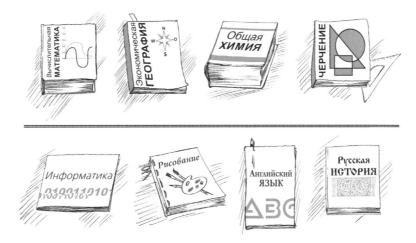

б) Посмотрите, какие учебники и тетради есть у вас?

看一看，您自己有哪些教科書和習作？

22 **Познакомьтесь с новыми словами и выражениями.** 預習新單詞和詞組。

1. — За́втра бу́дет дождь.
   — **Отку́да ты э́то зна́ешь?**
   — Я слы́шал по ра́дио.

   · **Отку́да ты э́то зна́ешь?** = Как ты э́то узна́л?
   Как ты получи́л э́ту информа́цию?

2. **знако́м (-а, -ы) с кем? (5)** = зна́ю кого́? (4)

   · Я **знако́м** с Ива́ном. = Я зна́ю Ива́на.

3. **дога́дываться — догада́ться**

   · Я **догада́лась**, кто вы и заче́м вы пришли́. =
   Я поняла́, я зна́ю, кто вы и заче́м вы пришли́.

4. **чужо́й (-а́я, -о́е, -и́е)**

   — Это ва́ши ве́щи?
   — Нет, э́то не мои́ ве́щи. Это **чужи́е** ве́щи. Чужи́е = не мои́.

Если в авто́бусе вы уви́дите забы́тые **чужи́е** ве́щи, скажи́те об э́том води́телю.

23 **а) Прочитайте вопросы, на которые вы должны будете ответить после прослушивания диалога.** 聽完對話後回答下列問題。

1) Ско́лько лет му́жу Ольги Ники́тиной?
2) Где он рабо́тает?
3) Как зову́т его́ нача́льника?
4) Како́й торт пригото́вила Ольга Ники́тина?
5) Ско́лько лет её мла́дшей до́чери?
6) Кто она́?
7) Ско́лько лет её ста́ршей до́чери?
8) Кем рабо́тает шко́льная подру́га Ольги Ники́тиной?
9) Ско́лько челове́к в э́той семье́?
10) Ско́лько вре́мени е́хали в одно́м авто́бусе Ольга и незнако́мый мужчи́на?

б) Прослушайте диалог и запишите в тетрадь краткие ответы на эти вопросы.
聽對話，並把答案記在筆記本上。 ▶ MP3-52

Образец 範例：
1) Как зову́т же́нщину? — *Ольга.*
2) ...

На авто́бусной остано́вке к же́нщине подошёл незнако́мый челове́к и на́чал разгово́р.

— Здра́вствуйте!

— До́брый день! Но я вас не зна́ю.

— Я вас то́же не зна́ю, но я зна́ю соверше́нно то́чно, что вас зову́т Ольга Ива́новна. А фами́лия ва́ша — Ники́тина.

— А отку́да вы э́то зна́ете, е́сли не секре́т?

— Я мно́го о вас зна́ю. Ну, наприме́р, я зна́ю, что вы за́мужем. Ва́шему му́жу 45 лет. Он рабо́тает в ба́нке. Это так?

— Да, э́то так.

— У ва́шего му́жа есть нача́льник. Его́ зову́т Ива́н Ива́нович. И вчера́ ве́чером Ива́н Ива́нович и его́ молода́я жена́ пришли́ к вам в го́сти. А вы пригото́вили лимо́нный торт, кото́рый о́чень понра́вился и Ива́ну Ива́новичу, и его́ молодо́й жене́, и ва́шему му́жу, коне́чно, то́же.

— А... я догада́лась, отку́да вы всё э́то зна́ете. Вы знако́мы с Ива́ном Ива́новичем и́ли с его́ жено́й.

— Нет, я их не зна́ю. Я не зна́ю Ива́на Ива́новича и его́ жену́. Но я зна́ю бо́льше! Я зна́ю, что у вас две до́чери. Ва́шей мла́дшей до́чери 19 лет. Она́ студе́нтка. Сейча́с ва́шей мла́дшей до́чери ну́жно мно́го занима́ться, потому́ что ско́ро у неё бу́дут экза́мены. А ва́шей ста́ршей до́чери 23 го́да. Она́ уже́ за́мужем. Они́ с му́жем снима́ют кварти́ру. И её му́жу, ва́шему зя́тю, ну́жно мно́го рабо́тать, что́бы плати́ть за кварти́ру. А ва́шей ста́ршей до́чери ну́жно бо́льше гуля́ть и отдыха́ть, потому́ что она́ ждёт ребёнка.

— Вы что — шпио́н?

— Нет, что вы?! Я матема́тик. Но я могу́ сказа́ть, что сейча́с вы е́дете к ва́шей ста́рой шко́льной подру́ге. Она́ врач. И вы хоти́те, что́бы ва́ша подру́га прие́хала к ва́шей ста́ршей до́чери, что́бы...

— Доста́точно! Хва́тит! Вы что — телепа́т? Чита́ете чужи́е мы́сли?

— Нет, что вы?! Про́сто я е́хал с ва́ми в одно́м авто́бусе два́дцать мину́т. И вы всё э́то вре́мя разгова́ривали с ва́шей сосе́дкой.

в) Скажите, откуда незнакомый человек так много знает об Ольге Никитиной и её семье? 說一說，陌生人是怎麼知道奧爾加・尼基金娜和她的家人。

г) Прослушайте диалог ещё раз и расскажите. 再聽對話，回答下列問題。

1. Что вы узна́ли об Ольге Ники́тиной и её семье́?
2. Каки́е пробле́мы есть в э́той семье́?
3. Расскажи́те э́ту исто́рию. Начни́те свой расска́з так:
   На авто́бусной остано́вке к молодо́й же́нщине подошёл незнако́мый мужчи́на. Он поздоро́вался и сказа́л, что...

24

В тексте, который вы будете читать, вы встретите новые слова. Познакомьтесь с ними. 熟悉並記住下列新詞語。

1. Прочитайте предложения, постарайтесь понять значение выделенных слов. Чтобы проверить, правильно ли вы их поняли, посмотрите значения этих слов в словаре.
閱讀句子，理解粗體詞的含義。查辭典，看一看您是否正確理解了這些詞的含義。

гото́вить II **подгото́вить II**	**кого́ ? (4) к чему́? (3)** космона́вта к полёту студе́нта к экза́мену спортсме́нка к олимпиа́де	· Этот молодо́й учи́тель прекра́сно **подгото́вил** свой класс к математи́ческой олимпиа́де. · Росси́йские специали́сты полго́да **гото́вили** второ́го косми́ческого тури́ста к полёту в ко́смос. · Тури́ст полго́да **гото́вился** к косми́ческому полёту.

проводи́ть II — провести́ II (ст/д)		**что? (4)**	· Во вре́мя полёта космона́вты обяза́тельно **прово́дят** нау́чные экспериме́нты.
я провожу́ (д/ж) ты прово́дишь они́ прово́дят проводи́л (-а, -и)	я проведу́ ты проведёшь они́ проведу́т провёл (-а́, -и́)	экспериме́нт экза́мен	

2. а) Прочитайте слова. Поставьте вопросы к каждому слову, найдите общую часть родственных слов. 讀單詞，就每一個詞提問並找出同根詞的共有部分。

· знать, зна́ние, знако́мый, познако́миться, **знако́мая**, **незнако́мец**, незнако́мка
· гото́вить, приготовить, **подгото́вить**, **подгото́вка**, подготови́тельный

б) Составьте словосочетания с выделенными словами. 用粗體詞造詞組。

3. Прочитайте примеры и постарайтесь понять значение выделенных слов.
讀下列單詞，正確理解粗體詞的詞義。

дава́ть — дать возмо́жность кому́? (3) что (с)де́лать?

· Роди́тели **да́ли мне возмо́жность** получи́ть образова́ние в Росси́и. = Роди́тели де́лают всё, что́бы я мог получи́ть образова́ние в Росси́и.
· Специа́льная програ́мма **даёт возмо́жность** обы́чному челове́ку полете́ть в ко́смос. = Специа́льная програ́мма гото́вит обы́чного челове́ка к полёту в ко́смос.

потому́ что = так как	· Марк мно́го занима́лся, **так как** хоте́л полете́ть в ко́смос. = Марк мно́го занима́лся, потому́ что хоте́л полете́ть в ко́смос.

25. **а) Прочитайте текст. Скажите, с какой целью Марк Шаттелворс летал в космос?** 讀課文並說一說，為什麼馬克·沙特爾沃思要飛往太空？ ▶ MP3-53

20 миллио́нов до́лларов за мечту́

В апре́ле 2002 го́да в ко́смос полете́л росси́йский косми́ческий кора́бль «Сою́з ТМ-34». На корабле́ находи́лись росси́йские космона́вты и второ́й косми́ческий тури́ст — миллионе́р из Ю́жной Африки Марк Шаттелворс.

Этому молодо́му челове́ку 28 лет. Он с де́тства хоте́л стать космона́втом и мечта́л полете́ть в ко́смос. Марк прие́хал в Росси́ю о́сенью 2001-ого го́да.

5 ме́сяцев он жил в Звёздном городке́, и росси́йские специали́сты гото́вили Ма́рка к его́ пе́рвому косми́ческому полёту.

Ка́ждый день шла подгото́вка к нелёгкой рабо́те в ко́смосе. Марк встава́л в 6 часо́в утра́, де́лал специа́льную заря́дку, занима́лся на тренажёре, бе́гал по большо́му холо́дному стадио́ну Звёздного городка́ в шо́ртах и футбо́лке, с часа́ми на ка́ждой руке́. Одни́ часы́ пока́зывали вре́мя, други́е — пульс и уда́ры се́рдца. С девяти́ утра́ до шести́ ве́чера Марк изуча́л ру́сский язы́к, так как зна́ние ру́сского языка́ — обяза́тельное усло́вие полёта на росси́йском косми́ческом корабле́.

Пе́ред полётом Марк дал интервью́ популя́рной росси́йской газе́те «Аргуме́нты и фа́кты». Он рассказа́л моско́вскому журнали́сту, почему́ он реши́л полете́ть в ко́смос на росси́йском косми́ческом корабле́. В Росси́и есть специа́льная програ́мма, кото́рая даёт возмо́жность обы́чному челове́ку полете́ть в ко́смос, а в Аме́рике тако́й програ́ммы нет.

За свой полёт в ко́смос Марк заплати́л росси́йскому госуда́рству 20 миллио́нов до́лларов. Эти де́ньги он зарабо́тал сам. Молодо́му южно-африка́нскому бизнесме́ну о́чень повезло́. Снача́ла он на́чал занима́ться компью́терами, пото́м со́здал свою́ интерне́т-фи́рму, а в 1999 году́ уда́чно про́дал э́ту фи́рму и зарабо́тал больши́е де́ньги.

Марк Шаттелворс сказа́л, что он заплати́л таки́е больши́е де́ньги не то́лько за мечту́. Нау́чные институ́ты Ю́жно-Африка́нской Респу́блики да́ли зада́ние второ́му косми́ческому тури́сту провести́ нау́чные экспериме́нты во вре́мя полёта. Эти экспериме́нты Марк Шаттелворс провёл успе́шно и получи́л отли́чные результа́ты.

б) Ответьте на вопросы. 回答問題。

1. Когда́ полете́л в ко́смос росси́йский кора́бль «Сою́з ТМ-34»?
2. Что вы узна́ли о второ́м косми́ческом тури́сте? Кто он и отку́да?
3. Как Марк Шаттелворс гото́вился к своему́ пе́рвому полёту?
4. Почему́ Марк Шаттелворс реши́л лете́ть в ко́смос на росси́йском корабле́?
5. Как второ́й косми́ческий тури́ст зарабо́тал 20 миллио́нов до́лларов?
6. Чем занима́лся Марк Шаттелворс в ко́смосе?

в) Прочитайте план. Скажите, соответствует ли план содержанию текста? Составьте правильный план.

說一說，下列大綱順序是否符合課文內容。按照課文內容標示大綱的順序。

План

1. Интервью́ газе́те «Аргуме́нты и фа́кты».
2. Полёт корабля́ «Сою́з ТМ-34».
3. Нау́чные экспериме́нты.
4. Марк Ша́ттелворс — бизнесме́н.
5. Подгото́вка к полёту.
6. Второ́й косми́ческий тури́ст.

г) Кратко сформули́руйте содержание каждого пункта плана (1–2 предложения). Используйте следующие словосочетания.

用1到2個句子簡述每個大綱的內容（可用下列詞組）。

1. апре́ль 2002 г.
косми́ческий кора́бль
полете́ть в ко́смос
росси́йские космона́вты
второ́й косми́ческий тури́ст

2. 28 лет
мечта́ть полете́ть
жить в Звёздном городке́
гото́вить к полёту

3. подгото́вка к рабо́те
встава́ть в 6 часо́в
занима́ться на тренажёре
бе́гать по стадио́ну
изуча́ть ру́сский язы́к
обяза́тельное усло́вие

4. дать интервью́
специа́льная програ́мма
дать возмо́жность

5. заплати́ть 20 миллио́нов до́лларов
зарабо́тать де́ньги
созда́ть фи́рму
прода́ть фи́рму

6. нау́чные институ́ты
поручи́ть провести́
нау́чные эксперименты
получи́ть результа́ты

 語法 **Прямая / косвенная речь (продолжение, см. урок 2, стр. 61)**
直接引語和間接引語（延續第2課第61頁）

Посмотрите таблицу 6. Прочитайте примеры. 請看表6，接續下列例句。

Таблица 6. 表6

пряма́я речь	ко́свенная речь
Роди́тели сказа́ли сы́ну: «Звони́ **нам**!» «Не боле́й!» «Учи́сь хорошо́!»	Роди́тели сказа́ли сы́ну, чтобы он звони́л **им**. чтобы он не боле́л. чтобы он хорошо́ учи́лся.
Сын сказа́л свои́м ма́тери и отцу́: «Не скуча́йте!» «Пиши́те **мне** пи́сьма!» «Жди́те **меня́** на Рождество́!»	Сын сказа́л свои́м ма́тери и отцу́, чтобы они́ не скуча́ли. чтобы писа́ли **ему́** пи́сьма. чтобы они́ жда́ли **его́** на Рождество́.

26 **Прочитайте три записки, которые Елена написала своему мужу, своему сыну и своей дочери, и скажите, кому какую записку она написала. (Что должны или не должны делать члены этой семьи?)**

讀三張葉蓮娜寫給自己丈夫、兒子和女兒的便條紙，並說一說，哪張便條紙是她寫給誰的。這個家庭的成員應該或不應該做什麼。

Образец 範例：

«Не игра́й до́лго на компью́тере!»

Ма́ма написа́ла своему́ сы́ну, что́бы он не игра́л до́лго на компью́тере.

Купи хлеб, молоко и сыр!
Приготовь ужин!
Вымой посуду!
Не болтай по телефону!

Не ждите меня к ужину!
Встречай меня в 23.00 около метро!
Помоги Васе сделать математику!
Позвони своей и моей маме!
Не кури в комнате!

Погуляй с собакой!
Сделай уроки!
Убери свою комнату!
Не смотри долго телевизор!
Не забудь позвонить бабушке!

27 **а) Прочитайте шутки и ответьте на вопросы.** 讀下列笑話並回答問題。

1. Как вы думаете, этот студент хорошо говорит по-русски?

您認為，這個大學生俄語說得好嗎？

Когда́ оди́н студе́нт зако́нчил институ́т, он пришёл к своему́ преподава́телю ру́сского языка́, что́бы поблагодари́ть его́:

— Большо́е спаси́бо вам за то, что вы научи́ли меня́ говори́ть и понима́ть по-ру́сски. Скажи́те, пожа́луйста, что я могу́ для вас сде́лать?

— Никому́ не говори́ть, что э́то я учи́л вас ру́сскому языку́.

2. Как вы думаете, мужу и жене нужно вернуться домой?

您認為，妻子和丈夫需要回家嗎？

Муж и жена́ опа́здывают в теа́тр. Вдруг жена́ говори́т своему́ му́жу:

— Верни́сь домо́й: я забы́ла вы́ключить утю́г!

— Нет, не пойду́!

— Но ведь бу́дет пожа́р!

— Не бу́дет. Я забы́л закры́ть кран в ва́нной.

включи́ть ≠ вы́ключить что? (4)

3. Как вы думаете, кто прав — художник или богач?

您認為誰是正確的，是藝術家還是富翁？

Оди́н бога́тый челове́к пришёл к изве́стному худо́жнику и сказа́л: «Нарису́йте мой портре́т!» Худо́жник бы́стро, за 5 мину́т, нарисова́л портре́т и попроси́л за рабо́ту ты́сячу рубле́й.

— Как! Вы рисова́ли то́лько 5 мину́т, а про́сите 1000 рубле́й?! Почему́? — спроси́л бога́ч.

— Потому́ что, что́бы сде́лать тако́й рису́нок за 5 мину́т, я учи́лся 25 лет, — отве́тил худо́жник э́тому бога́тому челове́ку.

прав	был прав	бу́дет прав
права́	была́ права́	бу́дет права́
пра́вы	бы́ли пра́вы	бу́дут пра́вы

б) Расскажите эти шутки. (Замените прямую речь косвенной.)

轉述這些笑話（把直接引語變成間接引語）。

語法 Сложное предложение со словом «который» в дательном падеже (3) который 第三格形式的複合句

Прочитайте предложения в таблице 7. Объясните, почему меняется форма слова который, от чего это зависит? 讀表7中的句子，並注意который的用法。

Таблица 7. 表7

Это мой но́вый **друг**. **Моему́ но́вому дру́гу** нра́вится игра́ть на компью́тере.

Это мой но́вый друг, **кото́рому** нра́вится игра́ть на компью́тере.

Это на́ша но́вая **студе́нтка**. **Этой студе́нтке** я помога́ю занима́ться исто́рией.

Это на́ша но́вая студе́нтка, **кото́рой** я помога́ю занима́ться исто́рией.

Неда́вно я отдыха́л **на о́зере**. **Этому о́зеру** уже́ 1000 лет.

Неда́вно я отдыха́л на о́зере, **кото́рому** уже́ 1000 лет.

Вот фотогра́фия моего́ **дя́ди**. **К моему́ дя́де** мы пое́дем ле́том.

Вот фотогра́фия моего́ дя́ди, **к кото́рому** мы пое́дем ле́том.

28 **Прочитайте предложения. Из двух предложений сделайте одно, используя слово кото́рому или кото́рой.** 將兩個簡單句組成一個帶кото́рому或кото́рой的複合句。

1. Я до́лго разгова́ривал по телефо́ну с дру́гом. **Моему́ дру́гу** ну́жно бы́ло со мной посове́товаться.
2. За́втра день рожде́ния у мое́й ста́ршей сестры́. **Мое́й сестре́** испо́лнится 25 лет.
3. Я не зна́ю э́того челове́ка. **Этому челове́ку** я объясни́л доро́гу.
4. Ната́ша купи́ла пода́рок подру́ге. **К э́той подру́ге** она́ идёт в го́сти.
5. Как зову́т э́того студе́нта? **Этому студе́нту** ты помога́ешь реша́ть зада́чи.
6. Ольга живёт в ко́мнате с сосе́дкой. **Этой сосе́дке** нра́вится слу́шать гро́мкую му́зыку.
7. Ба́бушка подари́ла свое́й вну́чке кольцо́. **Этому кольцу́** уже́ 150 лет.

29 **Восстановите предложения. (Вместо точек вставьте слова кото́рому или кото́рой.)** 選擇кото́рому或кото́рой填空。

1. Расскажи́ мне о де́вушке, ... ты пи́шешь письмо́.
2. Анто́н занима́лся с дру́гом, ... на́до бы́ло сдать экза́мен.
3. Это моя́ мла́дшая сестра́, ... испо́лнилось 10 лет.
4. Я давно́ не ви́дел дру́га, ... сего́дня звони́л.
5. Студе́нт, ... я дал свой уче́бник, сего́дня не пришёл на уро́к.
6. Где живёт ба́бушка, ... ты обеща́л купи́ть проду́кты?

а) В тексте вы встретите новые слова. Посмотрите значение этих слов в словаре. 查辭典，熟悉新單詞。

ласковый, бурный, пустынный (пляж), принц.

б) Прочитайте текст. Скажите, почему девушка на картине была похожа на Машу? 讀課文，說一說，為什麼畫作上的女孩長得像瑪莎？

▶ MP3-54

Маша Новикова — студентка исторического факультета МГУ — прекрасно сдала летнюю сессию и стала думать, куда можно поехать отдохнуть. Девушке очень нравилось море. Бабушка Маши — Ольга Петровна — посоветовала своей внучке поехать в Крым, в Ялту на Чёрное море. Маша не хотела ехать одна, поэтому она позвонила своей подруге Лене и предложила ей отдохнуть на юге вместе. Лена согласилась. Девушки никогда не были в Крыму и решили поговорить с бабушкой Маши. Когда подруги пришли к Ольге Петровне, она дала им хороший совет, куда лучше поехать и где остановиться. Раньше, в молодости, Ольга Петровна часто бывала на юге. Ей нравилась Ялта — город, который находится на берегу моря. Она любила прекрасную южную природу, живописные крымские горы, жаркое солнце и тёплое море.

Наконец, девушки решили: «Поедем в Ялту!» Они купили билеты на поезд, быстро собрали вещи и уже через два дня были в Крыму. В городе на вокзале Маша и Лена встретили пожилую женщину, которая предложила им снять небольшую комнату в симпатичном домике на берегу моря. Комната была недорогая, и девушки согласились.

Каждый день они бегали на пляж, загорали и купались. Через неделю Лена сказала своей подруге: «Мне скучно, надо что-то делать! Может быть, в город поедем?» Тогда Маша вспомнила, что бабушка рассказывала ей о ялтинском городском музее, в котором можно посмотреть старые и современные картины и узнать об истории города. Девушки поехали в музей.

В самом большом зале Маша и Лена долго и внимательно рассматривали прекрасные картины известного русского художника И. К. Айвазовского.

На них было море: тихое, спокойное, ласковое или бурное, тёмное и злое.

В последнем зале Маша подошла к одной картине, которая ей очень понравилась: около моря на большом камне сидела девушка. Она смотрела на спокойное утреннее море, на тихую голубую воду и о чём-то мечтала. Маша стояла и думала: «Наверное, она мечтает о любви и ждёт своего прекрасного принца, который скоро приедет к ней...» «Ой, Маша, посмотри, это же ты на картине! Эта девушка очень похожа на тебя! — закричала Лена. — Только у тебя волосы светлые и короткие, а у неё тёмные длинные косы!» Действительно, девушка на картине была похожа на Машу как две капли воды. Как? Почему? Непонятно! Ведь картина была старая. Художник написал эту картину очень давно, 40 лет назад. Чей это портрет? Кто эта девушка, на которую так похожа Маша? Здесь была какая-то тайна!

Когда подруги вернулись домой в Москву, Маша, конечно, рассказала своей бабушке об этой странной картине и о загадочной девушке на ней.

«Нет здесь никакой тайны, — сказала Ольга Петровна. — Это я на картине, это мой портрет». И Ольга Петровна начала расска́зывать удивлённой вну́чке исто́рию карти́ны — свою́ исто́рию.

— О́чень давно́, когда́ мне бы́ло 24 го́да, мы с сестро́й пое́хали на неде́лю на мо́ре в Я́лту, как вы. Мы отдыха́ли, загора́ли, купа́лись, а ве́чером гуля́ли по пусты́нному пля́жу. Недалеко́ от нас на берегу́ рабо́тал немолодо́й худо́жник. Он приходи́л на бе́рег ка́ждый день и рисова́л мо́ре и го́ры. Иногда́ мы подходи́ли к э́тому худо́жнику и смотре́ли, как он рабо́тает. Нам бы́ло о́чень интере́сно. Ско́ро мы познако́мились с ним. Он расска́зывал нам о себе́, о свое́й семье́, о свое́й рабо́те. Одна́жды он сказа́л, что хо́чет меня́ нарисова́ть. Так появи́лась э́та карти́на.

— Ба́бушка, е́сли не секре́т, а о чём ты ду́мала, когда́ худо́жник рисова́л тебя́? О любви́?

— Да, о любви́. В Москве́ меня́ ждал мой муж и мой ма́ленький сын — твой па́па. Я о́чень люби́ла их, скуча́ла и хоте́ла скоре́е верну́ться в Москву́.

— Интере́сно, а почему́ твой портре́т не у тебя́, а в музе́е?

— Потому́ что я уе́хала домо́й в Москву́, когда́ портре́т ещё не́ был гото́в. Я никогда́ не писа́ла э́тому худо́жнику, бо́льше никогда́ не ви́дела его́ и не зна́ла, где нахо́дится карти́на. Тепе́рь ты нашла́ её. Когда́ у тебя́ бу́дут де́ти, ты смо́жешь пое́хать с ни́ми в Я́лту, показа́ть им мой портре́т и рассказа́ть своему́ сы́ну и́ли свое́й до́чери э́ту исто́рию.

в) Да́йте назва́ние э́тому те́ксту. Объясни́те, почему́ вы да́ли э́то назва́ние?
請個課文訂一個標題並解釋理由。

г) Расскажи́те, что вы узна́ли из те́кста. 說一說，您從課文中了解了什麼。

1) Кто така́я Ма́ша Но́викова? Что вы о ней узна́ли?
2) Как Ма́ша и её подру́га проводи́ли вре́мя в Я́лте?
3) Как и когда́ Ма́ша узна́ла та́йну карти́ны?

д) Расскажи́те фрагме́нт из биогра́фии ба́бушки о её пое́здке в Крым.
說一說奶奶去克里米亞的經歷。

1) Ско́лько лет бы́ло ба́бушке?
2) Как она́ вы́глядела?
3) Чем она́ занима́лась? Учи́лась и́ли рабо́тала?
4) Кака́я у неё была́ семья́?

5) Почему́ она́ пое́хала в Крым?
6) Что она́ де́лала там?
7) Где она́ встре́тилась с худо́жником?
8) О чём они́ разгова́ривали?
9) Почему́ худо́жник реши́л нарисова́ть её портре́т?

е) Восстанови́те диало́ги. 根據課文內容按照下列問題編寫對話。

1) Како́й разгово́р был ме́жду Ма́шей и ба́бушкой пе́ред пое́здкой на мо́ре?
2) Како́й разгово́р был ме́жду Ма́шей и Ле́ной в Я́лтинском городско́м музе́е?
3) Како́й разгово́р был ме́жду Ма́шей и ба́бушкой по́сле пое́здки на мо́ре?

ж) Переведи́те прямую речь в ко́свенную. 把下列直接引語變成間接引語。

1) Ма́ша, поезжа́й отдыха́ть в Крым, в Я́лту, — сказа́ла ба́бушка.
2) На мо́ре отдыха́йте, купа́йтесь, загора́йте! — посове́товала ба́бушка Ма́ше и Ле́не.
3) Де́вочки! Обяза́тельно посмотри́те Я́лтинский городско́й музе́й, — сказа́ла ба́бушка Ма́ше и Ле́не.
4) Ма́ша! Посмотри́ внима́тельно на э́ту карти́ну! — сказа́ла Ле́на.
5) Ба́бушка! Расскажи́ мне об э́той карти́не, — попроси́ла Ма́ша.
6) Приходи́те за́втра у́тром, я нарису́ю ваш портре́т, — сказа́л худо́жник Ольге.

з) Расскажи́те эту исто́рию. Как эту исто́рию расска́жет: Маша, Лена, бабушка. 說一說這個故事。瑪莎、列娜、奶奶將如何講述這個故事？

Дома́шнее зада́ние 家庭作業

1 Отве́тьте на вопро́сы по те́ксту (см. упр. 30 стр. 144).
按照第144頁第30題課文回答問題。

1) Кто така́я Ма́ша Но́викова?
2) Каки́е у неё пла́ны на ле́то?
3) Что посове́товала ба́бушка свое́й вну́чке?
4) Заче́м Ма́ша позвони́ла свое́й подру́ге Ле́не?
5) Почему́ Ольга Петро́вна посове́товала свое́й вну́чке и её подру́ге пое́хать в Я́лту?
6) Почему́ де́вушки пое́хали в Крым?
7) Где они́ жи́ли в Я́лте и почему́?
8) Как они́ отдыха́ли?
9) Куда́ они́ реши́ли пое́хать и почему́?
10) Что они́ уви́дели в музе́е?
11) Кака́я карти́на понра́вилась Ма́ше и почему́?
12) Что заме́тила Ле́на? На что она́ обрати́ла внима́ние?
13) Кака́я та́йна была́ в э́той карти́не?

14) Что Маша рассказала своей бабушке об этой картине?

15) Какую историю рассказала бабушка?

16) О чём думала Ольга Петровна, когда художник рисовал её портрет?

17) Почему художник не отдал портрет Ольге Петровне?

18) Почему эта картина находится в музее?

2 Напишите письмо. 按照下列大綱寫一封信。

1) Вы хотите полететь в космос как турист. Объясните, почему.

2) Когда вы хотите полететь?

3) Сколько времени вы хотите быть в космосе?

4) Вы знаете, что это очень дорого. Напишите, где вы возьмёте деньги?

5) Чем вы хотите заниматься в космосе?

6) Узнайте, как и где вы можете подготовиться к космическому полёту?

3 Прочитайте шутки и запишите их содержание в косвенной речи. Кратко ответьте на вопрос. 讀下列笑話，並用間接引語形式記住其內容，回答問題。

1) Скажите, кто нравится и кто не нравится Ольге Петровне и почему?

請問，奧爾加·彼得蘿芙娜喜歡誰，不喜歡誰？為什麼？

кому? (3) (не) повезло

— Ольга Петровна, как дела у вашей дочери?

— Очень хорошо! Моей дорогой дочери очень повезло. Она вышла замуж. Её муж помогает ей готовить, мыть посуду, убирать квартиру...

— А как дела у вашего сына?

— О! Моему бедному сыну не повезло! Он женился и теперь готовит, моет посуду, убирает квартиру...

2) Как вы думаете, кого успокаивал молодой отец и почему?

您認為，這位年輕的父親在安慰誰？為什麼？

Молодой отец пришёл с сыном к детскому врачу.
Ребёнок всё время плакал, а отец тихо повторял:

успокаивать — успокоить кого? (4)

— Успокойся, Сергей. Спокойно, Сергей, спокойно...

Врач сказал молодому человеку:

— Вы очень хороший отец. Вашего сына зовут Сергей?

— Нет, его зовут Антон, это меня зовут Сергей, — ответил отец.

4 Напишите упражнения. 完成本課練習題。

№ 1 б)	№ 9	№ 16 б), в)
№ 2 б)	№ 10	№ 18
№ 3	№ 11	№ 23 а), б), в), г)
№ 4	№ 12	№ 25 б), в), г)
№ 5	№ 13	№ 27 а)
№ 7 в), г)	№ 14 б)	№ 28
№ 8	№ 15	№ 29

УРОК 5 第五課

I. Фонетическая зарядка 語音練習

ПОЙТЕ!

а о у э ы и

1 **Слушайте, повторяйте, читайте.** 聽MP3，跟讀。 ▶ MP3-55

а) позвони́л своему́ отцу́
позвоню́ свое́й сестре́
отда́л докуме́нты секретарю́
переда́ст приве́т на́шему дру́гу
не меша́йте ей занима́ться
не меша́йте мне рабо́тать
объясни́те э́тому челове́ку
помоги́те э́той же́нщине

б) Моему́ ста́ршему бра́ту 25 лет.
Моему́ мла́дшему бра́ту 17 лет.
Мое́й подру́ге 18 лет.
Мое́й люби́мой ба́бушке уже́ 92 го́да.

в) Этому молодо́му челове́ку ну́жно позвони́ть.
Этой но́вой студе́нтке ну́жно сдать тест.
Этому ма́льчику ве́село.
Этой де́вушке гру́стно.
Ма́ленькой де́вочке бы́ло хо́лодно.
Молодо́му челове́ку бы́ло жа́рко.

г) пошёл к зубно́му врачу́
пришёл к на́шему дека́ну
прие́хал к свое́й ма́тери
подошёл к но́вому па́мятнику
гуля́ли по Не́вскому проспе́кту

д) прихо́дим в го́сти и пьём чай
приезжа́ет на кани́кулы и отдыха́ет
подхожу́ к витри́не и смотрю́
прихожу́ на дискоте́ку и танцу́ю

«Чтобы тело и душа были молоды,
Ты не бойся ни жары и ни холода —
Закаляйся как сталь...»
「想保持自己的身心永遠年輕，就不要怕
酷暑、嚴寒，把身體鍛鍊得像鋼鐵般堅強。」

2 **Слушайте и повторяйте. Запомните последнее предложение и запишите его. Продолжите высказывание.**
聽MP3，跟讀。記住並寫下最後一個句子。按此主題繼續說一說。 ▶ MP3-56

Я пойду́... ⇨
Я пойду́ на день рожде́ния... ⇨
Я пойду́ на день рожде́ния к бра́ту. ⇨
Я пойду́ на день рожде́ния к своему́ бра́ту. ⇨
Я пойду́ на день рожде́ния к своему́ ста́ршему бра́ту. ⇨
Я пойду́ на день рожде́ния к своему́ ста́ршему бра́ту. Ему́ испо́лнилось 30 лет. ... ⇨

Моему́ дру́гу... ⇨

Моему́ дру́гу легко́... ⇨

Моему́ дру́гу легко́ изуча́ть ру́сский язы́к. ⇨

Моему́ дру́гу легко́ изуча́ть ру́сский язы́к, потому́ что друзья́ говоря́т с ним то́лько по-ру́сски. ... ⇨

Мы подари́ли... ⇨

Мы подари́ли ба́бушке... ⇨

Мы подари́ли свое́й ба́бушке... ⇨

Мы подари́ли свое́й люби́мой ба́бушке... ⇨

Мы подари́ли свое́й люби́мой ба́бушке ку́хонный комба́йн. ⇨

Мы подари́ли свое́й люби́мой ба́бушке но́вый ку́хонный комба́йн. ⇨

Мы подари́ли свое́й люби́мой ба́бушке но́вый ку́хонный комба́йн и объясни́ли ей, как он рабо́тает. ... ⇨

II. Поговорим 說一說

1 **Прослу́шайте диало́ги, зада́йте аналоги́чные вопро́сы свои́м друзья́м.**
聽對話，並向朋友們提同樣的問題。 ▶ MP3-57

— Кому́ ты хо́чешь отда́ть э́тот ста́рый фотоаппара́т?
— Своему́ мла́дшему бра́ту. Он хо́чет научи́ться фотографи́ровать.

— Скажи́те, пожа́луйста, ско́лько лет э́тому стари́нному зда́нию?
— Э́тому зда́нию уже́ 200 лет.

— Как вы провели́ воскресе́нье?
— Отли́чно! Мы ката́лись по Москве́, а пото́м пое́хали в центр.

— Почему́ Ната́ша смеётся?
— Анто́н рассказа́л ей но́вый анекдо́т.

— Мой друг хо́чет быть футболи́стом. Что ему́ на́до де́лать?
— Твоему́ дру́гу ну́жно мно́го занима́ться спо́ртом.

— Где вы бы́ли, я звони́ла вам весь ве́чер?
— Мы гуля́ли по вече́рней Москве́.

— Вы не зна́ете, каки́е заня́тия у нас бу́дут за́втра?
— К сожале́нию, не зна́ю. Вам на́до подойти́ к на́шему расписа́нию и посмотре́ть.

— Ты ча́сто быва́ешь в бассе́йне?
— Я хожу́ туда́ ка́ждую неде́лю.

2 **Как вы отве́тите? (Возмо́жны вариа́нты.)** 您如何回答？（請寫出各種可能形式。）

— Кому́ ты купи́л э́ти цветы́?
— ... .

— Кому́ ты отдала́ мою́ видеокассе́ту?
— ... .

— Как, по како́й у́лице мы пое́дем?
— ... .

— Почему́ ты сего́дня без ша́пки?
— ... .

— Сколько лет твоему́ отцу́ и твое́й ма́тери?

— ... .

— Где и когда́ мы встре́тимся?

— ... .

— Ты не зна́ешь, како́й уче́бник нам на́до взять в библиоте́ке?

— ... .

— Кому́ ты рассказа́л об э́том?

— ... .

3 **Как вы спро́сите? (Возмо́жны вариа́нты.)** 您如何提問？（請寫出各種可能形式。）

— ... ?

— Я иду́ к своему́ знако́мому.

— ... ?

— Хлеб я купи́л себе́, а са́хар — своему́ дру́гу.

— ... ?

— Твоему́ бра́ту обяза́тельно ну́жно посмотре́ть э́тот но́вый фильм.

— ... ?

— Мы купи́ли уче́бники по ру́сскому языку́ и по зарубе́жной литерату́ре.

— ... ?

— Я посове́тую твое́й подру́ге пое́хать в Санкт-Петербу́рг.

— ... ?

— Моему́ де́душке то́лько 70 лет.

— ... ?

— Иди́те пря́мо по коридо́ру, ко́мната № 7.

— ... ?

— Тебе́ ну́жно подойти́ к па́мятнику Пу́шкину. Мы бу́дем ждать тебя́ там.

У ч и т ь с я   в с е г д а   п р и г о д и т с я

開卷有益

語法

Твори́тельный паде́ж (5) имён существи́тельных с местоиме́ниями и прилага́тельными (еди́нственное число́)

代詞、形容詞與名詞連用及其單數第五格的變化

1. с кем? с каки́м? / с како́й?

Анто́н танцева́л на ве́чере с са́мой краси́вой де́вушкой.

Эта спортсме́нка занима́ется худо́жественной гимна́стикой с о́пытным тре́нером.

2.

быть, стать, рабо́тать увлека́ться, занима́ться	кем? каки́м? / како́й? чем? каки́м? / како́й?

Он занима́ется подво́дным пла́ванием.

Я рабо́таю в поликли́нике де́тским врачо́м.
Ты бу́дешь здоро́вым и си́льным.

Он хо́чет быть са́мым си́льным.

3.

быть, стать	каки́м? / како́й?

4.

како́й? / како́е? / кака́я? / каки́е?

— Каки́е часы́ вы вы́брали?
— Мне нра́вятся часы́ с куку́шкой.

— Како́й твой са́мый люби́мый расска́з Че́хова?
— «Да́ма с соба́чкой».

5.

чем?	каки́м?
	како́й?

Алекса́ндр Серге́евич Пу́шкин писа́л свои́ стихи́ гуси́ным перо́м.

6. | где? | под, над, пе́ред, за, ме́жду, ря́дом с | чем? |

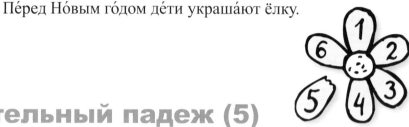

Пе́ред Ма́лым теа́тром стои́т па́мятник
ру́сскому писа́телю А. Н. Остро́вскому.

7. | когда́? | пе́ред | чем? |

Пе́ред Но́вым го́дом де́ти украша́ют ёлку.

語法 1. Твори́тельный паде́ж (5) в значе́нии совме́стности
第五格。表示「同……」、「跟……」意義

**Посмотри́те табли́цу 1. Допо́лните табли́цу свои́ми приме́рами.
(Соста́вьте свои́ предложе́ния по да́нным образца́м.)**

請看表1，按照範例造句。

Табли́ца 1. 表1

како́й? (1)		с каки́м?	
мой ста́рый друг	говори́л гуля́л сове́товался	со свои́м ста́рым дру́гом	с ним -ым / -им -ом / -ем
кака́я? (1)		с како́й?	
моя́ люби́мая подру́га	встреча́лся спо́рил бесе́довал	со свое́й люби́мой подру́гой	с ней -ой / -ей -ой / -ей

**1 а) Прочита́йте кра́ткие сообще́ния из газе́т. В како́м из э́тих сообще́ний
мо́жно найти́ отве́ты на вопро́сы:** 閱讀報紙短文，並從中找出下列問題的答案：

1. С кем и почему́ хо́чет встре́титься изве́стный шахмати́ст?
2. Почему́ олимпи́йская чемпио́нка сейча́с не занима́ется спо́ртом?
3. Как мо́гут росси́йские гра́ждане поговори́ть со свои́м президе́нтом?

A Ка́ждый год гра́ждане Росси́и име́ют возмо́жность
поговори́ть с росси́йским президе́нтом, зада́ть ему́
вопро́сы и обсуди́ть с ним свои́ пробле́мы. Связь с главо́й
госуда́рства осуществля́ется по видеотелефо́ну. В э́том
году́ с росси́йским президе́нтом обща́лось не́сколько ты́сяч
челове́к.

Б В 1997 году́ чемпио́н ми́ра по ша́хматам Га́рри Каспа́ров игра́л с са́мым совреме́нным компью́тером. К сожале́нию, чемпио́н ми́ра проигра́л. В 2003 году́ Га́рри Каспа́ров реши́л ещё раз встре́титься с у́мной маши́ной, что́бы вы́играть. Не́которые учёные счита́ют, что вы́играть у компью́тера невозмо́жно, но Каспа́ров выи́грывал.

В Изве́стная лы́жница Юлия Чепа́лова год наза́д вы́шла за́муж. Она́ познако́милась со свои́м бу́дущим му́жем, то́же спортсме́ном, на трениро́вке. Сейча́с Юлия вре́менно не занима́ется лы́жным спо́ртом, так как всё свобо́дное вре́мя прово́дит со свои́м ма́леньким сы́ном.

б) На какие ещё вопросы может ответить человек, который прочитал сообщения А, Б, В? 讀完短文 А、Б、В 後，還可以回答哪些問題？

в) Скажите: 說一說：

· Гра́ждане ва́шей страны́ име́ют возмо́жность обща́ться с главо́й госуда́рства?
· Как вы ду́маете, кто умне́е — челове́к и́ли компью́тер? Вы лю́бите игра́ть в ша́хматы и́ли в други́е и́гры со свои́м компью́тером? Кто обы́чно выи́грывает?
· Каки́м ви́дом спо́рта вы занима́етесь? Каки́м ви́дом спо́рта лю́бят занима́ться в ва́шей стране́?

2 **а) Посмотрите на рисунки. Опишите день Антона. С кем и когда он встречался и общался в течение дня? Для рассказа используйте данные глаголы.** 請用下列詞語看圖說一說，描述安東的一天是如何度過的。

говори́ть по телефо́ну, догова́риваться — договори́ться, гуля́ть — погуля́ть, встреча́ться — встре́титься, проводи́ть — провести́ вре́мя, бесе́довать — побесе́довать, обсужда́ть — обсуди́ть, ссо́риться — поссо́риться, мири́ться — помири́ться, целова́ться — поцелова́ться

Анто́н

7 часо́в

7.45

8.50   9.30   10.40

15.00   18.15   19.00

20.30   21.05

б) Что расскажет Антон об этом дне?

安東會如何講述他的一天？

3   **а) Ответьте на вопросы.** 回答問題。

— С кем вы прово́дите своё свобо́дное вре́мя?

— С кем вы мо́жете посове́товаться, е́сли у вас есть пробле́мы?

— С кем вы лю́бите обсужда́ть после́дние но́вости (интере́сную кни́гу, спекта́кль, фильм, футбо́л)?

— С кем вы лю́бите говори́ть по телефо́ну?

— С кем вы познако́мились, когда́ прие́хали в Москву́?

б) Задайте эти вопросы своим друзьям, скажите, что вы узнали.

向您的朋友提問，說一說您了解了哪些情況？

в) Опишите свой день (обычный и воскресенье).

請描述自己的一天（普通的一天和星期天）。

4 **Восстановите предложения. Используйте глаголы:** 選擇適當的動詞填空。

а) встреча́ть — встре́тить кого́? (4)

встреча́ть**ся** — встре́тить**ся** с кем? (5)

друг с дру́гом

1) Ка́ждый ве́чер Анто́н ... со свое́й подру́гой.

2) Сейча́с Анто́на нет на заня́тии, потому́ что он ... в аэропорту́ своего́ отца́.

3) Два го́да наза́д Анто́н око́нчил шко́лу, но он регуля́рно ... со свои́м кла́ссом.

4) Анто́н ... свою́ подру́гу о́коло метро́, и они́ реши́ли пойти́ домо́й пешко́м.

5) Студе́нты ... с дека́ном экономи́ческого факульте́та и обсуди́ли с ним свои́ пробле́мы.

6) Неда́вно Анто́н был в Большо́м теа́тре. Там он ... своего́ дру́га, кото́рого давно́ не ви́дел.

б) сове́товать — посове́товать кому́? (3) что де́лать / сде́лать?

сове́товать**ся** — посове́товать**ся** с кем? (5)

друг с дру́гом

1) Когда́ у меня́ есть пробле́мы, я ... со свои́м отцо́м.

2) Пе́ред экза́меном преподава́тель ... нам повтори́ть грамма́тику.

3) Врач ... больно́му бо́льше гуля́ть на све́жем во́здухе.

4) Роди́тели ... и реши́ли подари́ть сы́ну но́вый компью́тер.

5) Е́сли у вас ча́сто боли́т голова́, вам ну́жно ... с врачо́м.

6) Ната́ша ... со свои́м преподава́телем и реши́ла поступа́ть на факульте́т журнали́стики.

в) знако́мить — познако́мить кого́? (4) с кем? (5)

знако́мить**ся** — познако́мить**ся** с кем? (5)

друг с дру́гом

1) А́нна и И́горь ... ле́том на ю́ге.

2) На конце́рте в консервато́рии А́нна встре́тила своего́ дру́га И́горя и ... его́ со свое́й семьёй: — И́горь, я хочу́ ... тебя́ со свои́ми роди́телями.

                    — Ма́ма, ..., э́то мой друг И́горь.

3) И́горь с удово́льствием ... с семьёй А́нны.

4) Студе́нты бы́ли на ве́чере в литерату́рном клу́бе и ... с молоды́м поэ́том и его́ но́вой кни́гой.

5) Преподава́тель ... но́вого студе́нта с гру́ппой, в кото́рой он бу́дет учи́ться.

6) В те́ксте, кото́рый вы бу́дете чита́ть, вы встре́тите но́вые слова́, ... с ни́ми.

5 **Прослушайте диалоги (1, 2, 3).** 聽對話。 ▶ MP3-58

а) Опишите ситуацию. Скажите, что вы узнали?

聽對話並轉述，您了解了哪些情況？

1.

— У меня́ ско́ро *экза́мен* по матема́тике, а я не всё понима́ю.

— Тебе́ обяза́тельно ну́жно позанима́ться со *свои́м преподава́телем*. Он объясни́т тебе́ тру́дные зада́чи.

ката́ться на лы́жах — о́пытный тре́нер,

боли́т голова́ — хоро́ший врач,

купи́ть компью́тер — хоро́ший специали́ст,

сде́лать причёску — изве́стный парикма́хер

2.

— Ви́ктор, посмотри́, с *како́й симпати́чной де́вушкой* танцу́ет Андре́й. Ты не зна́ешь, кто э́то?

— Зна́ю, э́то *моя́ мла́дшая сестра́*.

— Познако́мь меня́ со свое́й мла́дшей сестро́й. Она́ мне о́чень понра́вилась.

краси́вая де́вушка — шко́льная подру́га, ста́рая знако́мая, молодо́й челове́к — ста́рый друг,
мла́дший / ста́рший брат

3.

— Здра́вствуйте, что вы хоти́те?

— Я хочу́ поменя́ть *общежи́тие*, так как оно́ нахо́дится о́чень далеко́ от факульте́та. *С кем я могу́ поговори́ть?*

— Вы мо́жете поговори́ть *с замести́телем дека́на* Никола́ем Ива́новичем Но́виковым.

— А где я могу́ его́ найти́?

— На второ́м этаже́, в ко́мнате № 12.

— Спаси́бо.

ко́мната — коменда́нт общежи́тия,
аудито́рия — инспе́ктор по уче́бной рабо́те,
гру́ппа / специа́льность — замести́тель дека́на,
авиабиле́т — касси́р

б) Составьте свои диалоги по образцу диалогов (1, 2, 3).
(Используйте слова и словосочетания справа.)

選用右欄中的詞，按照上面的範例編寫對話。

в) Прослушайте диалоги своих товарищей и скажите, что вы узнали.

聽一聽朋友間的對話，說一說，您了解了什麼？

2. Твори́тельный падеж (5). Профессии, занятия, увлечения
語法
第五格。表示職業、愛好及從事某項運動

Посмотрите таблицу 2. Дополните таблицу своими примерами.
(Составьте свои предложения по данным образцам.) 請看表2，按照範例造句。

Таблица 2. 表2

		кем? (5)
Мой друг	хо́чет быть / хо́чет стать был / стал бу́дет / ста́нет	де́тским врачо́м.
Моя́ подру́га	рабо́тает (рабо́тала, бу́дет рабо́тать)	медици́нской сестро́й.
		чем? (5)
Мой друзья́	занима́ются интересу́ются увлека́ются	лы́жным спо́ртом. совреме́нным иску́сством. популя́рной му́зыкой.

Сравните 試比較

стать (СВ) ⟷ быть (НСВ)

Б. Н. Ельцин **стал** пе́рвым росси́йским президе́нтом в 1991 году́.

Б. Н. Ельцин **был** пе́рвым росси́йским президе́нтом 8 лет, а сейча́с он — пенсионе́р.

стать I (СВ) кем? (5)

я ста́ну
ты ста́нешь
они́ ста́нут
стал (-а, -и)

6 **а) Прочитайте фрагменты статей из молодёжной газеты. Какая статья вас заинтересовала и почему?**

閱讀青年報刊中的文章片段。說一說，您對哪篇文章感興趣與為什麼。

Меня зовут Игорь. Я учусь на факультете журналистики МГУ, интересуюсь международной политикой. Моя мечта — стать политическим обозревателем и работать в газете или на телевидении.

Меня зовут Марина. Я учусь на историческом факультете Гуманитарного университета. Я много читаю, интересуюсь русской историей и культурой, потому что хочу быть образованным человеком и хорошим экскурсоводом. Моя мечта — работать в Историческом музее в Москве.

Познакомьтесь с новой телевизионной программой, которая называется «Фабрика звёзд». В этой программе участвуют молодые талантливые юноши и девушки. Они занимаются эстрадной музыкой и современным танцем. Каждый из них мечтает стать звездой. Например, Юля из Саратова мечтает стать известным композитором. Она сочиняет музыку и пишет стихи. А Михаил из Екатеринбурга, общительный, энергичный, обаятельный молодой человек, мечтает стать телевизионным ведущим.

Меня зовут Даша. Мне 19 лет. Я ещё не выбрала свою профессию. В свободное время я занимаюсь спортом, потому что я хочу всегда быть стройной и красивой. Скоро я выйду замуж. Я знаю, что стану хорошей женой и хозяйкой.

б) Скажите, что вы узнали о Марине, Даше, Михаиле, Юле, Игоре. Чем они занимаются, кем они хотят стать?

說一說，關於瑪麗娜、達莎、米哈伊爾、尤利婭、伊格爾您了解了什麼。他們想做什麼，想成為什麼？

в) Скажите, что вы узнали о новой телевизионной программе «Фабрика звёзд»? 說一說，關於新的電視節目《星工廠》您了解了什麼。

7 **а) Расскажите, чем занимаются, интересуются, увлекаются ваши друзья? Кем они хотят стать? (Используйте данные ниже существительные, подберите к ним подходящие по смыслу прилагательные.)**

按照範例所給的詞造句。說一說朋友們的興趣、愛好及理想。

Образец 範例 : Мой друг увлекается русской историей.
Он хочет стать хорошим специалистом.

занятия, увлечения: медицина, экономика, компьютер, техника, социология, литература, искусство, наука, театр, кино

профессии: врач, экономист, программист, инженер, социолог, писатель, искусствовед, учёный, артист, режиссёр

современный, русский, зарубежный, молодёжный, детский; хороший, опытный, известный

б) Напишите краткую статью об одном из ваших друзей, его интересах, увлечениях, о том, кем и почему он хочет стать.

寫篇短文，講述一下您朋友的興趣、愛好及他的理想。

8 а) Прочитайте текст, восстановите его (поставьте слова в скобках в нужной форме). Скажите, что представляет собой сейчас НГУ?

讀課文，並把括號中的詞變成適當的形式。說一說，НГУ指的是什麼？ ▶ MP3-59

Наталья Нестерова. Сегодня это имя знают все в России.

Наталья Нестерова является (ректор) НГУ — Нового гуманитарного университета. Как шла Наталья Нестерова к своему призванию и успеху? Как складывалась её карьера?

В 17 лет Наташа Нестерова стала (чемпионка) России по шахматам. Все говорили, что она будет (известная шахматистка). Но Наташа решила стать (преподаватель). Она серьёзно увлекалась (физика и математика) и поступила на физический факультет МГУ. После университета Наталья преподавала в школе, потом в институте, давала частные уроки физики и математики.

Наталья Нестерова была очень (хороший преподаватель и педагог), поэтому люди с удовольствием брали у неё частные уроки. Каждый год у неё было по 300–500 учеников. Она хотела открыть своё собственное дело.

Но самое главное для женщины — это семья. Поэтому, когда родились дети (а у Натальи Нестеровой четверо детей), она стала заниматься их (воспитание и образование). Она стала решать вопросы, важные для каждого молодого человека. Куда пойти учиться? Где получить хорошее образование? Её старшая дочь Клавдия очень любила танцевать и хотела быть (артистка или балерина). Тогда Нестерова открыла Академию танца, где стала учиться её (старшая дочь).

Младшая дочь Полина хорошо рисовала, увлекалась (живопись). Нестерова открыла Академию живописи, где стала учиться её младшая дочь и другие талантливые дети. И это было только начало. Нестерова мечтала создать свой собственный новый университет с (непрерывное образование) по схеме: ШКОЛА–ВУЗ–АСПИРАНТУРА. И она сделала это. Она открыла свой НГУ — Новый гуманитарный университет.

Сейчас в Новом гуманитарном университете Нестеровой — 10 факультетов, школы, гимназии, курсы и 8 тысяч учащихся и студентов.

б) Прочитайте текст ещё раз, расскажите, что вы узнали о биографии Натальи Нестеровой. Что вы думаете об этой женщине и её жизни?

再讀一遍課文，說一說娜塔麗婭·涅斯捷蘿娃的履歷。您是如何看待這位女性和她的生活？

9 **a) Прочитайте текст, восстановите его с помощью глаголов справа.**

用右欄中的動詞填空，並變成適當的形式。

Вы, коне́чно, ви́дели в Москве́ апте́ки «36,6». ... с их генера́льным дире́ктором Анастаси́ей Вави́ловой.

— Я зако́нчила социологи́ческий факульте́т МГУ, но мне бы́ло неинтере́сно ... просты́м социо́логом. Я хоте́ла ... интере́сным и поле́зным де́лом. В э́то вре́мя мой хоро́ший знако́мый пригласи́л меня́ на рабо́ту в свою́ компа́нию, кото́рая создава́ла но́вые апте́ки. Апте́ки, лека́рства — я ничего́ не зна́ла об э́том. Но я всегда́ ... оптими́сткой, поэ́тому я реши́ла попро́бовать и ... рабо́тать вме́сте со свои́м дру́гом. Я ста́ла ... о́чень интере́сным де́лом — созда́нием большо́й фи́рмы «Апте́ки 36,6». После́дние 3 го́да я ... генера́льным дире́ктором э́той фи́рмы, и я сча́стлива, что ... э́тим ну́жным и поле́зным де́лом — помога́ю лю́дям.

Свобо́дное вре́мя я люблю́ ... со свои́м му́жем. Он ... спо́ртом и тури́змом. Мы всегда́ отдыха́ем вме́сте, потому́ что семья́ ... для меня́ са́мым ва́жным в жи́зни.

быть

занима́ться

проводи́ть (вре́мя)

познако́миться

явля́ться

рабо́тать

согласи́ться

увлека́ться

нача́ть

б) Прочитайте текст ещё раз. Скажите, с кем вы познакомились? Что вы узнали о ней? Как Анастасия нашла своё призвание?

再閱讀一遍課文，說一說，您認識了誰？您了解了她哪些情況？阿娜斯塔西婭是如何找到自己的志趣的？

10 **Какие вопросы можно задать по текстам (упр. 8, 9), если вас интересует дополнительная информация о Н. Нестеровой и А. Вавиловой?**

如果您對涅斯捷蘿娃與瓦維洛娃更多訊息感興趣，可以根據課文（第8、9題）提出哪些問題？

Наталья Нестерова

Анастасия Вавилова

3. Творительный падеж (5). Характеристика человека
第五格。表示評價意義

> *Не родись красивой,*
> *а родись счастливой.*
> 一個人重要的是幸福，
> 而不是美貌。

	какóй? / какáя? (1)	
Мой друг — Моя подрýга —	—	сáмый сúльный и смéлый. сáмая красúвая.
		какúм? / какóй? (5)
Мой друг Моя подрýга	хóчет быть / стать бýдет / стáнет был(а) / стал(а)	сáмым сúльным и смéлым. сáмой красúвой.

11 **а) Посмотрите на рисунки. Скажите, что делают эти люди и почему? Какими они хотят стать?**

請看圖，說一說這些人在做什麼與為什麼。他們想成為什麼樣的人？

сúльный
большóй, высóкий

ýмный

здорóвый, сúльный

извéстный,
популя́рный

стрóйная, красúвая

мóдная, красúвая

высóкая

б) Запишите краткую информацию об этих людях. Какую дополнительную информацию вы можете сообщить о них?

記下這些人的情況，關於他們您還有哪些訊息可以告訴大家？

12 **а) Закончите предложения.** 接續句子。

Ка́ждый ма́льчик хо́чет быть ...
Ка́ждая де́вочка мечта́ет быть ...
Ка́ждая де́вушка хо́чет стать ...
Ка́ждый молодо́й челове́к мечта́ет стать ...
Ка́ждый молодо́й арти́ст мечта́ет стать ...

б) Составьте 2–3 своих предложения по аналогии с а).
造2到3個類似的句子。

 語法 **4. Твори́тельный паде́ж (5). Определе́ние**
第五格。表示限定意義

	како́й?
Молодо́й челове́к	с больши́м портфе́лем. с моби́льным телефо́ном. с большо́й бородо́й.
	кака́я?
Мне нра́вится де́вушка	с краси́вой улы́бкой. с больши́м буке́том. с дли́нной косо́й.

13 **Посмотрите на рисунки, прочитайте подписи к ним. Задайте аналогичные вопросы своим друзьям.**
請看圖，讀圖下方對話。請向朋友們提出類似的問題並編寫對話。

— **Каки́е** фи́льмы вы лю́бите?

— Фи́льмы **со счастли́вым концо́м**.

(кни́ги, спекта́кли)

— **Како́й** но́мер вы хоти́те?

— Но́мер **с краси́вым ви́дом на мо́ре**.

(ко́мната, кварти́ра)

— **Како́е** моро́женое ты хо́чешь?

— Моро́женое **со све́жей клубни́кой**.

(пиро́г с капу́стой, бутербро́д с кра́сной икро́й, с бе́лой ры́бой)

14. **а) Посмотрите на рисунки, найдите указанных людей:**

請看下圖，並按詞語配對。

1) пожило́го челове́ка с большо́й бородо́й; 2) молоду́ю де́вушку с те́ннисной раке́ткой; 3) молодо́го челове́ка с больши́м буке́том цвето́в; 4) же́нщину с большо́й су́мкой; 5) ма́льчика с большо́й краси́вой соба́кой; 6) краси́вую де́вушку с дли́нной косо́й; 7) ма́ленькую де́вочку с больши́м котёнком; 8) де́вушку с музыка́льным инструме́нтом.

б) Скажите, кто эти люди, что они делают, чем занимаются?

說一說，他們都是什麼人，從事什麼工作，在做什麼。

15 **а) Прочитайте микротекст. Скажите, какие часы создала японская фирма «Casio»?** 讀短文。說一說，日本卡西歐公司製造了什麼樣的手錶？

Часы́ с фотока́мерой

Япо́нская фи́рма «Casio» создала́ но́вые часы́ с цветно́й цифрово́й фотока́мерой. В па́мяти часо́в нахо́дятся 100 фотогра́фий, кото́рые мо́жно посмотре́ть на том же диспле́е, где и вре́мя.

Часы́ запомина́ют да́ту и вре́мя, когда́ вы сде́лали ка́ждый сни́мок. Мо́жно увели́чить фотогра́фии в 2 ра́за, мо́жно переда́ть их в компью́тер и́ли на други́е таки́е же часы́.

б) Какие у вас часы? Какие часы вы хотите купить?
您的手錶是什麼樣的？您想要買什麼樣的手錶？

в) Какой у вас телефон и почему вы его выбрали? Какой телефон вы хотите купить? (Для ответа используйте данные слова и словосочетания. Спросите об этом у своих друзей.) 您的電話是什麼樣的？為什麼您選擇它？您想買什麼樣的電話？（使用下列單詞與詞組回答。問問自己的朋友這些問題。）

| что? с чем? (5) | телефо́н **с** буди́льник**ом** |

| что? без чего? (2) | телефо́н **без** буди́льник**а** |

- ☐ музыка́льный звоно́к
- ☐ буди́льник
- ☐ калькуля́тор
- ☐ электро́нная игра́
- ☐ определи́тель но́мера

- ☐ гро́мкая связь
- ☐ диктофо́н
- ☐ записна́я кни́жка
- ☐ цветно́й диспле́й

 語法 ## 5. Творительный падеж (5). Инструмент 第五格。表示工具

> *Что написано пером, не вырубишь топором.*
> 白紙黑字，無法改變。

16 **а) Прочитайте микротекст. Скажите, когда и где появилась шариковая ручка, кто её изобрёл?**
讀短文。說一說，原子筆是何時、何地出現的，是誰發明的。

Давны́м-давно́ лю́ди писа́ли деревя́нной па́лочкой на восково́й доске́. Во времена́ А. С. Пу́шкина писа́ли гуси́ным перо́м. В музе́е А. С. Пу́шкина вы мо́жете уви́деть гуси́ное перо́, кото́рым писа́л свои́ стихи́ вели́кий поэ́т.

На́ши ба́бушки и де́душки писа́ли деревя́нной ру́чкой с металли́ческим перо́м, ма́мы и па́пы — автор́у́чкой. А мы с ва́ми пи́шем ша́риковой ру́чкой, кото́рая появи́лась в 1945 году́ в Аргенти́не. Её а́втором был изобрета́тель Ла́сло Би́ро.

Именно э́тот челове́к приду́мал и сде́лал обыкнове́нную ша́риковую ру́чку, кото́рой мы с ва́ми пи́шем.

б) Скажите, чем люди писали раньше и чем мы пишем сейчас?

說一說，過去人們用什麼寫字，現在我們用什麼寫字。

17 **Посмотрите на рисунки и скажите, что делают эти люди. (Используйте подписи под рисунками и слова слева.)**

看圖並說一說，這些人在做什麼。（請使用圖下方的說明與左邊單詞。）

мел,
кра́ска,
топо́р,
ло́жка,
нож,
ви́лка,
па́лочки,
гра́дусник

красить

рубить дрова́

измеря́ть температу́ру

6. Творительный падеж (5). Место. Где? (под, над, перед, за, между, рядом с) 第五格。表示地點意義

18 **а) Прочитайте описание дома, о котором мечтает Маша. Нарисуйте этот дом и всё, что находится в нём.**

閱讀瑪莎理想中房子的描述。請描述這棟房子與屋內所有物品。

Это наш но́вый дом, о кото́ром мечта́ет вся на́ша семья́. Ма́ма хо́чет, что́бы пе́ред на́шим но́вым до́мом был большо́й бассе́йн, что́бы пла́вать. Ба́бушка мечта́ет, что́бы за на́шим до́мом был фрукто́вый сад, в кото́ром бу́дут расти́ я́блоки и гру́ши. Де́душка хо́чет, что́бы за на́шим но́вым до́мом был лес, что́бы дыша́ть све́жим во́здухом и собира́ть в лесу́ грибы́ и я́годы.

Па́па мечта́ет, что́бы под на́шим до́мом был гара́ж, в кото́ром бу́дет стоя́ть на́ша маши́на. Он хо́чет, что́бы ме́жду до́мом и ле́сом шла доро́га, по кото́рой он бу́дет е́здить в го́род. А я хочу́, что́бы над на́шим до́мом всегда́ свети́ло со́лнце.

б) Опишите дом, о котором вы мечтаете. (Используйте предлоги: перед, за, над, под, между, рядом с.) 用前置詞（在……前方、後方、上方、下方、之間、旁邊）描述您理想中的房子。

19 **Посмотрите на рисунки и опишите их. (Используйте предлоги: перед, за, над, под, между, рядом с.)**
用前置詞（在……前方、後方、上方、下方、之間、旁邊）看圖說一說。

語法 ## 7. Творительный падеж (5). Время 第五格。表示時間意義

Посмотрите схему, дайте свои примеры. 請看圖示，並舉例說明。

перед чем? (5)	Когда́	по́сле чего́? (2)
пе́ред уро́ком		по́сле уро́ка
пе́ред экза́меном		по́сле экза́мена
пе́ред пое́здкой		по́сле пое́здки
пе́ред едо́й		по́сле еды́

20 **Скажите, когда это нужно делать. (Используйте существительные, данные справа, с предлогами перед и после.)** 用前置詞**перед**（在……之前）和**после**（在……之後）接右邊名詞完成句子，說一說什麼時候該做這些事。

1. Мо́йте ру́ки ...

2. Не волну́йтесь ...

3. Собира́йте чемода́н ...

4. Вы́мойте посу́ду ...

5. Это лека́рство на́до пить ...

6. Вам на́до отдохну́ть ...

7. Напиши́те поздрави́тельные откры́тки ...

8. Пожела́йте друг дру́гу споко́йной но́чи ...

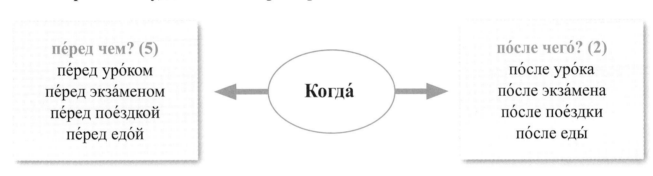

еда́
экза́мен
пое́здка
сон
рабо́та
пра́здник
обе́д
за́втрак

语法 Прямая / косвенная речь (продолжение, см. урок 2, 4)
直接引語變間接引語（續，參見第二課和第四課）

Прочитайте таблицу. Обратите внимание на изменения при переводе прямой речи в косвенную. Скажите, что вы уже знаете, а что является для вас новым?

讀句子，注意直接引語轉變成間接引語時的變化，說一說，哪些內容您已經知道，哪些內容對您而言是新的。

1.

«Внима́ние! В воскресе́нье в 10 часо́в утра́ у вас бу́дет экску́рсия в Клин».

Преподава́тель сказа́л, **что** в воскресе́нье в 10 часо́в утра́ у нас бу́дет экску́рсия в Клин.

2.

«Скажи́те, пожа́луйста, **кто** пое́дет на экску́рсию? **Что вы** хоти́те уви́деть в Клину́?»

Преподава́тель спроси́л, **кто** пое́дет на экску́рсию и **что мы** хоти́м уви́деть в Клину́.

3.

«Уважа́емые студе́нты! **Возьми́те** с собо́й студе́нческие биле́ты и не опа́здывайте на экску́рсию».

Преподава́тель сказа́л, **что́бы** мы **взя́ли** с собо́й студе́нческие биле́ты и не опа́здывали на экску́рсию.

4.

«**Вы хоти́те** пообе́дать в рестора́не по́сле экску́рсии?»

Преподава́тель спроси́л, **хоти́м ли мы** пообе́дать в рестора́не по́сле экску́рсии.

21 **а) Прочитайте примеры. Опишите ситуации, в которых разговаривают эти люди.** 讀例句，描述這些人聊天的情況，注意直接引語與間接引語的轉換。

Прямая речь	Косвенная речь

Вы не зна́ете, где здесь остано́вка авто́буса?

Вы не мо́жете помо́чь мне перейти́ у́лицу?

Де́вушка спроси́ла меня́, **не зна́ю ли я**, где остано́вка авто́буса.

Пожила́я же́нщина спроси́ла меня́, **не могу́ ли я помо́чь** ей перейти́ у́лицу.

Ты хо́чешь пойти́ сего́дня в кино́? У меня́ есть ли́шний биле́т.

Мой друг спроси́л меня́, **хочу́ ли я пойти́** сего́дня в кино́.

У вас есть проездно́й биле́т?

Контролёр спроси́л меня́, **есть ли у меня́** проездно́й биле́т.

Ты бу́дешь игра́ть с на́ми в футбо́л по́сле заня́тий?

Друзья́ спроси́ли меня́, **бу́ду ли я игра́ть** с ни́ми в футбо́л по́сле заня́тий.

б) О чём спросили Антона эти люди (девушка, пожилая женщина, друг Антона, контролёр, друзья)?
這些人（女孩、老太太、安東的朋友、驗票員、朋友們）問了安東什麼問題？

а) Прочитайте текст и скажите, почему японский миллионер живёт в России.

讀課文，並說一說，為什麼日本富翁會住在俄羅斯。 ▶ MP3-60

Все жи́тели Ирку́тска зна́ют о япо́нском миллионе́ре, кото́рый прие́хал из Япо́нии, что́бы жить в Росси́и. Юта́ка Хо́риз, так зову́т э́того япо́нца, живёт в Ирку́тске в са́мом обы́чном до́ме, в небольшо́й кварти́ре на тре́тьем этаже́. Корреспонде́нт аге́нтства «Но́вости» пое́хал к япо́нскому миллионе́ру, что́бы взять у него́ интервью́.

На скаме́йке ря́дом с обы́чным пятиэта́жным до́мом сиде́ли стро́гие ба́бушки.

— Скажи́те, япо́нский миллионе́р здесь живёт? — спроси́л у них корреспонде́нт.

— Здесь, здесь... — охо́тно отве́тили ба́бушки. — Иди́те на тре́тий эта́ж, спра́ва. Он сейча́с как раз до́ма, с утра́ никуда́ не выходи́л.

Юта́ка-сан оказа́лся челове́ком приве́тливым и разгово́рчивым. Он с удово́льствием дал интервью́ корреспонде́нту аге́нтства «Но́вости».

— Юта́ка-сан, скажи́те, ско́лько вам лет?

— Я ещё о́чень молодо́й. Мне то́лько 66 лет.

— И вы действи́тельно хоти́те жить в Росси́и? Почему́?

— Я всегда́ мечта́л жить в Росси́и. В мо́лодости я серьёзно занима́лся ру́сским языко́м, око́нчил Институ́т ру́сского языка́ в То́кио, пото́м рабо́тал перево́дчиком в япо́нском посо́льстве в Москве́. Мне всегда́ нра́вилась Росси́я, и я реши́л стать росси́йским граждани́ном.

— А почему́ вы реши́ли жить и́менно в Ирку́тске?

— Потому́ что Ирку́тск нахо́дится ро́вно посереди́не ме́жду росси́йской столи́цей Москво́й и япо́нской столи́цей То́кио.

— Кста́ти, Юта́ка-сан, почему́ вы живёте в небольшо́й кварти́ре в обы́чном,

уже́ не но́вом до́ме? Вы ведь о́чень бога́тый челове́к! Миллионе́р! Купи́те большу́ю хоро́шую кварти́ру в но́вом до́ме.

— Я скро́мный челове́к. Я реши́л жить так, как живу́т обы́чные ру́сские лю́ди. Не хочу́ ниче́м от них отлича́ться.

— Скажи́те, а заче́м, с како́й це́лью 5 лет наза́д вы купи́ли часть росси́йской орбита́льной ста́нции «Мир» за 10 миллио́нов до́лларов?

— В то вре́мя росси́йская космона́втика испы́тывала материа́льные тру́дности. Что́бы помо́чь орбита́льной ста́нции «Мир», я купи́л оди́н её мо́дуль за 10 миллио́нов до́лларов. Я рад, что помо́г ва́шей орбита́льной ста́нции, и че́рез не́которое вре́мя пе́рвый япо́нский космона́вт соверши́л косми́ческий полёт в совме́стном росси́йско-япо́нском экипа́же.

— Юта́ка-сан, у вас есть семья́?

— В Япо́нии я был жена́т, но мы с жено́й давно́ развели́сь. У меня́ тро́е дете́й. Кста́ти, когда́ мы развели́сь, я оди́н воспи́тывал их. Но сейча́с мои́ де́ти уже́ взро́слые. У них своя́ жизнь.

— Э́то пра́вда, что вы хоти́те найти́ себе́ жену́ в Росси́и и да́же да́ли объявле́ние в газе́ту?

— Да, э́то пра́вда. Я хочу́ познако́миться с хоро́шей ру́сской де́вушкой. Когда́ я ви́жу на у́лице краси́вую де́вушку, я не могу́ подойти́ к ней. Так у нас в Япо́нии не при́нято, поэ́тому я дал объявле́ние в газе́ту.

— Скажи́те, како́й должна́ быть ва́ша бу́дущая жена́?

— Она́ должна́ быть до́брой, у́мной, краси́вой...

— Она́ должна́ быть хоро́шей хозя́йкой? Хорошо́ гото́вить, стира́ть, убира́ть?

— Нет, э́то необяза́тельно. Мы с мое́й

будущей женóй бýдем всё дéлать вмéсте: и готóвить, и стирáть, и убирáть. Кстáти, я сам хорошó готóвлю суп, мя́со, ры́бу, óвощи. Бýдущая женá должнá стать моéй хорóшей помóщницей, вéрной женóй и хорóшей мáтерью. Это глáвное.

б) Прочитайте статью «Японский миллионер в России», которую написал корреспондент агентства «Новости». Скажите, какая информация о японце по имени Ютака Хориз отсутствует в этой статье?
閱讀新聞社記者撰寫的文章〈日本百萬富翁在俄羅斯〉。說一說，在這篇文章裡缺少哪些關於日本富翁的訊息？

Япóнский миллионéр в Росси́и

Недáвно из Япóнии в Росси́ю приéхал настоя́щий япóнский миллионéр. Граждани́н Япóнии хóчет жить и рабóтать в Росси́и, потомý что он óчень лю́бит эту странý, её людéй и, конéчно, рýсский язы́к. Он свобóдно говори́т по-рýсски, так как изучáл рýсский язы́к в Токи́йском институ́те рýсского языкá в Япóнии, потóм нéсколько лет рабóтал в Росси́и.

Ютáка Хóриз интересýется росси́йской космонáвтикой. 5 лет назáд он купи́л оди́н мóдуль росси́йской орбитáльной стáнции «Мир», чтóбы материáльно помóчь этой стáнции. Ютáка Хóриз óчень рад, что япóнский космонáвт соверши́л совмéстный косми́ческий полёт вмéсте с росси́йским космонáвтом.

Сейчáс Ютáка Хóриз приéхал в Росси́ю, чтóбы познакóмиться здесь с краси́вой рýсской жéнщиной. Он мечтáет создáть семью́ и хóчет, чтóбы егó бýдущая женá былá емý хорóшей, вéрной подрýгой и настоя́щим помóщником.

в) Что вы узнали о японце по имени Ютака Хориз? Как вы думаете, какой он человек?
關於這位日本富翁，您了解了什麼？您認為他是個什麼樣的人？

г) Какие вопросы вы зададите японскому миллионеру, если будете брать у него интервью?
如果您採訪他的話，會問他什麼問題？

д) Прочитайте текст ещё раз. Скажите, о чём корреспондент спрашивал японца Ютаку Хориза и как он ответил на его вопросы? (Переведите прямую речь в косвенную.)
再閱讀課文一次。說一說，記者向日本富翁提了哪些問題，以及他如何回答。（將直接引語變成間接引語。）

語法 Сложное предложение со словом «который» в творительном падеже (5)
который 第五格形式的複合句

Это мой **но́вый друг**. **С мои́м но́вым дру́гом** мы ча́сто хо́дим на дискоте́ки.

▼

Это мой но́вый друг, **с кото́рым** мы ча́сто хо́дим на дискоте́ки.

Это моя́ **шко́льная подру́га**. Я ча́сто встреча́юсь **со свое́й шко́льной подру́гой**.

▼

Это моя́ шко́льная подру́га, **с кото́рой** я ча́сто встреча́юсь.

Мне нра́вится **спорт**. **Этим ви́дом спо́рта** увлека́ется мой ста́рший брат.

▼

Мне нра́вится вид спо́рта, **кото́рым** увлека́ется мой ста́рший брат.

23. **Прочита́йте предложе́ния. Из двух предложе́ний сде́лайте одно́. (Испо́льзуйте слова́** с кото́рым, с кото́рой, кото́рым, кото́рой.**)**
讀句子，用兩個簡單句組成帶который的複合句。

1. Вчера́ ве́чером я позвони́л своему́ дру́гу. Мне ну́жно бы́ло встре́титься **со свои́м дру́гом** и поговори́ть.
2. На у́лице Илья́ встре́тил знако́мую де́вушку. **С э́той де́вушкой** он вчера́ танцева́л на дискоте́ке.
3. На э́той фотогра́фии мой ста́рый друг. **С ним** мы вме́сте учи́лись в университе́те.
4. В како́й газе́те рабо́тает молода́я журнали́стка? **С э́той журнали́сткой** мы неда́вно познако́мились на конфере́нции.
5. Как называ́ется э́тот ста́рый мост? Ря́дом **с э́тим мосто́м** нахо́дится твой дом.
6. Я то́же интересу́юсь спо́ртом. **Этим ви́дом спо́рта** занима́ются мои́ друзья́.
7. В музе́е мы ви́дели стари́нное гуси́ное перо́. **Этим стари́нным гуси́ным перо́м** писа́л Алекса́ндр Пу́шкин.

24. **Восстанови́те предложе́ния. Вме́сто то́чек вста́вьте слова́**
с кото́рым, с кото́рой, кото́рым, кото́рой.
用который的適當形式填空。

1. Расскажи́ мне о худо́жнике, ... ты встреча́лся на вы́ставке.
2. Я не узна́ла го́лос челове́ка, ... говори́ла по телефо́ну.
3. Сего́дня Алексе́й купи́л ре́дкую кни́гу, ... интересова́лась его́ сестра́.
4. Роди́тели ча́сто не понима́ют му́зыку, ... увлека́ются их де́ти.
5. Я никогда́ не ви́дел челове́ка, ... познако́мился по Интерне́ту.
6. Челове́к, ... я обща́юсь по Интерне́ту, живёт в друго́й стране́.
7. Я ещё не ви́дела но́вую ста́нцию метро́, ря́дом ... ты живёшь.

25

В тексте, который вы будете читать, вы встретите новые слова и выражения. Прочитайте примеры и объяснения, постарайтесь понять значение выделенных слов без словаря.

預習課文的生詞。讀例句與解釋，並試著不查辭典理解粗體詞的意義。

1. **защища́ть — защити́ть что? (4)**

    дипло́мную рабо́ту
    кандида́тскую диссерта́цию
    до́кторскую диссерта́цию

· На 5 ку́рсе все студе́нты должны́ написа́ть дипло́мную рабо́ту и **защити́ть** её.
· Анто́н успе́шно **защити́л** дипло́мную рабо́ту. = Анто́н публи́чно доказа́л, что э́та рабо́та представля́ет собо́й серьёзное нау́чное иссле́дование.

2. **рабо́тать над чем? = занима́ться чем, что де́лать?**

    над кандида́тской диссерта́цией = писа́ть диссерта́цию
    над но́вой карти́ной = рисова́ть карти́ну
    над но́вым фи́льмом = де́лать фильм = снима́ть фильм

3. **снима́ть — снять что? (4)**

    снял (-а́, -и)   фильм
    снима́л (-а, -и)

· Изве́стный режиссёр **снял** но́вый фильм о Росси́и.
· Он **снима́л** э́тот фильм 3 го́да. = Он рабо́тал над фи́льмом 3 го́да.

4. **Съёмочная гру́ппа** — э́то гру́ппа люде́й, кото́рые вме́сте рабо́тают над фи́льмом, то есть снима́ют фильм.

5.

кому́?	прихо́дится		
	пришло́сь	+	инфинити́в
	придётся		

· Когда́ я опа́здываю на после́дний авто́бус, мне **прихо́дится** идти́ домо́й пешко́м. = Когда́ я опа́здываю на после́дний авто́бус, мне на́до идти́ домо́й пешко́м.

· Ему́ **пришло́сь** мно́го рабо́тать, что́бы зарабо́тать де́ньги на учёбу за грани́цей. = Ему́ на́до бы́ло мно́го рабо́тать, что́бы зарабо́тать де́ньги на учёбу за грани́цей.

· Если ты забу́дешь уче́бник, тебе́ **придётся** возвраща́ться домо́й за уче́бником. = Если ты забу́дешь уче́бник, тебе́ на́до бу́дет возвраща́ться домо́й за уче́бником.

а) Просмотрите текст и найдите ответы на следующие вопросы:

讀課文並找出下列問題的答案。

1) В каком фильме Сергей Бодров сыграл главную роль?
2) В каком фильме он играл с известной французской актрисой?
3) Когда погиб Сергей Бодров?
4) Сколько лет ему было?

б) Прочитайте текст. Скажите, что случилось с Сергеем Бодровым.

讀課文並說一說，謝爾蓋·博德羅夫發生了什麼事？ ▶ MP3-61

Сергей Бодров был нашим современником. Он родился в Москве 12 декабря 1971 года. Его звали Сергеем Бодровым-младшим, так как старшим в семье был его отец, известный кинорежиссёр Сергей Бодров.

В школе Сергей интересовался русской и мировой культурой, литературой, историей; как и все ребята, занимался спортом. После школы он поступил на исторический факультет МГУ, так как история была его самым любимым предметом.

После окончания университета Сергей продолжил образование в аспирантуре, где он занимался итальянской живописью и архитектурой. Три года он работал над кандидатской диссертацией, успешно защитил её и стал молодым кандидатом наук.

Сергей Бодров не сразу сделал карьеру и не сразу стал знаменитым. Ему пришлось не только много учиться, но и много работать, зарабатывать деньги. Он работал простым рабочим на кондитерской фабрике, школьным учителем, потом — телевизионным ведущим в программе «Взгляд». Зрители сразу полюбили нового телеведущего, потому что Сергей был простым, открытым, искренним человеком, «своим парнем».

В 1995 году режиссёр Сергей Бодров-старший снял фильм «Кавказский пленник». Этот фильм был первым фильмом, который рассказал правду о войне в Чечне. Главную роль в этом фильме — роль простого русского солдата — сыграл Сергей Бодров-младший. В 1997 году за фильм «Кавказский пленник» Сергей получил Государственную премию России.

Потом были фильмы «Брат», «Брат-2», «Восток-Запад», «Сёстры», где зрители опять увидели Сергея Бодрова. В фильме «Восток-Запад» он играл вместе с известной французской актрисой Катрин Денёв. После фильма «Брат», который рассказывает о проблемах молодёжи в России в конце двадцатого — начале двадцать первого века, Сергей Бодров стал популярным киноартистом, а сам фильм стал очень модным или, как говорят сейчас, культовым фильмом.

Сергея Бодрова знала вся страна. Люди узнавали его на улице, писали ему письма. Но слава не вскружила ему голову, так как он был не только умным, талантливым, интеллигентным, но и скромным, трудолюбивым человеком. Он очень много работал, ездил по стране. Сергей Бодров всегда хотел заниматься интересным делом. Он мечтал стать режиссёром, как и его отец.

В сентябре 2002 года он начал работать над новым фильмом в качестве режиссёра. Впервые он работал режиссёром и снимал свой фильм. Вместе со съёмочной группой Сергей Бодров-младший поехал на

Се́верный Кавка́з, в го́ры, что́бы снима́ть свой фильм. Его́ оте́ц вспомина́л, что Серге́й о́чень спеши́л на Кавка́з, потому́ что о́чень хоте́л быстре́е нача́ть рабо́ту над но́вым фи́льмом.

20 сентября́ в гора́х, где рабо́тала съёмочная гру́ппа, произошла́ катастро́фа: но́чью с гор сошёл огро́мный ледни́к; куски́ льда и ка́мни с большо́й ско́ростью лете́ли вниз. В результа́те катастро́фы поги́бло сто три́дцать челове́к. Там был Серге́й Бодро́в и его́ съёмочная гру́ппа.

Ему́ был то́лько 31 год. Он был не то́лько люби́мым арти́стом, он был лю́бящим му́жем и отцо́м. (У него́ была́ семья́ — жена́ и дво́е дете́й.) Он был молоды́м, краси́вым, си́льным челове́ком. Все, кто знал Серге́я, — его́ родны́е, друзья́, колле́ги, зри́тели — все люби́ли его́. Мо́жет быть, он действи́тельно был геро́ем на́шего вре́мени!?

в) Отве́тьте на вопро́сы. 回答問題。

1. Когда́ и где роди́лся Серге́й Бодро́в?
2. Почему́ его́ называ́ли Серге́ем Бодро́вым-мла́дшим?
3. Како́е образова́ние он получи́л?
4. Что он люби́л? Чем занима́лся в свобо́дное вре́мя?
5. Кем он рабо́тал?
6. В како́м фи́льме он сыгра́л свою́ пе́рвую роль?
7. Каку́ю роль он сыгра́л в э́том фи́льме?
8. Кто был режиссёром э́того фи́льма?
9. За что Серге́й Бодро́в получи́л Госуда́рственную пре́мию?
10. Как называ́ется фильм, по́сле кото́рого он стал популя́рным киноарти́стом?
11. О чём расска́зывает э́тот фильм?
12. Как вы понима́ете выраже́ние «сла́ва не вскружи́ла ему́ го́лову»?
13. Кем хоте́л стать Серге́й Бодро́в и почему́?
14. С како́й це́лью он пое́хал в го́ры на Се́верный Кавка́з?
15. Что случи́лось в сентябре́ 2002 го́да в гора́х на Се́верном Кавка́зе?
16. Что вы узна́ли о семье́ Серге́я Бодро́ва?
17. Как вы понима́ете выраже́ние «геро́й на́шего вре́мени»?
18. Как вы ду́маете, мо́жно ли назва́ть Серге́я Бодро́ва геро́ем на́шего вре́мени? Аргументи́руйте свой отве́т.
19. Как вы ду́маете, почему́ все, кто знал Серге́я Бодро́ва, люби́ли его́?
20. Назови́те фи́льмы, в кото́рых игра́л Серге́й Бодро́в. Како́й из них вы смотре́ли?
21. Посмотри́те фрагме́нт фи́льма «Брат». Обсуди́те его́ в гру́ппе.
22. Напиши́те письмо́ своему́ дру́гу и расскажи́те, что вы узна́ли о жи́зни и судьбе́ Серге́я Бодро́ва, посове́туйте ему́ посмотре́ть фильм «Брат».

В тексте, который вы будете читать, вы встретите новые слова. Прочитайте примеры и постарайтесь попять значение выделенных слов без словаря.

預習課文的生詞。讀例句，並試著不查辭典理解粗體詞的意義

1. **свя́зан (-а, -о, -ы) с кем? с чем? (5)**

    был (-а́, -о, -и) свя́зан (-а, -о, -ы)
    бу́дет свя́зан (-а, -о), бу́дут свя́заны

    · Людми́ла — музыка́нт. Она́ занима́ется му́зыкой. Вся её жизнь **свя́зана** с му́зыкой.
    · Оле́г — спортсме́н. Он занима́ется пла́ванием. Вся его́ жизнь **свя́зана со** спо́ртом.

2. **люби́ть ≠ ненави́деть кого? что? (4) / что де́лать?**

    · Я о́чень люблю́ со́лнце и **ненави́жу** дождь.

3. **встреча́ться ≠ расстава́ться с кем? (5)**
   встре́титься ≠ расста́ться

    · Мы встре́тились и познако́мились в Моско́вском университе́те, учи́лись вме́сте 5 лет, а пото́м **расста́лись**: ка́ждый из нас уе́хал в свою́ страну́.
    · Я **расста́лся** со свои́м дру́гом по́сле университе́та. А че́рез 10 лет мы случа́йно встре́тились на нау́чной конфере́нции.

4. **встреча́ть ≠ провожа́ть кого? (4) куда́? (4)**
   встре́тить ≠ проводи́ть

    · Спекта́кль зако́нчился в 11 часо́в ве́чера. Бы́ло уже́ по́здно, поэ́тому Ви́ктор **проводи́л** Ната́шу домо́й.

5.

оставáться	остáться	где? (6)
я остаю́сь	я оста́нусь	до́ма
ты остаёшься	ты оста́нешься	на ро́дине
они́ остаю́тся	они́ оста́нутся	
остава́лся (-лась, -лись)	оста́лся (-лась, -лись)	
Остава́йся!	Оста́нься!	
Остава́йтесь!	Оста́ньтесь!	

· Мой друг заболе́л, поэ́тому не пошёл на заня́тия и **оста́лся** до́ма.

6.

остана́вливаться	останови́ться	где? (6)
я остана́вливаюсь	я остановлю́сь	на остано́вке
ты остана́вливаешься	ты остано́вишься	о́коло гости́ницы
они́ остана́вливаются	они́ остано́вятся	
остана́вливался (-лась, -лись)	останови́лся (-лась, -лись)	

· Такси́ подъе́хало к гости́нице и **останови́лось**, мы вы́шли из маши́ны.
· По́езд **останови́лся**, и мы вошли́ в ваго́н.

7. **слы́шать — услы́шать** что? (4)

я услы́шу
ты услы́шишь
они́ услы́шат
услы́шал (-а, -и)

- Людми́ла шла по у́лице, **услы́шала** му́зыку и останови́лась, что́бы послу́шать.

8. **прийти́** (СВ) ≠ **уйти́** (СВ)
(однокра́тное де́йствие)

- Сего́дня Ви́ктор **пришёл** в университе́т в 10 часо́в.
- Вчера́ Ви́ктор **ушёл** из университе́та в 3 часа́.

приходи́ть (НСВ) ≠ **уходи́ть** (НСВ)
(де́йствие повторя́ется)

- Ви́ктор всегда́ **прихо́дит** (приходи́л) в университе́т в 10 часо́в.
- Ка́ждый день Ви́ктор **ухо́дит** (уходи́л) из университе́та в 3 часа́.

28 **а) Прочитайте текст. Скажите, почему он так называется?**
讀課文，說一說課文題目的含意。 ▶ MP3-62

Сва́дебный марш

Людми́ла была́ хоро́шим музыка́нтом. Вся её жизнь была́ свя́зана с класси́ческой му́зыкой. День, когда́ она́ взяла́ в ру́ки скри́пку, стал для неё са́мым счастли́вым днём. В пять лет она́ начала́ учи́ться в музыка́льной шко́ле. Пото́м учи́лась в музыка́льном учи́лище и моско́вской консервато́рии. Когда́ Людми́ла око́нчила консервато́рию, её пригласи́ли в симфони́ческий орке́стр. Рабо́та была́ о́чень серьёзная и интере́сная. Два го́да она́ с удово́льствием игра́ла в симфони́ческом орке́стре, но зарпла́та была́ о́чень ма́ленькая, поэ́тому Людми́ла ушла́ из орке́стра. В э́то вре́мя она́ нашла́ но́вую рабо́ту во Дворце́ бракосочета́ний.

Снача́ла рабо́та ей нра́вилась, потому́ что ка́ждый день она́ ви́дела молоды́е счастли́вые ли́ца. Молоды́е лю́ди приходи́ли сюда́, что́бы зарегистри́ровать свой брак, стать му́жем и жено́й. Ю́ная неве́ста в бе́лом возду́шном пла́тье и серьёзный жени́х в стро́гом чёрном костю́ме входи́ли в зал, и Людми́ла игра́ла для них сва́дебный марш Мендельсо́на. Она́ игра́ла для них, но мечта́ла о том дне, когда́ она́ сама́ войдёт в э́тот зал в сва́дебном пла́тье под руку со свои́м бу́дущим му́жем.

Уходи́ла одна́ па́ра, приходи́ла друга́я, а Людми́ла игра́ла и игра́ла оди́н и тот же торже́ственный марш, кото́рый дари́л сча́стье им, други́м, но не ей. Одна́жды Людми́ла с у́жасом поняла́, что она́ уже́ ненави́дит э́ту му́зыку и не мо́жет бо́льше игра́ть её.

— Не могу́ бо́льше, хочу́ уйти́, — сказа́ла она́ дире́ктору.

— А куда́ вы пойдёте? Бу́дете игра́ть в подзе́мном перехо́де и́ли в метро́? — спроси́л дире́ктор. И Людми́ла оста́лась.

Людми́ле бы́ло 30 лет. Она́ жила́ одна́. Ка́ждое у́тро она́ е́здила на рабо́ту че́рез весь го́род на метро́, а ве́чером — домо́й, где её никто́ не ждал. Ка́к-то ве́чером

Людми́ла, как обы́чно, со свое́й скри́пкой под мы́шкой, возвраща́лась домо́й. В подзе́мном перехо́де она́ услы́шала прекра́сную му́зыку и останови́лась, чтобы послу́шать. Два музыка́нта: оди́н — невысо́кий и худо́й, друго́й — огро́мный и с ры́жей бородо́й, игра́ли джаз. Мело́дия ко́нчилась. Большо́й приве́тливо спроси́л: «Как дела́, колле́га? Хоти́те игра́ть с на́ми?» Людми́ла серди́то отве́тила: «Что вы!? В перехо́де? Никогда́!» — и бы́стро ушла́. Но с тех пор ка́ждый ве́чер она́ почему́-то приходи́ла на э́то ме́сто и слу́шала джаз, кото́рый игра́ли у́личные музыка́нты. И ка́ждый раз они́ приглаша́ли её игра́ть с ни́ми, и ка́ждый раз она́ уходи́ла.

Но одна́жды му́зыка была́ тако́й энерги́чной и жизнера́достной, что Людми́ла не смогла́ уйти́. Она́ откры́ла футля́р, взяла́ скри́пку и начала́ игра́ть. Она́ игра́ла с удово́льствием, с ра́достью. Любо́вь к му́зыке верну́лась к ней. Ведь Людми́ла занима́лась то́лько кла́ссикой и никогда́ не увлека́лась настоя́щим джа́зом. А джаз оказа́лся прекра́сной, удиви́тельно интере́сной му́зыкой, с кото́рой Людми́ла тепе́рь не хоте́ла расстава́ться.

Две неде́ли они́ игра́ли вме́сте. Это бы́ли прекра́сные вечера́ в подзе́мном перехо́де, кото́рый стал для неё вторы́м до́мом. Тепе́рь у Людми́лы появи́лись до́брые друзья́. Одного́ музыка́нта зва́ли Эдик. Друго́го, высо́кого музыка́нта с ры́жей бородо́й, зва́ли Андре́й. Он ча́сто провожа́л Людми́лу домо́й. Встре́ча с ним измени́ла жизнь Людми́лы. У неё появи́лся бли́зкий друг, с кото́рым она́ тепе́рь могла́ посове́товаться, обсуди́ть но́вости, погуля́ть и про́сто поговори́ть обо всём.

Одна́жды Андре́й подари́л Людми́ле цветы́ и сказа́л: «Сего́дня у нас пра́здник, мы игра́ем вме́сте уже́ ме́сяц. Я приглаша́ю тебя́ в рестора́н». «Иди́те, ребя́та, отдыха́йте, а я ещё немно́го поигра́ю», — сказа́л Эдик. Они́ пошли́. И вдруг Людми́ла услы́шала знако́мую мело́дию. Эдик игра́л для них сва́дебный марш Мендельсо́на. Они́ останови́лись. Людми́ла с буке́том цвето́в была́ о́чень краси́ва. Андре́й смотре́л на неё и улыба́лся. «А что, э́то хоро́шая иде́я! Как ты ду́маешь?» — ти́хо спроси́л он. «Я согла́сна», — отве́тила она́. Кака́я пре́лесть э́тот марш Мендельсо́на! Почему́ я не замеча́ла э́того ра́ньше?

б) Отве́тьте на вопро́сы. 回答問題。

1. Расскажи́те о Людми́ле: ско́лько ей лет, где и кем она́ рабо́тала, была́ ли у неё семья́?
2. С каки́м инструме́нтом была́ свя́зана её рабо́та?
3. Где учи́лась Людми́ла?
4. Куда́ она́ поступи́ла рабо́тать?
5. Како́й была́ рабо́та в симфони́ческом орке́стре?
6. Почему́ Людми́ла реши́ла поменя́ть свою́ рабо́ту?
7. Почему́ ей нра́вилась но́вая рабо́та?
8. Для кого́ Людми́ла игра́ла сва́дебный марш Мендельсо́на? О чём она́ мечта́ла в э́ти мину́ты?
9. О чём Людми́ла говори́ла со свои́м дире́ктором?
10. Кого́ Людми́ла встре́тила в подзе́мном перехо́де?
11. Каки́ми бы́ли у́личные музыка́нты?
12. Почему́ музыка́нты по́няли, что Людми́ла то́же свя́зана с му́зыкой, и пригласи́ли её поигра́ть с ни́ми?

13. Почему́ Людми́ла отказа́лась игра́ть в перехо́де?

14. Како́й была́ му́зыка, кото́рую игра́ли у́личные музыка́нты?

15. Почему́ Людми́ла не хоте́ла расстава́ться с э́той му́зыкой?

16. Кем стал для Людми́лы Андре́й и почему́?

17. Почему́ Андре́й пригласи́л Людми́лу в рестора́н?

18. Кака́я иде́я появи́лась у Андре́я, когда́ он услы́шал марш Мендельсо́на?

в) Как вы думаете, что Людмила может рассказать о своей жизни? Что Андрей расскажет о своей жизни?

您覺得柳德米拉會如何講述自己的生活？安德列會如何講述自己的生活？

Дома́шнее зада́ние 家庭作業

1 **Напиши́те расска́з об интере́сном челове́ке, кото́рого вы хорошо́ зна́ете. Кто он и как он нашёл своё призва́ние?**

寫一篇作文，敘述您所熟悉的人是怎樣找到自己的志趣的？

2 **Напиши́те упражне́ния.** 完成本課練習題。

№ 1 б), в)	№ 7 б)	№ 18 б)
№ 2 а)	№ 8	№ 19
№ 3 а)	№ 9	№ 22 г), д)
№ 4	№ 11	№ 23
№ 5 б)	№ 12	№ 24
№ 6 б)	№ 15 в)	№ 28 б)

УРОК 6 第六課

I. Фонетическая зарядка 語音練習

ПОЙТЕ!

а о у э ы и

1 **Слушайте, повторяйте, читайте.** 聽MP3，跟讀。 ▶ MP3-63

а) хочу́ поговори́ть с на́шим
преподава́телем
на́до встре́титься со ста́рым дру́гом
познако́мьтесь с но́вым студе́нтом
посове́туюсь со ста́ршей сестро́й
потанцева́л с краси́вой де́вушкой
игра́л со свои́м мла́дшим бра́том
разгова́ривал со свое́й подру́гой

б) занима́лся ру́сским языко́м
интересу́юсь совреме́нной те́хникой
увлека́ются класси́ческой му́зыкой

в) был хоро́шим инжене́ром
была́ о́пытной медсестро́й
стал изве́стным писа́телем
рабо́тает гла́вным хиру́ргом
хо́чет стать популя́рным арти́стом
бу́дет о́перной певи́цей

г) Мо́йте ру́ки пе́ред едо́й!
Не волну́йтесь пе́ред экза́меном!
Пожела́йте уда́чи пе́ред игро́й!
Напиши́те поздрави́тельные откры́тки
пе́ред пра́здником!

д) Мне подари́ли телефо́н с цветны́м
диспле́ем.
Мой брат хо́чет купи́ть телеви́зор с
больши́м экра́ном.
Худо́жник нарисова́л портре́т де́вушки с
дли́нной косо́й.
В па́рке я встре́тил ма́льчика с большо́й
соба́кой.
Студе́нты обсужда́ли но́вый фильм с
больши́м интере́сом.
Мне нра́вятся фи́льмы с хоро́шим
концо́м.

2 **Слушайте и повторяйте. Запомните последнее предложение и запишите
его. Продолжите высказывание.**

聽MP3，跟讀。記住並寫下最後一個句子。按此主題繼續說一說。 ▶ MP3-64

я реши́л... ⇨

я реши́л встре́титься... ⇨

Я реши́л встре́титься с дру́гом. ⇨

Я реши́л встре́титься со свои́м дру́гом. ⇨

Я реши́л встре́титься со свои́м дру́гом в метро́. ⇨

Я реши́л встре́титься со свои́м дру́гом пе́ред вхо́дом в метро́. ⇨

Я реши́л встре́титься со свои́м дру́гом пе́ред вхо́дом в метро́, что́бы переда́ть ему́
кни́гу. ...

студе́нты могли́ поговори́ть... ⇨

Студе́нты могли́ поговори́ть с учёным. ⇨

Студе́нты могли́ поговори́ть с учёным-фи́зиком. ⇨

Студе́нты могли́ поговори́ть с изве́стным учёным-фи́зиком. ⇨

На встре́че студе́нты могли́ поговори́ть с изве́стным учёным-фи́зиком. ⇨

На встре́че в университе́те студе́нты могли́ поговори́ть с изве́стным учёным-фи́зиком. ⇨

На встре́че в Моско́вском университе́те студе́нты могли́ поговори́ть с изве́стным учёным-фи́зиком. ... ⇨

II. Поговорим 說一說

1 Прослушайте диалоги, задайте аналогичные вопросы своим друзьям.
聽對話，並向朋友們提同樣的問題。 ▶ MP3-65

— Каку́ю су́мку вы вы́брали?
— Эту чёрную су́мку с дли́нной ру́чкой и больши́м карма́ном.

— Каки́м спо́ртом вы занима́етесь?
— Я занима́юсь больши́м те́ннисом.

— Скажи́те, пожа́луйста, где нахо́дится ближа́йшая ста́нция метро́?
— За э́тим до́мом, напра́во.

— Где мой портфе́ль? Ты не ви́дел?
— Посмотри́ под столо́м и́ли под дива́ном.

— Я хочу́ поступи́ть на ваш факульте́т. Скажи́те, с кем я могу́ поговори́ть?
— Пожа́луйста, мо́жете поговори́ть с на́шим дека́ном.

— Прости́те, я хоте́л бы поменя́ть ко́мнату.
— Каку́ю ко́мнату вы хоти́те?
— Све́тлую, с больши́м балко́ном.

— Вы не зна́ете, заче́м Джон пошёл в библиоте́ку?
— Он пошёл, что́бы сдать свои́ кни́ги.

— Скажи́те, пожа́луйста, когда́ мо́жно получи́ть кни́ги в библиоте́ке?
— За́втра пе́ред нача́лом заня́тий.

2 Как вы ответите? (Возможны варианты.) 您如何回答？（請寫出各種可能形式。）

— Кем рабо́тает твой оте́ц?
— ... .

— С кем ты так до́лго говори́ла по телефо́ну?
— ... .

— Како́й телефо́н тебе́ нра́вится?
— ... .

— Како́й му́зыкой интересу́ются твои́ друзья́?
— ... .

— Заче́м вы изуча́ете ру́сский язы́к?
— ... .

— Каки́е фи́льмы вы лю́бите?
— ... .

3 Как вы спросите? (Возможны варианты.) 您如何提問？（請寫出各種可能形式。）

— ... ?
— Я занима́юсь худо́жественной гимна́стикой.

— ... ?
— Это часы́ с фотока́мерой.

— ... ?
— Обы́чно я за́втракаю пе́ред пе́рвым уро́ком.

— ... ?
— На дискоте́ке мой друг познако́мился с симпати́чной де́вушкой.

— ... ?
— Он хо́чет стать здоро́вым и си́льным.

— ... ?
— Мы договори́лись встре́титься пе́ред вхо́дом в теа́тр.

— ... ?
— Я люблю́ чита́ть рома́ны со счастли́вым концо́м.

Учиться всегда пригодится

Города́, где я быва́л,	我思念曾經，
По кото́рым тоскова́л,	駐足過的城市，
Мне знако́мы от стен и до крыш.	那裡一草一木、一磚一瓦都歷歷在目。
Сня́тся лю́дям иногда́	每個人夢中都時常縈繞著，
Их родны́е города́,	他們的故鄉，
Кому́ — Москва́, кому́ — Пари́ж.	或是莫斯科，或是巴黎。

Склонение имён существительных во множественном числе
名詞複數各格的變化

Таблица 1. 表1

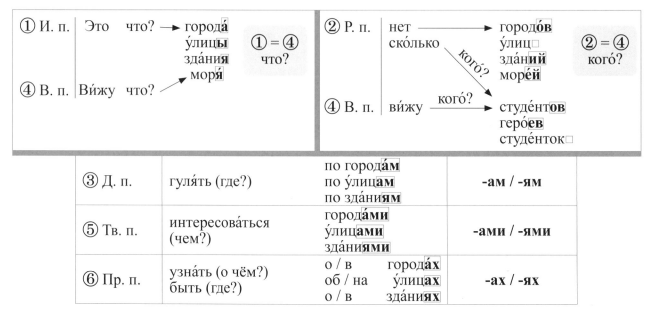

③ Д. п.	гуля́ть (где?)	по города́м по у́лицам по зда́ниям	-ам / -ям
⑤ Тв. п.	интересова́ться (чем?)	города́ми у́лицами зда́ниями	-ами / -ями
⑥ Пр. п.	узна́ть (о чём?) быть (где?)	о / в города́х об / на у́лицах о / в зда́ниях	-ах / -ях

1 **Поговорим о Москве (ответьте на вопросы).** 回答問題。

1. Вам нравится Москва? Вам нравятся улицы, площади, проспекты, бульвары, парки, мосты, памятники, здания Москвы?

2. Вы знаете, сколько в Москве улиц, площадей, проспектов, бульваров, парков, мостов, памятников, зданий?

3. Вы любите гулять по улицам, площадям, проспектам, бульварам, паркам Москвы?

4. Вы уже фотографировали улицы, площади, проспекты, бульвары, парки, мосты, памятники, здания Москвы?

5. Вы уже хорошо знакомы с Москвой, с её улицами, площадями, проспектами, бульварами, парками, мостами, памятниками, зданиями?

6. Что интересного вы узнали о Москве, о её улицах, площадях, проспектах, бульварах, парках, мостах, памятниках, зданиях?

2 **а) Посмотрите, какие экскурсии предлагают туристические фирмы (прочитайте названия экскурсий).**
請看旅行社推薦哪些旅遊路線（讀一讀遊覽名稱）。

> «По городам России»
> «Монастыри Москвы и Подмосковья»
> «Прогулки по улицам и площадям Москвы»
> «Бульвары и парки Москвы»
> «Реки и каналы Петербурга»
> «Мосты Петербурга»
> «Дворцы и парки Петербурга»

б) Из объявлений я узнал(а), что: 從公告中我了解了：
туристические фирмы предлагают экскурсии ...
на экскурсиях я познакомлюсь ...
я увижу много интересного и побываю ...
на экскурсиях я смогу узнать об истории ...
на экскурсиях я увижу и смогу сфотографировать ...

в) Скажите, какую экскурсию вы выберете и почему? Что вы хотите узнать на этой экскурсии? 說一說，您會選擇哪條路線，為什麼。您想在這次旅遊中知道什麼？

3 **а) Прочитайте объявления, которые вы можете встретить на улицах города или в газетах. Скажите, каких специалистов приглашает московская издательская фирма, городская поликлиника и Московский метрополитен.**
讀下列公告，您可以在市區街道上或報紙中看見這些公告。說一說，莫斯科的出版公司、市立聯合診所與莫斯科地鐵要聘請哪些專業人員。

Работа!
Московской издательской фирме требуются: журналисты, менеджеры по рекламе, художники, редакторы, переводчики.

Городской поликлинике требуются: врачи, медсёстры, санитарки.

Московскому метрополитену требуются водители, электрики, механики, контролёры, уборщицы.

б) Из объявлений я узнал(а), что:

從公告中我了解了：

моско́вской изда́тельской фи́рме нужны́ ...

в э́той фи́рме ма́ло ...

изда́тельство мо́жет дать (предлага́ет) рабо́ту ...

фи́рма гото́ва приня́ть на рабо́ту ...

дире́ктор фи́рмы хо́чет встре́титься с ...

фи́рма нужда́ется в ...

нужда́ться	в ком? в чём? (6)
я нужда́юсь	в рабо́те
ты нужда́ешься	в специали́стах
они́ нужда́ются	
нужда́лся	

в) Объясните друзьям, что вы узнали из второго и третьего объявления.
(Используйте следующие слова и словосочетания: приглашать на работу,
предлагать работу, не хватает кого? (2), требуется кто? (1), нуждаться.)

告訴您的朋友們，您從第二和第三個公告中了解了什麼。

 Склонение имён существительных с
местоимениями и прилагательными
во множественном числе
代詞、形容詞與名詞連用及其複數各格的變化

Посмотрите таблицу 2. Задайте полные вопросы, используя краткие вопросы
из таблицы. Дайте полные ответы. 請看表2。補全表格中的簡短問句，用完整的句子回答問題。

Таблица 2. 表2

1. Мне нра́вятся города́, у́лицы, зда́ния. **Каки́е** города́, у́лицы, зда́ния?	**Эти стари́нные ру́сские** города́, у́лицы, зда́ния.	они́ **-ые / -ие**
2. На вы́ставке мо́жно уви́деть фотогра́фии городо́в, у́лиц, зда́ний. Фотогра́фии **каки́х** городо́в, у́лиц, зда́ний?	Фотогра́фии э́тих **стари́нных ру́сских** городо́в, у́лиц, зда́ний.	их **-ых / -их**
3. Я люблю́ гуля́ть по города́м, у́лицам, площадя́м. **По каки́м** города́м, у́лицам, площадя́м?	**По э́тим стари́нным ру́сским** города́м, у́лицам, площадя́м.	(н)им **-ым / -им**
4. Я с удово́льствием фотографи́рую города́, у́лицы, зда́ния. **Каки́е** города́, у́лицы, зда́ния?	**Эти стари́нные ру́сские** города́, у́лицы, зда́ния	их **-ые / -ие**
5. Я интересу́юсь города́ми, у́лицами, зда́ниями. **Каки́ми** города́ми, у́лицами, зда́ниями?	**Этими стари́нными ру́сскими** города́ми, у́лицами, зда́ниями.	и́ми **-ыми / -ими**
6. Я люблю́ чита́ть о города́х, у́лицах, зда́ниях. **О каки́х** города́х, у́лицах, зда́ниях?	**Об э́тих стари́нных ру́сских** города́х, у́лицах, зда́ниях.	о них **-ых / -их**

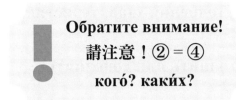

Обратите внимание!

請注意！② = ④

кого? каких?

На фотогра́фии нет мои́х друзе́й (2).
Каки́х друзе́й?
Здесь нет **мои́х ста́рых шко́льных** друзе́й (2).

Я люблю́ свои́х друзе́й (4).
Каки́х друзе́й?
Я люблю́ **свои́х ста́рых шко́льных** друзе́й (4).

Обратите внимание!

請注意！① = ④

что? каки́е?

Мне нра́вятся э́ти рису́нки (1).
Каки́е рису́нки?
Мне нра́вятся **э́ти краси́вые** рису́нки (1).

Я люблю́ смотре́ть рису́нки (4).
Каки́е рису́нки?
Я люблю́ смотре́ть **э́ти краси́вые** рису́нки (4).

4 **а) Прочита́йте статью́ в журна́ле «Досу́г в Москве́». Скажи́те, где мо́жно провести́ свобо́дное вре́мя в большо́м го́роде.**

讀《莫斯科休閒時光》雜誌中的文章。說一說，在大城市的什麼地方可以度過休閒時光。 ▶ MP3-66

Куда́ мо́жно пойти́ в большо́м го́роде? Где мо́жно провести́ свобо́дное вре́мя?

В Москве́ тако́й пробле́мы не существу́ет. Москва́ — э́то огро́мный культу́рный центр, в кото́ром нахо́дятся **са́мые лу́чшие музе́и, теа́тры, худо́жественные вы́ставки, карти́нные галере́и, конце́ртные за́лы**, кото́рые приглаша́ют всех москвиче́й и госте́й столи́цы.

Подро́бную информа́цию о рабо́те **столи́чных музе́ев, теа́тров, кинотеа́тров, худо́жественных вы́ставок, карти́нных галере́й и конце́ртных за́лов** вы мо́жете прочита́ть в журна́ле «Досу́г в Москве́».

Прави́тельство Москвы́ уделя́ет большо́е внима́ние **моско́вским теа́трам, музе́ям, худо́жественным вы́ставкам, карти́нным галере́ям, конце́ртным за́лам** и выделя́ет огро́мные сре́дства на строи́тельство но́вых объе́ктов культу́ры. За после́дние го́ды в Москве́ постро́или но́вое зда́ние Большо́го теа́тра, зда́ние теа́тра «Но́вая о́пера», Центр о́перного пе́ния изве́стной певи́цы Гали́ны Вишне́вской, отремонти́ровали зда́ния Истори́ческого музе́я и Третьяко́вской галере́и.

Ка́ждый день ты́сячи люде́й прихо́дят в **моско́вские музе́и, теа́тры, карти́нные галере́и и конце́ртные за́лы, на худо́жественные вы́ставки.**

Москвичи́ лю́бят свой го́род и гордя́тся **свои́ми музе́ями, теа́трами, карти́нными галере́ями, худо́жественными вы́ставками, конце́ртными за́лами.**

И в бу́дни, и в пра́здники **в моско́вских музе́ях, теа́трах, конце́ртных за́лах, карти́нных галере́ях и на худо́жественных вы́ставках** мо́жно провести́ свобо́дное вре́мя.

б) Поставьте вопросы к выделенным словам для уточнения характеристики объектов (какие музеи, о каких...**).** 請對文章中的粗體詞提問。

в) Какие ещё вопросы вы можете задать, чтобы уточнить или дополнить информацию этой статьи? 閱讀文章後，您還可以提哪些問題？

г) Где вы уже побывали в Москве? Где вы ещё не были? Где хотите побывать и почему? 您已經去過莫斯科哪些地方？哪些地方還沒去過？您還想去哪裡，為什麼？。

д) Напишите статью о своём родном городе. 寫一篇作文，介紹自己的家鄉。

5

а) Расскажите о работе московского журналиста (ответьте на вопросы и в ответах используйте словосочетание молодые талантливые учёные**).**
用括號中的詞組講述莫斯科記者的工作。

1. Чьи статьи московский журналист читал в научном журнале?
2. К кому московский журналист подошёл на международной научной конференции?
3. С кем московский журналист познакомился на научной конференции?
4. Кому московский журналист предложил сфотографироваться?
5. Кого московский журналист пригласил на телевидение?
6. Кто дал интервью московскому журналисту?
7. О ком московский журналист сделал телепередачу?
8. От кого московский журналист получил письма и фотографии через месяц?

б) Расскажите о работе экскурсовода (ответьте на вопросы и в ответах используйте словосочетание старинные дворцы и парки**).**
用括號中的詞組講述導遊的工作。

1. Куда экскурсовод пригласил поехать иностранных туристов?
2. Куда иностранные туристы подъезжали на автобусе?
3. Что иностранные туристы видели на экскурсии?
4. Что понравилось иностранным туристам на экскурсии?
5. Чем восхищались иностранные туристы на экскурсии?
6. Где долго гуляли иностранные туристы?
7. Какие фотоальбомы купили иностранные туристы на экскурсии?
8. Где были иностранные туристы во время экскурсии?
9. О чём рассказали иностранные туристы своим друзьям после экскурсии?

в) Напишите свои рассказы о работе московского журналиста и экскурсовода. Используйте следующие словосочетания. 用下列詞組寫一篇關於莫斯科記者和導遊的文章。

I	II
известные учёные	высотные здания
опытные специалисты	детские спортивные площадки

6 **а) Восстановите текст (используйте словосочетания справа) и прочитайте его. Скажите, кем стали друзья автора?**

用右欄中的詞組填空，並說一說，作者的朋友們成為了什麼樣的人？

Я хочу́ рассказа́ть вам о Влади́мире и Андре́е. Говоря́т, не име́й сто рубле́й, а име́й сто друзе́й. Познако́мьтесь, э́то … . Я о́чень люблю́ … . Ра́ньше я ча́сто встреча́лся со …, потому́ что мы роди́лись и вы́росли в одно́м го́роде и учи́лись в одно́й шко́ле. Мне и … нра́вилось проводи́ть свобо́дное вре́мя вме́сте. Сейча́с мы живём в ра́зных города́х, но я ча́сто звоню́ … . В пра́здники я получа́ю поздрави́тельные телегра́ммы и откры́тки от … . Мои́ роди́тели то́же хорошо́ зна́ют … и всегда́ спра́шивают меня́ о …, об их жи́зни и рабо́те. Я с удово́льствием расска́зываю свои́м роди́телям о пробле́мах и успе́хах … . Влади́мир стал дире́ктором институ́та, а Андре́й — изве́стным поэ́том. Я о́чень горжу́сь … .

мои́х / свои́х
шко́льных друзе́й

мои́м / свои́м
шко́льным друзья́м

мои́ми / свои́ми
шко́льными друзья́ми

мои́ шко́льные
друзья́

мои́х / свои́х шко́льных
друзья́х

б) Расскажите о своих школьных друзьях. Напишите об этом.

講一講您中學同學的故事，並把它寫下來。

7 **а) Быстро прочитайте (просмотрите) статью о Московском метрополитене. Найдите ответы на вопросы.**

快速閱讀關於莫斯科地鐵的文章，並回答下列問題。 ▶ MP3-67

1) Когда́ откры́ли пе́рвую ста́нцию метро́ в Москве́?
2) Ско́лько челове́к ежего́дно е́здит в метро́?
3) На како́й ста́нции рабо́тает са́мый дли́нный эскала́тор?
4) Какова́ сто́имость строи́тельства одно́й ста́нции метро́?

Моско́вское метро́

20 ма́рта 2003 го́да моско́вскому метро́ испо́лнилось 70 лет. Ро́вно 70 лет наза́д в 1933 году́ сове́тское прави́тельство на́чало грандио́зное строи́тельство метро́, прое́кт кото́рого существова́л ещё в Росси́йской импе́рии. В строи́тельстве метро́, и́ли «подзе́мки», уча́ствовало огро́мное коли́чество о́пытных инжене́ров, рабо́чих и други́х специали́стов, поэ́тому пе́рвая ли́ния откры́лась уже́ че́рез 2 го́да. Пе́рвые поезда́ е́здили ме́жду ста́нциями «Парк культу́ры» и «Соко́льники». Моско́вское метро́ всегда́ бы́ло о́чень краси́вым и счита́лось украше́нием Москвы́.

Строи́тельство но́вых ста́нций не прекраща́лось да́же в тяжёлые го́ды Вели́кой Оте́чественной войны́ (1941–1945 гг.).

Совреме́нное моско́вское метро́ — э́то са́мый люби́мый, надёжный, бы́стрый, удо́бный и чи́стый вид городско́го тра́нспорта. Оно́ име́ет о́чень сло́жную структу́ру. Если вы посмо́трите на схе́му метрополите́на, то уви́дите, что в метро́ есть кольцева́я ли́ния, че́рез ста́нции кото́рой прохо́дят радиа́льные (от сло́ва *ра́диус*) ли́нии. Моско́вское метро́ — э́то подзе́мный го́род, кото́рый продолжа́ет развива́ться с по́мощью но́вых техноло́гий и совреме́нного электро́нного обору́дования. Ежего́дно в моско́вском метро́ е́здит три с полови́ной миллиа́рда челове́к, ежедне́вно пассажи́ры соверша́ют 9 миллио́нов пое́здок — э́то составля́ет 60% от пое́здок на всех ви́дах городско́го тра́нспорта. За оди́н час в метро́ проезжа́ет 60 ты́сяч челове́к. Биле́т в метро́ сто́ит не о́чень до́рого, но есть пассажи́ры, кото́рые предпочита́ют прое́хать без биле́та. Таки́х пассажи́ров 5–7%, их называ́ют «за́йцами».

В ма́е 2003 го́да моско́вское прави́тельство подари́ло москвича́м но́вую ста́нцию метро́ «Парк Побе́ды». Но́вая ста́нция — са́мая глубо́кая в Москве́, потому́ что она́ нахо́дится на глубине́ 97 ме́тров. На э́той ста́нции рабо́тает са́мый дли́нный эскала́тор — 126 ме́тров и́ли 740 ступе́нек. Сейча́с в моско́вском метро́ существу́ет 165 ста́нций, а длина́ его́ ли́ний — 264 киломе́тра. Сре́дняя ско́рость поездо́в — 41 киломе́тр в час. В метро́ рабо́тает 35 ты́сяч челове́к. Сто́имость строи́тельства одно́й ста́нции от семи́ до пятна́дцати миллио́нов до́лларов.

б) Внима́тельно прочита́йте статью́ ещё раз. Скажи́те, каку́ю но́вую информа́цию о моско́вском метро́ вы узна́ли из э́той статьи́?
再仔細閱讀一遍文章。說一說，從這篇文章中您對莫斯科地鐵有哪些新的認識？。

в) На каки́е вопро́сы мо́жет отве́тить челове́к, кото́рый прочита́л э́ту статью́?
讀完這篇文章的人可以回答哪些問題？

г) Каки́е дополни́тельные вопро́сы вы хоте́ли бы зада́ть, что́бы расши́рить да́нную информа́цию? Напиши́те э́ти вопро́сы.
您還有哪些問題可以補充？請把它們寫下來。

8 **а) Прослушайте диалог и скажите, где и когда встретятся эти люди.**

聽對話，說一說這些人何時何地會見面。　▶ MP3-68

— Привéт, Андрéй, я дóлжен передáть тебé кнúги. Хочý встрéтиться с тобóй сегóдня. Где тебé удóбно?
— Давáй встрéтимся в метрó, на «Комсомóльской», в 3 часá.
— На кольцевóй úли на радиáльной?
— Давáй на кольцевóй в цéнтре зáла.
— Хорошó, бýду рóвно в 3.

б) Назнáчьте встрéчу или свидáние в метро (испóльзуйте схéму метро).

按照範例編對話。運用地鐵圖，確定在地鐵裡的見面。

в) Прослушайте диалог и скажите, до какой станции нужно доехать этому человеку? 聽對話，說一說這個人要到哪一站。

— Это кýрсы рýсского языкá?
— Да, слýшаю вас.
— Ваш áдрес — Кржижанóвского, 18?
— Да, э́то наш áдрес.
— Скажúте, а как лýчше до вас доéхать?
— А где вы сейчáс нахóдитесь?
— В цéнтре, недалекó от Пáрка культýры.
— Вам нáдо éхать по кольцевóй лúнии до стáнции метрó «Октя́брьская». Это однá останóвка. А на «Октя́брьской» вам нáдо сдéлать пересáдку на жёлтую лúнию и éхать до стáнции метрó «Профсою́зная».
— Спасúбо.

г) Спросите, как доехать до нужной вам станции. (Используйте схему метро.)

請詢問如何到達您要去的地鐵站。

9

а) Прочитайте текст о том, как друзья провели свой первый день в Москве. Скажите, чей маршрут был самым удачным?

讀課文，說一說朋友們在莫斯科的第一天是如何度過的，誰選擇的路線最成功。 ▶ MP3-69

Пéрвый день в Москвé

Где провестú свой пéрвый день в Москвé? Конéчно, на Арбáте. Дэн, Пьер и Лóра весь день гуля́ли по Арбáту. Онú пообéдали в кафé, отдохнýли и решúли пойтú в Музéй изобразúтельных искýсств úмени А. С. Пýшкина. Но никтó из них тóчно не знал, где нахóдится э́тот музéй. Тогдá онú решúли узнáть об э́том у прохóжих на ýлице. Дэн подошёл к одномý молодóму человéку и спросúл егó:

   — Скажúте, пожáлуйста, где нахóдится музéй úмени Пýшкина?
   — На Волхóнке, недалекó от стáнции метрó «Кропóткинская», — отвéтил им молодóй человéк.

— А как добра́ться до музе́я?

— Удо́бнее всего́ дое́хать на метро́, здесь ря́дом ста́нция метро́ «Арба́тская».

— А мо́жно дойти́ до музе́я пешко́м и́ли э́то далеко́?

— Нет, недалеко́. Иди́те пря́мо по Го́голевскому бульва́ру до ста́нции метро́ «Кропо́ткинская», сле́ва от метро́ бу́дет музе́й.

— Я так уста́ла, не хочу́ идти́ пешко́м, я возьму́ такси́, — сказа́ла Ло́ра.

— А я пое́ду на метро́. Говоря́т, что моско́вское метро́ о́чень краси́вое и удо́бное, — сказа́л Дэн.

— Тогда́ я пойду́ пешко́м. Ходи́ть пешко́м — поле́зно для здоро́вья. Посмо́трим , кто из нас придёт пе́рвым! — сказа́л Пьер.

Пьер шёл к музе́ю 20 мину́т. Он пошёл по Го́голевскому бульва́ру, прошёл бульва́р и подошёл к метро́ «Кропо́ткинская», пото́м он поверну́л нале́во и пошёл к музе́ю. Когда́ он подошёл к музе́ю, его́ друзе́й ещё не́ было. Че́рез 15 мину́т пришёл Дэн, кото́рый пое́хал на метро́.

— Что случи́лось, Дэн? Почему́ ты так до́лго е́хал? — удиви́лся Пьер.

— В метро́ бы́ло так мно́го наро́да, и я заблуди́лся: на́до бы́ло с «Арба́тской» перейти́ на ста́нцию «Библиоте́ка и́мени Ле́нина» и дое́хать до «Кропо́ткинской», а я перешёл на ста́нцию «Алекса́ндровский сад» и вы́шел к Кремлю́... Мне пришло́сь возвраща́ться наза́д в метро́ и де́лать переса́дку на «Библиоте́ку и́мени Ле́нина».

Ещё че́рез 15 мину́т прие́хала Ло́ра.

— Ло́ра, мы ждём тебя́ уже́ полчаса́. Где ты была́? — закрича́ли Дэн и Пьер.

— Я е́хала на такси́ и попа́ла в про́бку. В Москве́ так мно́го маши́н! Лу́чше бы я пошла́ пешко́м! — уста́ло сказа́ла Ло́ра.

— А я о́чень дово́лен, — сказа́л Пьер. — Я шёл пешко́м по Го́голевскому бульва́ру, ви́дел па́мятник ру́сскому писа́телю Н. В. Го́голю и краси́вые стари́нные зда́ния. Прогу́лка была́ о́чень прия́тной.

б) Ответьте на вопросы. 回答問題。

1) Какие маршру́ты вы́брали друзья́ и почему́?

2) Почему́ Дэн и Ло́ра опозда́ли?

в) Как эту историю расскажут Дэн, Лора и Пьер? (Какую информацию они могут добавить?) 三位主角會如何講述這個故事？

г) Расскажите о себе. 講講自己。

1) Каки́е ви́ды тра́нспорта есть в ва́шем го́роде?

2) Како́й вид тра́нспорта в ва́шем го́роде са́мый бы́стрый и удо́бный?

3) Вы предпочита́ете е́здить на тра́нспорте и́ли ходи́ть пешко́м? Почему́?

 # Неопределённо-личное предложение
不定人稱句

Сравните 試比較

Кто основа́л Моско́вский университе́т?
Моско́вский университе́т **основа́л** ру́сский учёный **М. В. Ломоно́сов**.

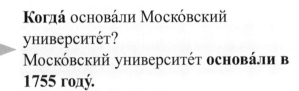

Когда́ основа́ли Моско́вский университе́т?
Моско́вский университе́т **основа́ли** в 1755 году́.

Посмотрите таблицу 3, прочитайте примеры и скажите, какая форма глагола используется в этих предложениях.
請看表3，請讀例句並說一說，在這些句子中使用哪種動詞形式。

Таблица 3. 表3

когда? / где?	Что де́лают (-ли)?	
Ка́ждый год в Москве́	стро́ят бу́дут стро́ить	но́вые ста́нции метро́.
В газе́тах	пи́шут (на)писа́ли бу́дут писа́ть / напи́шут	об экологи́ческих пробле́мах.
По ра́дио / по телеви́зору	сообща́ют сообщи́ли бу́дут сообща́ть / сообща́т	после́дние но́вости и прогно́з пого́ды на бу́дущую неде́лю.

10 **а) Прочитайте информацию. Знаете ли вы, что:**

讀一讀，看看您是否知道下列情況。

Пе́рвое в ми́ре метро́ постро́или в Ло́ндоне в 1863 году́.

Пе́рвый в ми́ре автомоби́ль сде́лали во Фра́нции в 1769 году́.

Пе́рвый в Росси́и университе́т основа́ли в Санкт-Петербу́рге в 1726 году́.

Пе́рвый в Росси́и теа́тр созда́ли в Яросла́вле в 1750 году́.

Пе́рвую Вы́ставку достиже́ний наро́дного хозя́йства (ВДНХ) откры́ли в Москве́ в 1959 году́, а в 1992 году́ её переименова́ли во Всеросси́йский вы́ставочный центр (ВВЦ).

б) Скажите, что вы узнали. О каких ещё интересных событиях вы можете сообщить своим друзьям?

說一說，您了解了什麼。您還知道哪些有趣的事可以告訴自己的朋友？

11 Прочитайте названия газет и журналов. Скажите, о чём пишут в этих газетах и журналах. 讀下列報紙和雜誌名稱。說一說，這些報紙和雜誌裡面都寫什麼。

Образец 範例: В газете «Известия» пишут о различных политических, экономических и спортивных новостях.

газета «Коммерсант»
журнал «Красота и здоровье»
журнал «Наука и жизнь»
журнал «Театр»
журнал «Карьера»
газета «Досуг в Москве»
газета «Спортивная жизнь»
журнал «Вокруг света»

современная медицина
современные лекарственные препараты
экономические проблемы России
далёкие путешествия
известные спортсмены и тренеры
новые научные открытия
новые спектакли, оперы, балеты
известные актёры и режиссёры
столичные театры, музеи, выставки
интересная престижная работа
спортивные соревнования

12 В газетных статьях, которые вы будете читать, вы встретите новые слова. Посмотрите значение этих слов в словаре. 預習新單詞，借助辭典理解下列詞的詞義。

сносить — снести дом, здание; снос дома; развлекательный центр; небоскрёб; нарушать — нарушить правило, среду.

13 а) Прочитайте статьи из газет. Скажите, о каких новых строительных проектах пишут московские газеты. 讀報紙中的文章，說一說莫斯科報紙寫了哪些新的建築工程。

С «Москвой» простимся в сентябре

Осенью 2003 года снесут знаменитую столичную гостиницу «Москва», на месте которой будут строить пятизвёздочный туристический комплекс. Вопрос о сносе гостиницы решали долго и сложно, потому что здание гостиницы является памятником архитектуры. Московские архитекторы объяснили, что это здание очень старое, поэтому жить и работать в нём стало опасно. Новый туристический комплекс построят через 3 года.

Детский парк чудес

Пресс-центр московского правительства сообщил, что в московском районе Мнёвники в недалёком будущем построят уникальный развлекательный центр. Чтобы этот центр заинтересовал детей, и больших и маленьких, а также взрослых людей, там будет большой детский парк с оригинальными аттракционами, учебно-игровыми павильонами и спортивными площадками.

Через 12 лет в столице появятся шесть небоскрёбов

Правительство Москвы разработало новую программу строительства, которая называется «Новое кольцо Москвы». В городе планируют построить 60 высотных зданий. Специальная группа архитекторов должна подготовить проекты высотных зданий и определить места, где они будут находиться. До 2015 года в Москве построят первые 6 небоскрёбов.

Строительство третьего транспортного кольца в Москве

Одной из самых больших проблем современных городов является проблема транспорта. Огромное количество машин и городского транспорта на дорогах Москвы создаёт пробки в центре города. Чтобы решить эту проблему, в Москве строят третье транспортное кольцо. Строительство третьего транспортного кольца ведётся так, чтобы не нарушить историческую и экологическую среду города.

б) На какие вопросы может ответить человек, прочитавший эти статьи? Напишите эти вопросы.

讀完這些文章的人可以提出哪些問題？請寫下這些問題。

в) Какие городские проблемы обсуждают в этих статьях?

在這些文章中討論哪些都市問題？

14 Давайте обсудим следующие проблемы. 討論下列問題。

Проблема транспорта в вашем городе

1) Какие виды транспорта есть в вашем городе? (Какой вид транспорта самый популярный?)
2) Как работает городской транспорт? (Как часто ходят автобусы, троллейбусы, трамваи, маршрутки?)
3) Бывают ли у вас в транспорте часы пик?
4) Сколько стоит билет в разных видах транспорта? Кто имеет льготы на проезд в городском транспорте? Какой штраф платят люди, которые ездят без билета?

Жилищная проблема

1) Где строят новые дома (в центре города или в новых районах)?
2) Можно ли получить квартиру от государства или нужно покупать квартиру? (Все ли могут купить квартиру?)
3) Молодые люди живут вместе с родителями или они снимают квартиры?

Проблема отдыха в городе

1) Где отдыхают жители вашего города?
2) Есть ли в вашем городе парки, скверы, бульвары, реки, пруды и другие зелёные зоны отдыха?
3) Есть ли в вашем городе спортивные площадки, стадионы, спортклубы, аквапарки?
4) Где отдыхает молодёжь? Есть ли в городе дискотеки, молодёжные клубы, Интернет-кафе?

Сложное предложение 複合句
1. Сложное предложение с придаточным определительным (которые, которых...) который複數形式的複合句

Прочитайте предложения в таблице 4. Объясните, почему меняется форма слова который**, от чего это зависит.** 請看表4，並注意который複數形式的用法。

Таблица 4. 表4

Неда́вно я встре́тился с друзья́ми. **Мои́ друзья́** прие́хали в Москву́ из Петербу́рга.

▼

Неда́вно я встре́тился с друзья́ми, **кото́рые** прие́хали в Москву́ из Петербу́рга.

Это мои́ ста́рые друзья́. Я ча́сто получа́ю пи́сьма **от свои́х друзе́й**.

▼

Это мои́ ста́рые друзья́, **от кото́рых** я ча́сто получа́ю пи́сьма.

Мне нра́вятся мои́ друзья́. Ле́том я е́здил в го́сти к **свои́м друзья́м**.

▼

Мне нра́вятся мои́ друзья́, **к кото́рым** ле́том я е́здил в го́сти.

Я сде́лал видеофи́льм о друзья́х. Я о́чень люблю́ **свои́х друзе́й**.

▼

Я сде́лал видеофи́льм о друзья́х, **кото́рых** я о́чень люблю́.

Познако́мьтесь с мои́ми друзья́ми. Я отдыха́л **со свои́ми друзья́ми** на мо́ре.

▼

Познако́мьтесь с мои́ми друзья́ми, **с кото́рыми** я отдыха́л на мо́ре.

Вот фотогра́фии мои́х друзе́й. Я ча́сто расска́зывал вам **о свои́х друзья́х**.

▼

Вот фотогра́фии мои́х друзе́й, **о кото́рых** я ча́сто расска́зывал вам.

15 **Прочитайте предложения. Передайте эту информацию короче. (Из двух предложений сделайте одно, используйте слово** который **в нужной форме.)**
將兩個簡單句組成一個帶который的複合句。

1. Вчера́ на экску́рсии мы ви́дели стари́нные зда́ния. **Эти стари́нные зда́ния** мне о́чень понра́вились.
2. На вы́ставке я ви́дел прое́кты но́вых совреме́нных городо́в. **Этих городо́в** пока́ не существу́ет.
3. В журна́ле «Вокру́г све́та» мо́жно прочита́ть об интере́сных нау́чных эксперим́ентах. **Этими эксперим́ентами** занима́ются учёные ра́зных стран.
4. Ка́ждый год в Москве́ стро́ят но́вые жилы́е райо́ны. **В э́тих райо́нах** живу́т и́ли бу́дут жить ты́сячи москвиче́й.
5. В кни́ге «Москва́ и москвичи́» мы прочита́ли о ста́рых моско́вских у́лицах. **По э́тим у́лицам** мы гуля́ли в воскре́сенье с друзья́ми.
6. Сейча́с в Москве́ стро́ят о́чень высо́кие жилы́е дома́. Из о́кон **э́тих домо́в** мо́жно уви́деть весь го́род.

16 **Восстановите предложения. (Вместо точек вставьте слово который в нужной форме.)** 用который的適當形式填空。

1. Моя́ ма́ма о́чень лю́бит быва́ть на у́лицах, ... она́ гуля́ла в де́тстве.

2. Познако́мьте меня́ с де́вушками, ... вы вме́сте у́читесь.

3. Ве́чером я собира́юсь позвони́ть свои́м бра́тьям, ... давно́ не ви́дел.

4. Мой друг купи́л кассе́ту с ру́сскими пе́снями, ... мы ча́сто слу́шаем по ра́дио.

5. Прочита́йте э́ту исто́рию и расскажи́те о лю́дях, ... вы узна́ли.

6. В Москве́ есть мно́го у́лиц, ... да́ли имена́ изве́стных ру́сских писа́телей, поэ́тов и учёных.

7. Мои́ ро́дственники, ... я ча́сто е́зжу, живу́т в небольшо́м го́роде у мо́ря.

8. Расскажи́те мне о города́х и стра́нах, ... вы уже́ бы́ли.

2. Сложное предложение с придаточным условным (если...) 條件從句

Посмотрите примеры в таблице 5, составьте свои примеры по этим образцам.
請看表5，按照範例造句。

Таблица 5. 表5

1. **Если** мой друг **сдаст** экза́мены,	**то** он **посту́пит** в институ́т.
2. **Если** мой друг **сдал** экза́мены,	он **посту́пит / поступи́л** в институ́т.
3. **Если** мой друг **хо́чет** поступи́ть в институ́т,	он **бу́дет сдава́ть** экза́мены.
4. **Если** вы **хоти́те** поступи́ть в институ́т,	**сдава́йте** экза́мены.
5. **Если** вы **бу́дете поступа́ть** на факульте́т психоло́гии,	вы **бу́дете сдава́ть** биоло́гию, матема́тику и ру́сский язы́к.

Сравните 試比較

Реальное условие		**Ирреальное (нереальное) условие**
Если..., (то)		Если бы ... V-л (-а, -о, -и), (то) ... V-л (-а, -о, -и) бы.
Если бу́дете мно́го занима́ться, то вы хорошо́ сдади́те экза́мены.		Если **бы** вы мно́го **занима́лись**, то вы **сда́ли бы** экза́мены хорошо́.
Если вы че́рез неде́лю пое́дете в Петербу́рг, я дам вам путеводи́тель.		Если **бы** вы че́рез неде́лю **пое́хали** в Петербу́рг, я **дал бы** вам путеводи́тель.

17 **а) Что вы сделаете, если...** 請問在下列情況您會怎麼做？

— вы заблуди́лись в го́роде

— вы опа́здываете на самолёт

— вы потеря́ете докуме́нты

— ваш друг сообщи́л вам о том, что прие́дете в ваш го́род

— ваша группа поедет на экскурсию

— вы приедете в незнакомый город, а вас никто не встретит

— вы хотите снять квартиру (комнату)

— вы хотите поехать на экскурсию по городам России

— вы хотите заказать билет на самолёт или на поезд

б) Куда вы пойдёте, если вам надо... 請問在下列情況您會去哪裡？

— почистить одежду

— починить обувь

— сделать причёску / подстричься

— купить лекарство

— отдать бельё в стирку

ХИМЧИСТКА
乾洗店

АПТЕКА
藥房

ПРАЧЕЧНАЯ
洗衣店

ПАРИКМАХЕРСКАЯ
理髮店

МАСТЕРСКАЯ. РЕМОНТ ОБУВИ
修鞋鋪

18 Закончите предложения. 接續完句子。

— Если бы я приехал в Петербург, ...

— Если бы я опоздал на поезд, ...

— Если бы я хотел хорошо знать Москву, ...

— Если бы я каждый день пользовался общественным транспортом, ...

— Если бы мой друг заболел, ...

— Если бы я потерял ключи от комнаты в общежитии, ...

— Если бы мой родители приехали ко мне в гости, ...

— Если бы завтра начались каникулы, ...

— Если бы мне подарили автомобиль, ...

3. Сложное предложение с придаточным уступительным (хотя...) 讓步從句

Хотя │ 1 │ , │ 2 │ .   │ 1 │ , хотя │ 2 │ .

1. Хотя была холодная и дождливая погода, на стадионе собралось много народа.

2. Хотя билеты в Большой театр стоят дорого, там никогда не бывает свободных мест.

3. Мы заблудились, хотя уже неплохо знали город.

4. Многие люди не могут бросить курить, хотя они знают, что курение опасно для здоровья.

19 **Прочитайте предложения, соедините части А и Б. (Можете ли вы дать свои примеры?)** 讀下列句子，連接 А 與 Б 。

А

Хотя́ мои́ друзья́ предупреди́ли меня́ о своём прие́зде зара́нее, ...

Хотя́ Парк Побе́ды нахо́дится далеко́ от моего́ до́ма, ...

Хотя́ я живу́ в Москве́ то́лько 6 ме́сяцев, ...

Хотя́ мы живём с э́той де́вушкой в одно́м до́ме, ...

Хотя́ в метро́ всегда́ мно́го люде́й, ...

Хотя́ я быва́л ра́ньше в гостя́х у своего́ дру́га, ...

Хотя́ кварти́ры в э́том до́ме стоя́т о́чень до́рого, ...

Хотя́ в Москве́ мно́го кинотеа́тров, ...

Б

... мы никогда́ ра́ньше не встреча́лись.

... я люблю́ э́тот вид тра́нспорта.

... их уже́ про́дали.

... я до́лго не мог найти́ его́ дом.

... я ча́сто е́зжу туда́ ката́ться на ро́ликах.

... я обы́чно смотрю́ фи́льмы до́ма.

... я не смог их встре́тить на вокза́ле.

... я уже́ непло́хо зна́ю го́род.

20 **В те́ксте, кото́рый вы бу́дете чита́ть, вы встре́тите но́вые слова́ и выраже́ния. Познако́мьтесь с ни́ми.**
讀課文，預習新單詞。

1. Посмотри́те значе́ние э́тих слов в словаре́. 查辭典，理解下列詞的詞義。

ука́з, пожа́р, кровь, бой, сраже́ние, бунтовщи́к, престу́пник, вор, ку́пол, магни́т; горе́ть, казни́ть (казнь), торгова́ть (торго́вля); достопримеча́тельность

2. Прочита́йте приме́ры. Постара́йтесь поня́ть значе́ние вы́деленных слов без словаря́. 讀例句，並試著不查辭典理解粗體詞的意義。

1. **глаша́тай** — челове́к, кото́рый гро́мко чита́л ца́рские ука́зы (прика́зы) лю́дям, кото́рые собира́лись на пло́щади.

2. **посади́ть на трон** — сде́лать челове́ка царём.

3. **обраща́ться — обрати́ться к кому? (3)   с чем? (5)   что сде́лать?**

с призы́вом
с предложе́нием   помо́чь
с про́сьбой

· Мой друг обрати́лся ко мне с про́сьбой помо́чь ему́. = Мой друг попроси́л меня́ помо́чь ему́.
· Преподава́тель обрати́лся к студе́нтам с предложе́нием пойти́ на экску́рсию по го́роду. = Преподава́тель предложи́л студе́нтам пойти́ на экску́рсию по го́роду.

4. **захва́тывать — захвати́ть   что? (4)**

власть
террито́рию
зе́млю

· Мно́го раз враги́ пыта́лись захвати́ть Москву́.
· В 1917 году́ в Росси́и революционе́ры захвати́ли власть в свои́ ру́ки.

5. **возглавля́ть — возгла́вить   что? (4)**

организа́цию
фи́рму
борьбу́

· Вот уже́ мно́го лет акаде́мик Росси́йской акаде́мии нау́к В. А. Садо́вничий возглавля́ет Моско́вский госуда́рственный университе́т.
· В 1611 году́ князь Пожа́рский возгла́вил наро́дную а́рмию.

6. **переноси́ть — перенести́ что? (4) / куда́? (4) / отку́да? (2)**
   = изменя́ть — измени́ть ме́сто нахожде́ния предме́та

· Студе́нт **перенёс** стул из аудито́рии в коридо́р.
· Студе́нтка **перенесла́** свои́ ве́щи в другу́ю ко́мнату.
· Студе́нты **перенесли́** кни́ги из кабине́та в библиоте́ку.

7. **в честь   кого́ / чего́? (2)**
пра́здника
побе́ды
освобожде́ния ...

· В честь пра́здника Побе́ды 9 ма́я в го́роде был салю́т.
· В 1552 году́ в честь побе́ды над Каза́нью на Кра́сной пло́щади постро́или Покро́вский собо́р.
· В ма́е 2003 го́да Петербу́ргу испо́лнилось три́ста лет. В честь юбиле́я в го́роде был пра́здник.

21 а) **Бы́стро прочита́йте текст, что́бы отве́тить на сле́дующие вопро́сы.**
快速閱讀文章，並回答下列問題。 ▶ MP3-70

1. Когда́ поста́вили пе́рвый скульпту́рный па́мятник в Москве́?
2. Когда́ постро́или собо́р Васи́лия Блаже́нного на Кра́сной пло́щади?
3. Где ча́сто обе́дал Пётр Пе́рвый?
4. Каки́е пара́ды на Кра́сной пло́щади по́мнят все лю́ди в Росси́и?
5. Каки́е изве́стные лю́ди выступа́ли на Кра́сной пло́щади?

Москва́. Кра́сная пло́щадь

Все зна́ют, что центр Москвы́ — э́то Кра́сная пло́щадь. А зна́ете ли вы, почему́ гла́вная пло́щадь Москвы́ называ́ется Кра́сной? Коне́чно, зна́ете. Кра́сная зна́чит краси́вая. Назва́ние пло́щади происхо́дит от древнеру́сского сло́ва «красно́» в значе́нии «краси́во». Но э́то назва́ние появи́лось в середи́не XVII ве́ка по ука́зу царя́, а до э́того пло́щадь называ́лась про́сто «Пожа́р», потому́ что деревя́нные дома́ в Москве́ ча́сто горе́ли. Когда́ враги́ подходи́ли бли́зко к го́роду, в Москве́ начина́лись си́льные пожа́ры. И ча́сто пожа́ры начина́лись и́менно от Кремля́. Горе́л деревя́нный Кремль, горе́ла деревя́нная Москва́.

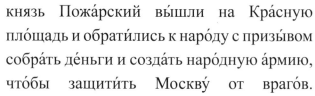

Кра́сная зна́чит краси́вая. Так хоте́ли ру́сские цари́, но бы́ло и друго́е объясне́ние. Кра́сная зна́чит крова́вая, потому́ что здесь, на Кра́сной пло́щади, проли́лось мно́го кро́ви. Здесь проходи́ли жесто́кие бои́ и сраже́ния с врага́ми, здесь казни́ли всех бунтовщико́в, престу́пников, воро́в... Интере́сно, что на Кра́сной пло́щади есть ло́бное ме́сто, то есть специа́льное ме́сто для ка́зни, но на ло́бном ме́сте на Кра́сной пло́щади никогда́ и никого́ не казни́ли. С э́того ме́ста глаша́таи чита́ли ца́рские ука́зы, в кото́рых цари́ обраща́лись к просты́м лю́дям и сообща́ли им свои́ реше́ния.

В 1611 году́, когда́ в Росси́и не́ было зако́нного царя́, а враги́ хоте́ли захвати́ть Москву́ и посади́ть на трон своего́ царя́, граждани́н Ми́нин и князь Пожа́рский вы́шли на Кра́сную пло́щадь и обрати́лись к наро́ду с призы́вом собра́ть де́ньги и созда́ть наро́дную а́рмию, что́бы защити́ть Москву́ от враго́в.

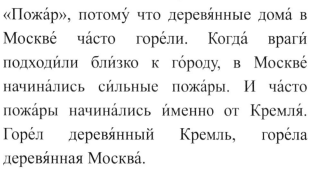

Наро́дным геро́ям граждани́ну Ми́нину и кня́зю Пожа́рскому, кото́рые возгла́вили борьбу́ за освобожде́ние Москвы́, в 1818 году́ в са́мом це́нтре Кра́сной пло́щади поста́вили па́мятник. Э́то был пе́рвый скульпту́рный па́мятник в Москве́. Он стоя́л в це́нтре Кра́сной пло́щади до 1924 го́да. Говоря́т, что па́мятник меша́л проводи́ть пара́ды на Кра́сной пло́щади, поэ́тому в 1924 году́, когда́ на Кра́сной пло́щади постро́или Мавзоле́й В. И. Ле́нина, па́мятник граждани́ну Ми́нину и кня́зю Пожа́рскому перенесли́ на друго́е ме́сто, бли́же к Покро́вскому собо́ру, бо́лее изве́стному под назва́нием собо́р Васи́лия Блаже́нного.

Собо́р Васи́лия Блаже́нного постро́или в 1552 году́ при царе́ Ива́не Гро́зном в честь побе́ды над Каза́нью. Собо́р постро́или из бе́лого ка́мня. Он состоя́л из девяти́ церкве́й с золоты́ми купола́ми. К сожале́нию, первонача́льный вид собо́ра не сохрани́лся

до на́шего вре́мени. Но и сейча́с собо́р явля́ется одни́м из са́мых краси́вых собо́ров в Москве́, украше́нием Кра́сной пло́щади.

Напро́тив собо́ра Васи́лия Блаже́нного, на друго́й стороне́ Кра́сной пло́щади, нахо́дится Истори́ческий музе́й, в кото́ром храня́тся па́мятники ру́сской исто́рии и культу́ры. А́дрес музе́я — Кра́сная пло́щадь, дом 1. Ра́ньше на э́том ме́сте была́ стари́нная кита́йская апте́ка и кита́йский рестора́н, в кото́ром ча́сто обе́дал сам Пётр Пе́рвый. Пото́м в э́том зда́нии находи́лся Моско́вский университе́т, кото́рый откры́ли в 1755 году́. Тогда́ в университе́те бы́ло то́лько три факульте́та — филосо́фский, юриди́ческий и медици́нский. А в 70-е го́ды XIX ве́ка на э́том ме́сте постро́или но́вое зда́ние, где сейча́с нахо́дится Истори́ческий музе́й и рестора́н, кото́рый так и называ́ется — «Кра́сная пло́щадь, дом 1».

Как и все други́е гла́вные пло́щади больши́х городо́в, Кра́сная пло́щадь всегда́ была́ торго́вой пло́щадью. Уже́ в 1520 году́ на пло́щади постро́или ка́менный Гости́ный двор, где мо́жно бы́ло купи́ть всё. Но торгова́ли не то́лько в Гости́ном дворе́, торгова́ли на всей террито́рии Кра́сной пло́щади от Гости́ного двора́ до кремлёвских стен, а та́кже вокру́г собо́ра Васи́лия Блаже́нного. Сейча́с на ме́сте Гости́ного двора́ нахо́дится оди́н из са́мых больши́х магази́нов в Москве́ — ГУМ.

Все больши́е пра́здники и вели́кие побе́ды страны́ отмеча́ли и пра́здновали на Кра́сной пло́щади. Здесь проходи́ли многочи́сленные пара́ды и демонстра́ции, поэ́тому назва́ние «кра́сная» получи́ло ещё одно́ значе́ние. Кра́сная зна́чит пра́здничная, пара́дная. Всего́ с 1918 го́да по 1990 год на Кра́сной пло́щади прошло́ 120

парáдов. Но два са́мых изве́стных пара́да лю́ди по́мнят до сих пор. Пе́рвый из них прошёл 7 ноября́ 1941 го́да. Шла война́, враг был под Москво́й. Солда́ты пря́мо с Кра́сной пло́щади уходи́ли защища́ть столи́цу. Мно́гие из них поги́бли в тяжёлых боя́х под Москво́й. Второ́й знамени́тый

пара́д — пара́д Побе́ды 24 ию́ня 1945 го́да. Страна́ пра́здновала побе́ду над фаши́стской Герма́нией.

В апре́ле 1961 го́да здесь, на Кра́сной пло́щади, с ра́достными улы́бками, с буке́тами весе́нних цвето́в вся страна́ встреча́ла пе́рвого в ми́ре космона́вта Ю́рия Алексе́евича Гага́рина.

В после́дние го́ды на Кра́сной пло́щади ча́сто быва́ют конце́рты изве́стных музыка́нтов, певцо́в, арти́стов. Здесь выступа́ли таки́е мировы́е звёзды, как ру́сский дирижёр и виолончели́ст Мстисла́в Ростропо́вич, испа́нская о́перная певи́ца Монсерра́т Кабалье́, изве́стный англи́йский певе́ц и компози́тор Пол Макка́ртни, ру́сский о́перный певе́ц Дми́трий Хворосто́вский.

Кра́сная пло́щадь — э́то

ме́сто, кото́рое как магни́т притя́гивает всех — и тури́стов, и москвиче́й. И в пра́здничные дни, и в бу́дни, и в со́лнечные дни, и в непого́ду — на Кра́сной пло́щади всегда́ мно́го люде́й. Лю́ди приезжа́ют сюда́, что́бы погуля́ть, отдохну́ть, посмотре́ть достопримеча́тельности, сде́лать поку́пки.

Так что и сего́дня Кра́сная пло́щадь по-пре́жнему торгу́ет, гуля́ет, пра́зднует, развлека́ется и отдыха́ет.

б) Внимательно прочитайте текст. Скажите, какие достопримечательности находятся на Красной площади.

讀課文。說一說，紅場上有哪些名勝古蹟。

в) Прочитайте план, сравните его с текстом. Скажите, какие пункты плана не соответствуют тексту. Составьте правильный план.

按照課文的內容順序將大綱重新編號。

План

1. Назва́ние Кра́сной пло́щади.
2. Исто́рия ло́бного ме́ста.
3. Борьба́ ру́сского наро́да с по́льско-лито́вскими захва́тчиками.
4. Па́мятник Ми́нину и Пожа́рскому — пе́рвый скульпту́рный па́мятник в Москве́.
5. Мавзоле́й В. И. Ле́нина как па́мятник архитекту́ры двадца́того ве́ка.
6. Собо́р Васи́лия Блаже́нного — украше́ние Кра́сной пло́щади.
7. Исто́рия зда́ния Истори́ческого музе́я на Кра́сной пло́щади.
8. Пётр Пе́рвый в Москве́.
9. Пе́рвое зда́ние Моско́вского университе́та.
10. Кра́сная пло́щадь — торго́вая пло́щадь.
11. Пара́ды и пра́здники на Кра́сной пло́щади.

г) Ответьте на вопросы. 回答問題。

1. Почему́ гла́вную пло́щадь страны́ называ́ют Кра́сной пло́щадью? Когда́ появи́лось э́то назва́ние?
2. Как называ́лась Кра́сная пло́щадь ра́ньше и почему́?
3. Что тако́е ло́бное ме́сто? Каку́ю фу́нкцию выполня́ло ло́бное ме́сто на Кра́сной пло́щади?
4. Кому́ и где поста́вили пе́рвый скульпту́рный па́мятник в Москве́? Где стои́т э́тот па́мятник сейча́с и почему́?
5. Како́й собо́р нахо́дится на Кра́сной пло́щади? Каки́м он был ра́ньше?
6. Что ра́ньше находи́лось на ме́сте Истори́ческого музе́я?
7. Когда́ Кра́сная пло́щадь ста́ла торго́вой пло́щадью?
8. О каки́х собы́тиях на Кра́сной пло́щади лю́ди по́мнят до сих пор?
9. Почему́ Кра́сная пло́щадь привлека́ет внима́ние тури́стов и москвиче́й?
10. Бы́ли ли вы на Кра́сной пло́щади? Како́е впечатле́ние произвела́ на вас Кра́сная пло́щадь? Е́сли не́ были, хоти́те ли побыва́ть? Почему́? Что вы хоти́те уви́деть свои́ми глаза́ми?

22 **а) Какие ещё вопросы вы хотели бы задать, чтобы получить больше информации о Красной площади?**

關於紅場您還可以提哪些問題？

б) Расскажите своим друзьям, что вы узнали о Красной площади.

講述給朋友聽，關於紅場您了解了什麼。

23 **а) Задайте вопросы своим друзьям об интересных местах в их городах. Узнайте, какие достопримечательности там находятся.**

編對話，問一問朋友的家鄉有哪些名勝古蹟。

б) Расскажите о главной площади вашего города.

講述您故鄉中的主要廣場。

24 **В тексте, который вы будете читать, вы встретите новые слова и выражения. Познакомьтесь с ними.** 讀課文，理解新詞語的意義。

1. Прочитайте новые слова и выражения. Постарайтесь понять их значение по контексту. 讀下列新詞語，了解它們在上下文中的含意。

1. **дава́ть / дать обеща́ние = обеща́ть — пообеща́ть кому́? (3) что сде́лать?**

· Преподава́тель **обеща́л** студе́нтам рассказа́ть о Кра́сной пло́щади.
· Импера́тор **дал** лю́дям **обеща́ние** постро́ить па́мятник-храм.

2. **представля́ть — предста́вить** | **что? (4)** | **кому́? (3)**

я предста́влю (в/вл) | прое́кт | коми́ссии
ты предста́вишь | рабо́ту | преподава́телю
они́ предста́вят | |
предста́вил (-а, -и) | |

· Уча́стники ко́нкурса **предста́вили** (=да́ли, показа́ли) свои́ прое́кты коми́ссии.
· Студе́нт **предста́вил** преподава́телю свою́ нау́чную рабо́ту.

3. **осуществля́ться — осуществи́ться**

· В Москве́ **осуществля́ется** но́вая програ́мма строи́тельства высо́тных домо́в.
· Прое́кт строи́тельства Дворца́ Сове́тов в Москве́ **не осуществи́лся**.

4. **появля́ться — появи́ться** **где? (6)**

я появлю́сь (в/вл)
ты поя́вишься
они́ поя́вятся
появи́лся (-ась, -ись)

· Андре́й был бо́лен, поэ́тому до́лго не **появля́лся** на заня́тиях.
· В ноябре́ в Москве́ **появля́ется** пе́рвый снег.

5.   **рабо́тать на со́весть** = рабо́тать о́чень хорошо́

· У э́того студе́нта прекра́сный дипло́м, он всегда́ **рабо́тает на со́весть**.
· Строи́тели **рабо́тали на со́весть**, ме́дленно и хорошо́, поэ́тому храм стро́или о́чень до́лго.

6.   **писа́ть от руки́** = писа́ть ру́чкой и́ли карандашо́м

· Моско́вская писа́тельница Да́рья Донцо́ва не лю́бит рабо́тать за компью́тером. Все свои́ рома́ны она́ **пи́шет от руки́**.

2. а) Мо́жете ли вы поня́ть вы́деленные слова́ без словаря́?
不查辭典，您能理解下列粗體詞的含義嗎？

всенаро́дный храм, **откры́тый** бассе́йн, **грандио́зный** прое́кт, **освобожде́ние** Росси́и

б) Каки́е ещё словосочета́ния мо́жно соста́вить с вы́деленными слова́ми?
用上述粗體詞組成新詞組。

3. а) Прочита́йте слова́ с о́бщим ко́рнем. На каки́е вопро́сы отвеча́ют слова́ ка́ждого ря́да?
讀下列同根詞，並指出該如何對這些詞提問。

уча́ствовать — уча́стие — **уча́стник**
стро́ить — **строи́тельство** — строи́тель — строи́тельный
победи́ть — побе́да — победи́тель — победи́тельница
разру́шить — **разруше́ние** — разруши́тель
освободи́ть — освобожде́ние — освободи́тель — освободи́тельный
созда́ть — созда́ние — **созда́тель**

б) Соста́вьте словосочета́ния с э́тими слова́ми. 用上述粗體詞組詞。

в) Соста́вьте предложе́ния с вы́деленными слова́ми. 用粗體詞造句。

4. Посмотри́те значе́ние но́вых слов в словаре́. 查辭典，了解生詞的詞義。
зо́дчество
перестро́йка
возрожде́ние

5. Прочита́йте словосочета́ния с глаго́лами. Образу́йте словосочета́ния с отглаго́льными существи́тельными. 讀下列動詞詞組，並用動名詞造句。

Образе́ц 範例 :

зна́ть фи́зику ▶ зна́ние фи́зики   предста́вить прое́кт ▶ представле́ние прое́кта

созда́ть програ́мму —   изучи́ть язы́к —
пра́здновать день рожде́ния —   разру́шить зда́ние —
назва́ть у́лицу —   реши́ть зада́чу —
объяви́ть ко́нкурс —   продо́лжить строи́тельство —
                                      освободи́ть страну́ —
                                      восстанови́ть храм —

25 а) Быстро прочитайте текст. Найдите ответы на вопросы:

快速閱讀課文，並回答問題。　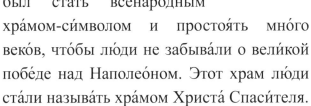 MP3-71

1) В каком году́ ко́нчилась война́ Росси́и с Наполео́ном?
2) Где импера́тор Никола́й I реши́л постро́ить но́вый храм?
3) Почему́ храм мо́жно бы́ло уви́деть из любо́й то́чки го́рода?

Исто́рия хра́ма Христа́ Спаси́теля

Два́дцать пя́того декабря́ 1812 го́да ко́нчилась война́ Росси́и с Наполео́ном. Когда́ после́дний солда́т наполео́новской а́рмии уходи́л с ру́сской земли́, импера́тор Алекса́ндр I дал обеща́ние постро́ить па́мятник — храм Спаси́теля Христа́ — в честь освобожде́ния Росси́и от враго́в. Этот храм до́лжен был стать всенаро́дным хра́мом-си́мволом и простоя́ть мно́го веко́в, чтобы лю́ди не забыва́ли о вели́кой побе́де над Наполео́ном. Этот храм лю́ди ста́ли называ́ть хра́мом Христа́ Спаси́теля.

В 1816 году́ росси́йская Акаде́мия худо́жеств объяви́ла ко́нкурс на лу́чший прое́кт хра́ма. Два́дцать уча́стников ко́нкурса предста́вили свои́ прое́кты. Хотя́ в ко́нкурсе уча́ствовали о́чень изве́стные ру́сские и иностра́нные худо́жники и архите́кторы, победи́телем стал оди́н из са́мых молоды́х уча́стников ко́нкурса Алекса́ндр Лавре́нтьевич Ви́тберг, выпускни́к Акаде́мии худо́жеств.

Ви́тберг реши́л постро́ить свой храм на горе́. Хотя́ ему́ предложи́ли не́сколько высо́ких мест в Москве́, он вы́брал Воробьёвы го́ры (ме́сто, где сейча́с нахо́дится высо́тное зда́ние МГУ и́мени М.

В. Ломоно́сова). Че́рез мно́го лет А. П. Че́хов ска́жет об э́том ме́сте: «Кто хо́чет поня́ть Росси́ю, до́лжен посмотре́ть отсю́да на Москву́». Это был грандио́зный прое́кт. Ты́сячи люде́й присыла́ли де́ньги на его́ строи́тельство. Но, к сожале́нию, он не осуществи́лся. В 1825 году́ импера́тор Алекса́ндр I у́мер, а в 1827 году́ строи́тельство останови́ли.

Но́вый ру́сский импера́тор Никола́й I реши́л продолжа́ть строи́тельство, но по друго́му прое́кту. Он сам вы́брал ме́сто на берегу́ Москвы́-реки́, ря́дом с Кремлём, так как счита́л, что Воробьёвы го́ры нахо́дятся сли́шком далеко́ от Москвы́. Зате́м импера́тор сам нашёл архите́ктора. Но́вым архите́ктором хра́ма стал Константи́н Андре́евич Тон. К. А. Тон учи́лся в Росси́и и в Ита́лии, изуча́л стари́нную италья́нскую архитекту́ру, но осо́бенно он интересова́лся ру́сским зо́дчеством. К. А. Тон был не про́сто хоро́шим архите́ктором, он был тала́нтливым строи́телем-те́хником.

В 1838 году́ по прое́ктам К. А. То́на на́чали но́вое строи́тельство хра́ма Христа́ Спаси́теля. Храм стро́или о́чень ме́дленно.

Здесь было две причины: во-первых, государство давало мало денег, а во-вторых, строители работали на совесть, ведь они строили на века. В 1859 году строительство храма закончилось и началась работа художников, которая продолжалась 20 лет. Художников было много, все они были очень разными. Но именно это сделало храм особенным, не похожим на другие. Золотые купола храма Христа Спасителя были видны издалека из любой точки города. Он как будто плыл над Москвой. Это было самое высокое здание, его высота была 103 метра*. Вокруг храма был небольшой балкон, с которого можно было увидеть панораму Москвы.

Многие годы храм Христа Спасителя был одним из самых любимых народных храмов. Там одновременно могли находиться 7200 человек, но во время больших церковных праздников в храме собиралось 10 000 человек. Внутри на стенах храма были мраморные доски с именами и фамилиями героев Отечественной войны 1812 года. Когда люди приходили в храм, они читали эти имена и от руки писали имена своих близких, родных и друзей, которые погибли во время войны.

В 30-е годы XX века, во времена И. В. Сталина, советское правительство решило изменить исторический центр Москвы, и советские архитекторы создали проект, по которому на месте храма как символ советской власти должен был стоять Дворец Советов. Храм разрушили. Но Дворец Советов так и не построили, новый проект советских архитекторов закрыли, потому что началась Великая Отечественная война. После войны на месте храма появился открытый бассейн «Москва».

В годы перестройки началось возрождение России, возрождение русских традиций, возрождение русской православной церкви. Осенью 1994 года правительство Москвы решило восстановить храм Христа Спасителя, который строили на народные деньги и который являлся памятником войны 1812 года. Новый храм строила не только Москва, тысячи людей присылали деньги из России, Белоруссии и Украины. В 2000 году строительство храма закончили. На Рождество все увидели золотые купола храма и услышали, как снова зазвонили его колокола. Как и прежде, этот храм является не только самым большим храмом в России, но и самым большим православным храмом в мире.

---

* Вот некоторые цифры о храме:
— внутренняя площадь — 3990 квадратных метров;
— для строительства использовали 40 миллионов кирпичей;
— в храме было 60 окон;
— на позолоту использовали 450 килограммов золота;
— в храме было 35 люстр.

б) Прочитайте текст ещё раз. Скажите, когда восстановили храм Христа Спасителя? 再讀一遍課文。說一說，耶穌救世主大教堂是何時重建的？

в) Прочитайте план текста. Расположите пункты плана в соответствии с содержанием текста. 讀課文大綱。按照課文內容編排大綱編號順序。

План

1. Ко́нкурс на лу́чший прое́кт хра́ма.
2. Разруше́ние хра́ма.
3. Обеща́ние импера́тора Алекса́ндра I.
4. Строи́тельство хра́ма Христа́ Спаси́теля.
5. Но́вый прое́кт хра́ма на берегу́ Москвы́-реки́.
6. Возрожде́ние хра́ма.
7. Пе́рвый прое́кт хра́ма на Воробьёвых гора́х.
8. Всенаро́дно люби́мый храм.

г) Ответьте на вопросы. 回答問題。

1. Како́е собы́тие произошло́ 25 декабря́ 1812 го́да?
2. В честь како́го собы́тия импера́тор дал обеща́ние постро́ить в Москве́ па́мятник-храм?
3. В како́м году́ Росси́йская акаде́мия худо́жеств объяви́ла ко́нкурс на лу́чший прое́кт хра́ма?
4. Ско́лько худо́жников уча́ствовали в ко́нкурсе? Кто стал победи́телем?
5. Како́е ме́сто вы́брал а́втор прое́кта? Как вы ду́маете, почему́? Что сказа́л А. П. Че́хов об э́том ме́сте?
6. Смог ли архите́ктор А. Л. Ви́тберг осуществи́ть свой прое́кт?
7. Како́е реше́ние при́нял но́вый ру́сский импера́тор Никола́й I?
8. Когда́ начало́сь но́вое строи́тельство хра́ма Христа́ Спаси́теля?
9. Что вы узна́ли об архите́кторе К. А. То́не?
10. Ско́лько лет стро́или храм?
11. Почему́ строи́тельство хра́ма шло так до́лго?
12. Что де́лает храм Христа́ Спаси́теля непохо́жим на други́е?
13. Ско́лько челове́к мо́жет одновреме́нно находи́ться в хра́ме?
14. Как сложи́лась судьба́ хра́ма в 30-е го́ды XX ве́ка?
15. Когда́ начало́сь восстановле́ние хра́ма Христа́ Спаси́теля?

д) Какие ещё вопросы по тексту вы можете задать? 您還可以依據課文提哪些問題？

26 **Что интересного и нового для себя вы узнали из этого текста? Найдите эту информацию в тексте и прочитайте её.**

您從課文中了解了哪些有趣的新訊息，從課文中找出來並讀一讀。

27 **Можете ли вы рассказать об истории строительства какого-нибудь здания в вашей стране?** 講一講您國家某個建築的建設歷史。

а) Прослушайте диалоги, посмотрите на рисунки. Скажите, в каких ситуациях (где?) вы можете услышать эти диалоги?

聽對話，看圖。說一說，在哪些情況下您可以聽到這些對話。 ▶ МР3-72

б) Что вы узнали из каждого диалога? 您從每個對話中了解了什麼？

— Привет, Жан! Это Леон.

— Привет, Леон! Ты откуда звонишь, ты в Москве?

— Нет, я прилетаю в Москву в субботу. Ты не можешь меня встретить? Я ведь совсем не говорю по-русски и не знаю город.

— Конечно, встречу. Какой у тебя рейс?

— Рейс № 721 из Парижа.

— Алло, справочная аэрофлота?

— Справочная аэрофлота, слушаю вас.

— Скажите, пожалуйста, когда прилетает рейс № 721 из Парижа?

— Минуту... Рейс № 721 из Парижа прилетает в 15.30 в Шереметьево-2.

— Спасибо.

— Виктор, мне нужен твой совет.

— Да, пожалуйста.

— Как быстрее добраться до аэропорта Шереметьево-2?

— Можно доехать на метро до станции «Речной вокзал» — это конечная, а потом сесть на маршрутное такси, которое идёт до аэропорта.

— А где останавливается маршрутное такси?

— Прямо на площади у выхода из метро. Но если ты спешишь, возьми такси.

— Ты не знаешь, это дорого?

— Такси всегда дорого. Решай сам.

— Время у меня есть, я поеду на метро.

— Леон, как я рад тебя видеть! Как долетел?

— Всё хорошо! Спасибо, что встретил.

— Какие у тебя сейчас планы?

— Сначала поедем в гостиницу. Ты знаешь хорошую и недорогую гостиницу?

— Поедем в отель «Южный» на Ленинском проспекте.

— Хорошо.

— Такси!

— Вы свобо́дны?
— Коне́чно, сади́тесь, пожа́луйста. Вам куда́?
— Ле́нинский проспе́кт, оте́ль «Ю́жный».
— Хорошо́, дава́йте ва́ши ве́щи, я поста́влю их в
бага́жник.
— До́лго е́хать?
— Если не бу́дет больши́х про́бок, дое́дем бы́стро.

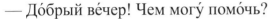

— До́брый ве́чер! Чем могу́ помо́чь?
— Моему́ дру́гу ну́жен недорого́й одноме́стный
но́мер со все́ми удо́бствами.
— На како́е вре́мя вам ну́жен но́мер?
— На неде́лю. А ско́лько э́то бу́дет сто́ить?
— Но́мер сто́ит 1500 рубле́й в су́тки.
— А за́втрак вхо́дит в сто́имость но́мера?
— Коне́чно, за́втрак с 7.00 до 11.00. Рестора́н — на
пе́рвом этаже́.
— Отли́чно, э́то нам подхо́дит.
— Тогда́, пожа́луйста, запо́лните анке́ту, напиши́те ва́ши
па́спортные да́нные, здесь поста́вьте число́ и по́дпись.

— Вот ваш ключ: но́мер 312 на тре́тьем этаже́.
— А телефо́н? В но́мере есть телефо́н?
— Да, коне́чно, в но́мере есть телефо́н, телеви́зор,
холоди́льник и сейф.
— Спаси́бо.
— Пожа́луйста. Если у вас бу́дут вопро́сы,
обраща́йтесь к администра́тору.

— До́брый ве́чер! Что вы хоти́те?
— До́брый ве́чер, мы хоте́ли бы поу́жинать.
— Проходи́те, пожа́луйста, сади́тесь. Вот свобо́дный
сто́лик. Посмотри́те меню́, пожа́луйста.
— А что вы нам посове́туете взять?
— Могу́ посове́товать на́ше фи́рменное блю́до: ры́бу со
све́жими овоща́ми, а на десе́рт — клубни́ку со
взби́тыми сли́вками и ко́фе.
— Хорошо́, и ещё 2 апельси́новых со́ка.

— Приве́т, Лео́н! Ну, как тебе́ Москва́?
— Москва́ о́чень понра́вилась! Кремль, Кра́сная пло́щадь,
храм Христа́ Спаси́теля, Воробьёвы го́ры... Тепе́рь хочу́
посмотре́ть Петербу́рг.
— Хоро́шая иде́я. В э́том году́ Петербу́ргу 300 лет, в ма́е
там был большо́й пра́здник. В Петербу́рге сейча́с о́чень
краси́во — бе́лые но́чи. Я бы то́же с удово́льствием пое́хал.
— Дава́й пое́дем вме́сте!

— Тра́нспортное аге́нтство, слу́шаю вас!
— Здра́вствуйте, я хоте́л бы заказа́ть 2 биле́та в Петербу́рг.
— На како́е число́?
— На 25 ию́ня.
— Утро, ве́чер?
— Лу́чше у́тро.
— Есть 2 по́езда: в 7 утра́ и в 11.
— А ско́лько часо́в идёт семичасово́й по́езд?
— Он идёт 5 часо́в и прибыва́ет в Петербу́рг в 12 часо́в дня.
— Хорошо́, дава́йте 2 биле́та на 7 утра́.
— Ва́ши биле́ты бу́дут сто́ить 1400 рубле́й. Поезд отправля́ется в 7 утра́ с Ленингра́дского вокза́ла. По како́му а́дресу доста́вить биле́ты?
— Ле́нинский проспе́кт, оте́ль «Южный», но́мер 312.
— Ваш зака́з доста́вят 23 ию́ня в тече́ние дня.
— Спаси́бо.

в) Прослушайте диалоги ещё раз и выполните задания к ним.

再聽一遍上述對話，選擇適當的答案。

1) Лео́н и Жан:

А. познако́мились в аэропорту́
Б. зна́ют друг дру́га давно́
В. встре́тились в Петербу́рге

2) Лео́н про́сит встре́тить его́, потому́ что он:

А. хорошо́ говори́т по-ру́сски
Б. немно́го говори́т по-ру́сски
В. не зна́ет ру́сского языка́

3) Из Пари́жа в Москву́ Лео́н:

А. прие́хал на маши́не
Б. прие́хал на по́езде
В. прилете́л на самолёте

4) Жан добра́лся до аэропо́рта Шереме́тьево-2:

А. на метро́ и на такси́
Б. на такси́
В. на метро́

5) Лео́н останови́лся в Москве́:

А. в общежи́тии
Б. в гости́нице
В. у друзе́й

6) Лео́н бу́дет жить в Москве́:

А. неде́лю
Б. ме́сяц
В. 2 дня

7) Лео́н пое́дет в Петербу́рг:

А. оди́н
Б. с подру́гой
В. с дру́гом

8) По́езд, на кото́ром друзья́ пое́дут в Петербу́рг, отправля́ется:

А. в 5 часо́в
Б. в 11 часо́в
В. в 7 часо́в

г) Скажите, что вы узнали о Жане и Леоне? Составьте рассказы.

說一說，關於讓和里奧，您了解了什麼？請敘述一下。

29 Что вы скажете в следующих ситуациях? Составьте диалоги.

編對話，在下列情況您會說些什麼？

1) Вам позвони́л друг из друго́го го́рода и про́сит вас встре́тить его́ в аэропорту́.
2) Вам ну́жно встре́тить дру́га, но вы не зна́ете, когда́ прилета́ет его́ самолёт (прибыва́ет по́езд).
3) Вы не зна́ете, как добра́ться до аэропо́рта (до вокза́ла). Посове́туйтесь с дру́гом.
4) Вы встреча́ете дру́га в аэропорту́ (и́ли на вокза́ле).
5) Вам ну́жно взять такси́ и объясни́ть шофёру, куда́ е́хать.
6) Вы прие́хали в гости́ницу. Объясни́те администра́тору, како́й но́мер вам ну́жен.
7) Вы пришли́ в рестора́н. Закажи́те у́жин.
8) Вы хоти́те пое́хать в друго́й го́род. Закажи́те по телефо́ну биле́ты на самолёт (на по́езд).

Дома́шнее зада́ние 家庭作業

1 Напишите письмо́. Расскажите, как вы приехали (прилетели) в Москву и как провели свои первые дни в Москве.

寫一封信，講述您如何到達莫斯科，怎樣度過在莫斯科最初的日子。

2 Посмотрите упражнение № 14 стр. 192. Как вы думаете, есть ли такие проблемы в вашем городе, и как они решаются? Напишите 2–3 предложения по каждой проблеме.

請看第192頁第14題，您覺得在您的家鄉是否有這些問題，它們如何被解決？針對每個問題用2到3個句子回答。

3 Напишите письмо́ своему другу в России. Расскажите немного о своём городе, какие достопримечательности вы можете показать ему там.

寫一封信給您在俄羅斯的朋友，說說自己的家鄉，說說那裡有哪些名勝古蹟可以遊覽。

4 Напишите упражнения. 完成本課練習題。

№ 1	№ 13 б)	№ 22 а)
№ 3 б), в)	№ 16	№ 23 б)
№ 4 д)	№ 17 а)	№ 24 3, 5
№ 5 б), в)	№ 18	№ 25 г), д)
№ 6 б)	№ 19	№ 27
№ 7 г)	№ 21 г)	№ 28 г)

УРОК 7 第七課 考卷

Субтест 1 考卷1
Лексика. Грамматика 詞彙與語法

Инструкция к выполнению субтеста 考試要求

· Время выполнения субтеста — 50 минут. 作答時間共計50分鐘。

· Субтест включает 100 заданий. 考卷共100題。

· При выполнении субтеста пользоваться словарём нельзя. 答題時不能使用辭典。

· Вы получили субтест и матрицу. Напишите ваше имя и фамилию на каждом листе матрицы. 在每張答案卡上寫下您的姓名。

· В субтесте слева даны предложения или микротексты, а справа — варианты выбора. Выберите правильный вариант и отметьте соответствующую букву в матрице. 選擇正確答案並在答案卡上的相應位置畫圈。

Например 範例:

А (Б) В Г (Б — правильный ответ)

· Если вы ошиблись и хотите исправить ошибку, сделайте это так: 如果您選錯了，可以按照圖示修正：

А (Б) (⊗В) Г (В — ошибка, Б — правильный вариант)

Часть 1 第一部分

Задания 1–20. 考題1–20
Выберите правильный вариант. 選擇正確答案。

Чтобы поступить на математический факультет, необходимо сдать ... **(1)** экзамен по математике.

А писать
Б письмо
В писатель
Г письменный

Помогайте пожилым людям, уважайте ... **(2)**.

А старый
Б старший
В старость
Г старик

Моё любимое место для занятий — ... **(3)** зал. Там тихо и никто не мешает мне ... **(4)**.

    А читать

    Б чтение

    В читальный

    Г читатель

Преподаватель ... **(5)** нам о Москве и ... **(6)** нас написать о своём родном городе.

    А посоветовал

    Б попросил

    В рассказал

    Г спросил

10 дней назад я ... **(7)** письмо своему другу. Надеюсь, что он ... **(8)** моё письмо и уже написал ответ.

    А взял

    Б послал

    В прислал

    Г получил

Если он будет много заниматься, он ... **(9)** на все вопросы и хорошо ... **(10)** все экзамены.

    А сдаст

    Б решит

    В сделает

    Г ответит

Моя подруга ... **(11)** теннисом. Она очень ... **(12)** эту игру.

    А любит

    Б нравится

    В хочет

    Г увлекается

Мой отец журналист. Мне ... **(13)** нравится эта профессия, поэтому я ... **(14)** точно решил, что стану журналистом.

    А уже

    Б ещё

    В тоже

    Г или

    Д и

Если вы не ... **(15)** водить машину, но ... **(16)** научиться, приходите к нам в автошколу. Вы ... **(17)** научиться водить машину и будете хорошо знать правила дорожного движения. Через два месяца после экзамена вы ... **(18)** получить права.

Но вам не нужно заниматься 2 месяца, если вы ... **(19)** правила дорожного движения, уже ... **(20)** водить машину. Просто приходите, сдавайте экзамен и получайте права.

    А умеете

    Б хотите

    В знаете

    Г можете

    Д сможете

Часть 2 第二部分

Задания 21–28. 考题21-28
Выберите правильный вариант. 選擇正確答案。

В нашем институте есть интернациональный клуб. В нём занимается много студентов. Журналисты часто приезжают ... **(21)** в клуб и потом пишут ... **(22)** статьи для молодёжных журналов.

    А мы
    Б о нас
    В у нас
    Г с нами
    Д к нам

Многие люди с удовольствием читают приключения Гарри Поттера. Я прочитал 4 книги ... **(23)** герое и жду следующую. Я знаю, что автор ... **(24)** произведения уже написал пятую книгу и скоро её можно будет купить. Я хочу прочитать ... **(25)** роман сам и подарить другу.

    А этот
    Б с этим
    В об этом
    Г к этому
    Д этого

Мой друг пригласил меня поехать за город. Мы встретились с ним ... **(26)**. Мы ехали на машине ровно ... **(27)**. Дорога была приятной, мы разговаривали и ... **(28)** добрались до его загородного дома.

    А 3 часа
    Б в 3 часа
    В на 3 часа
    Г 3 часа назад
    Д через 3 часа

Задания 29–38. 考題29–38

Выберите правильный вариант. 選擇正確答案。

На Арбате знают и любят ... **(29)** — Максима и Ирину Демидовых. Они каждый день приходят ... **(30)** и играют ... **(31)**. Максим и Ирина получили ... **(32)** в консерватории, но отказались работать ... **(33)**, потому что больше всего им нравится быть ... **(34)**. Они сами выбирают, что играть. Их любимая музыка — это ... **(35)**. Максим говорит, что они всегда играют только ... **(36)**. Вокруг Ирины и Максима всегда много ... **(37)**. Они стоят, слушают и в знак благодарности дают ... **(38)** деньги.

29

   А уличные музыканты
   Б с уличными музыкантами
   В уличных музыкантов
   Г об уличных музыкантах

30

   А по этой улице
   Б на эту улицу
   В этой улицей
   Г этой улицы

31

   А на гитарах
   Б гитары
   В с гитарами
   Г гитар

32

   А в музыкальном образовании
   Б музыкальным образованием
   В музыкального образования
   Г музыкальное образование

33

   А из государственного оркестра
   Б государственным оркестром
   В в государственном оркестре
   Г государственного оркестра

34

   А свободных людей
   Б свободными людьми
   В свободным людям
   Г о свободных людях

35

   А классическую музыку
   Б классическая музыка
   В о классической музыке
   Г с классической музыкой

36

   А любимые произведения
   Б любимых произведений
   В любимыми произведениями
   Г в любимых произведениях

37

   А людьми
   Б о людях
   В людей
   Г с людьми

38

   А эти артисты
   Б у этих артистов
   В с этими артистами
   Г этим артистам

Задания 39–48. 考題39–48

Выберите правильный вариант. 選擇正確答案。

Чтобы у всех москвичей были ... **(39)**, недалеко от города строят новые жилые районы. Одним из таких районов является район Куркино. Строительство ... **(40)** ведётся в этом районе так, чтобы сохранить ... **(41)**. Воздух в районе Куркино намного чище, чем ... **(42)** Москвы, так как там нет никаких ... **(43)**. Если вам нравится район Куркино, вы можете купить квартиру в этом районе. А если у вас нет денег, вы можете принять участие ... **(44)** «Назови свою улицу», который организовало ... **(45)**. Каждый желающий может предложить собственное название ... **(46)** этого района. Победитель конкурса получит в этом районе однокомнатную квартиру ... **(47)**. В день города мэр Москвы торжественно даст ключи от квартиры ... **(48)** конкурса.

39

А современных квартир
Б современные квартиры
В в современных квартирах
Г современными квартирами

40

А новыми домами
Б в новых домах
В новые дома
Г новых домов

41

А о подмосковной природе
Б подмосковную природу
В подмосковной природы
Г с подмосковной природой

42

А другие районы
Б других районов
В в других районах
Г к другим районам

43

А промышленных предприятий
Б о промышленных предприятиях
В промышленным предприятиям
Г промышленные предприятия

44

А необычному конкурсу
Б необычного конкурса
В необычный конкурс
Г в необычном конкурсе

45

А московского правительства
Б московское правительство
В к московскому правительству
Г с московским правительством

46

А центральную улицу
Б центральная улица
В центральной улицы
Г на центральной улице

47

А с большим балконом
Б на большом балконе
В большого балкона
Г большой балкон

48

А счастливого победителя
Б к счастливому победителю
В счастливым победителем
Г счастливому победителю

Часть 3 第三部分

Задания 49–58. 考题49–58
Выберите правильный вариант. 選擇正確答案。

Родители часто ... **(49)** меня, кем я хочу быть. Я ещё не ... **(50)**, но я об этом много ... **(51)**. На свете так много интересных профессий, что трудно выбрать одну из них.

Многие очень известные люди не сразу ... **(52)** своё призвание. Например, русский писатель А. П. Чехов в 1879 году приехал из Таганрога в Москву, ... **(53)** в Московский университет на медицинский факультет, ... **(54)** его и ... **(55)** диплом врача. Недалеко от Москвы, в Мелихово, А. П. Чехов ... **(56)** себе дом. Там он жил и работал врачом. Он всегда ... **(57)** людям, ... **(58)** школы для детей. Но мы знаем, что главным делом его жизни была литература.

49

  А спросили
  Б спрашивают
  В спросят

50

  А решил
  Б решаю
  В решал

51

  А думать
  Б думаю
  В подумаю

52

  А находили
  Б найдут
  В нашли

53

  А поступал
  Б поступил
  В поступит

54

  А заканчивает
  Б закончит
  В закончил

55

  А получает
  Б получил
  В получит

56

  А купил
  Б купит
  В покупал

57

  А помогал
  Б помог
  В помогает

58

  А строит
  Б построит
  В строил

Задания 59–68. 考题59–68
Выберите правильный вариант. 選擇正確答案。

В прошлое воскресенье Жан весь день ... **(59)** по улицам Москвы и вдруг ... **(60)** небольшой деревянный дом. Жан ... **(61)** табличку: «Дом-музей В. М. Васнецова». Жан не знал, кто это. Он ... **(62)** входной билет и пошёл на экскурсию в музей. Девушка-экскурсовод целый час ... **(63)** о художнике В. М. Васнецове и его картинах. Экскурсия была очень интересной, Жан ... **(64)**, что Виктор Васнецов построил этот дом в 1878 году. Здесь, в этом доме, художник жил со своей семьёй, а в мастерской ... **(65)** свои картины.
Когда Жан пришёл домой, он ... **(66)**, что ему очень ... **(67)** экскурсия и прогулка по Москве, и ... **(68)** альбом с репродукциями картин Васнецова.

59

    А гулял
    Б погулял
    В будет гулять

60

    А видел
    Б увидел
    В увидит

61

    А читал
    Б прочитает
    В прочитал

62

    А покупал
    Б купил
    В купит

63

    А рассказывала
    Б рассказала
    В рассказывает

64

    А знает
    Б узнает
    В узнал

65

    А рисует
    Б рисовал
    В нарисует

66

    А сказал
    Б скажет
    В говорит

67

    А нравилась
    Б нравится
    В понравилась

68

    А покажет
    Б показывает
    В показал

Задания 69–84. 考題69–84

Выберите правильный вариант. 選擇正確答案。

Когда я служил в армии, я переписывался с одной девушкой. Эту девушку я никогда не видел и не знал раньше. Просто она писала мне хорошие, нежные письма. После армии я ... **(69)** в город, где жила моя девушка. У меня был её домашний адрес и фотография. На вокзале я купил цветы и ... **(70)** на остановку автобуса. На остановке я увидел молодого высокого парня с огромным букетом. Мы познакомились, и он рассказал мне, что тоже ... **(71)** в этот город к своей любимой девушке. Потом мы сели в один автобус и ... **(72)**. Мы ... **(73)** 4 остановки, а потом вместе ... **(74)** из автобуса и ... **(75)** по улице. Дальше всё было ещё интереснее. Двадцать минут мы вместе ... **(76)** и молчали. Наконец, мы ... **(77)** на одну и ту же улицу, ... **(78)** в один и тот же дом, ... **(79)** к одной и той же квартире и встали перед дверью. Мы смотрели друг на друга и ничего не понимали.

— Здесь живёт моя девушка, — сказал я.

— И моя тоже, — ответил он.

Мы достали фотографии и сравнили их. На фото было одно и то же лицо.

— Обманщица! — в один голос сказали мы. Потом мы бросили на пол свои букеты, позвонили в дверь и хотели ... **(80)** навсегда. Но вдруг дверь открылась, и из квартиры ... **(81)** красивая девушка — длинные светлые волосы, голубые глаза... это была МОЯ, МОЯ ДЕВУШКА... Но она даже не посмотрела на меня, она ... **(82)** к парню, который ... **(83)** вместе со мной, и обняла его. Мне было очень обидно.

— Всё... это конец... — подумал я, ... **(84)** на улицу и закурил. И вдруг я услышал своё имя. Я посмотрел вверх и увидел на балконе девушку. Она звала меня и улыбалась. Девушка была как две капли воды похожа на ту, которая обнимала парня на лестнице. Минуту я стоял и ничего не понимал. И вдруг понял — наши любимые девушки были сёстры-близнецы. Я был счастлив.

69

  А приехал
  Б доехал
  В ехал

70

  А шёл
  Б ушёл
  В пошёл

71

  А поехал
  Б уехал
  В приехал

72

  А приехали
  Б поехали
  В подъехали

73

  А проехали
  Б отъехали
  В приехали

74

  А вошли
  Б вышли
  В ушли

75

  А пошли
  Б пришли
  В перешли

76

  А прошли
  Б шли
  В пошли

77

    А вошли

    Б дошли

    В пришли

78

    А вошли

    Б вышли

    В ушли

79

    А подошли

    Б дошли

    В вошли

80

    А прийти

    Б уйти

    В зайти

81

    А пошла

    Б вышла

    В подошла

82

    А подошла

    Б дошла

    В отошла

83

    А перешёл

    Б ушёл

    В пришёл

84

    А зашёл

    Б вышел

    В вошёл

Часть 4 第四部分

Задания 85–89. 考題85–89

Выберите правильный вариант. 選擇正確答案。

В недалёком будущем МГУ им. Ломоносова получит от города прекрасный подарок — новую библиотеку, ... **(85)** давно ждут и преподаватели, и студенты.

Библиотека поможет студентам, ... **(86)** учатся в МГУ сейчас и будут учиться в будущем. В здании библиотеки будет 7 этажей: над землёй построят 4 этажа, ... **(87)** будут находиться читальные залы. А под землёй — ещё 3 этажа, где будут храниться книги.

Учебный корпус МГУ соединят с библиотекой подземным переходом, ... **(88)** студентам будет удобно переходить из одного здания в другое.

Строительство библиотеки, ... **(89)** началось в 2003 году, закончится в 2005 году к 250-летию Московского университета.

85

    А которая

    Б которой

    В которую

    Г о которой

86

    А которые

    Б которых

    В которым

    Г с которыми

87

    А в которых

    Б на которых

    В по которым

    Г с которыми

88

    А который

    Б из которого

    В на котором

    Г по которому

89

    А которое

    Б к которому

    В которого

    Г с которым

Задания 90–100. 考題90–100
Выберите правильный вариант. 選擇正確答案。

Уже несколько лет проводятся соревнования по компьютерным играм. В этом году они будут проходить в Южной Корее, ... **(90)** приедут молодые люди из разных стран. Московский школьник, чемпион России по компьютерным играм, Николай Аникеев сейчас много тренируется, ... **(91)** участвовать и победить в этих соревнованиях.

А где
Б куда
В если
Г чтобы
Д когда

Известно, ... **(92)** в Англии недалеко от дома известной американской певицы Мадонны находился аэропорт. Певице это не нравилось. Самолёты летали и шумели днём и ночью. ... **(93)** шум самолётов не беспокоил Мадонну, она купила этот аэропорт за 11 миллионов долларов. Сейчас самолёты не летают вокруг дома известной американской певицы, ... **(94)** там абсолютная тишина.

А потому что
Б поэтому
В чтобы
Г что
Д хотя

В 2002 году впервые русская девушка из Петербурга Оксана Фёдорова получила титул Мисс Вселенная. Весь мир был удивлён, когда узнал, ... **(95)** Оксана Фёдорова отказалась от титула Мисс Вселенная. Она приняла это серьёзное решение, ... **(96)** хотела закончить своё образование. Она хочет защитить диссертацию, ... **(97)** стать хорошим юристом и сделать карьеру в милиции.

А потому что
Б поэтому
В чтобы
Г что
Д если

Осенью 2003 года в Будапеште прошёл чемпионат мира по художественной гимнастике. Чемпионкой мира стала Алина Кабаева, ... **(98)** ей было очень трудно победить. Алина не выступала на международных соревнованиях целый год. После соревнований Алина сказала: «... **(99)** я выступала, я чувствовала поддержку своих друзей и родных, — ... **(100)** я выиграла».

А если
Б потому что
В поэтому
Г когда
Д хотя

Субтест 1 考卷1答案卡
Лексика. Грамматика 詞彙與語法

姓名＿＿＿＿＿＿＿＿＿　　國別＿＿＿＿＿＿＿＿＿　　日期＿＿＿＿＿＿＿＿＿

Имя. Фамилия　　　　　　　Страна　　　　　　　　Дата

1	А	Б	В	Г	Д	30	А	Б	В	Г	Д	59	А	Б	В	Г	Д	88	А	Б	В	Г	Д
2	А	Б	В	Г	Д	31	А	Б	В	Г	Д	60	А	Б	В	Г	Д	89	А	Б	В	Г	Д
3	А	Б	В	Г	Д	32	А	Б	В	Г	Д	61	А	Б	В	Г	Д	90	А	Б	В	Г	Д
4	А	Б	В	Г	Д	33	А	Б	В	Г	Д	62	А	Б	В	Г	Д	91	А	Б	В	Г	Д
5	А	Б	В	Г	Д	34	А	Б	В	Г	Д	63	А	Б	В	Г	Д	92	А	Б	В	Г	Д
6	А	Б	В	Г	Д	35	А	Б	В	Г	Д	64	А	Б	В	Г	Д	93	А	Б	В	Г	Д
7	А	Б	В	Г	Д	36	А	Б	В	Г	Д	65	А	Б	В	Г	Д	94	А	Б	В	Г	Д
8	А	Б	В	Г	Д	37	А	Б	В	Г	Д	66	А	Б	В	Г	Д	95	А	Б	В	Г	Д
9	А	Б	В	Г	Д	38	А	Б	В	Г	Д	67	А	Б	В	Г	Д	96	А	Б	В	Г	Д
10	А	Б	В	Г	Д	39	А	Б	В	Г	Д	68	А	Б	В	Г	Д	97	А	Б	В	Г	Д
11	А	Б	В	Г	Д	40	А	Б	В	Г	Д	69	А	Б	В	Г	Д	98	А	Б	В	Г	Д
12	А	Б	В	Г	Д	41	А	Б	В	Г	Д	70	А	Б	В	Г	Д	99	А	Б	В	Г	Д
13	А	Б	В	Г	Д	42	А	Б	В	Г	Д	71	А	Б	В	Г	Д	100	А	Б	В	Г	Д
14	А	Б	В	Г	Д	43	А	Б	В	Г	Д	72	А	Б	В	Г	Д						
15	А	Б	В	Г	Д	44	А	Б	В	Г	Д	73	А	Б	В	Г	Д						
16	А	Б	В	Г	Д	45	А	Б	В	Г	Д	74	А	Б	В	Г	Д						
17	А	Б	В	Г	Д	46	А	Б	В	Г	Д	75	А	Б	В	Г	Д						
18	А	Б	В	Г	Д	47	А	Б	В	Г	Д	76	А	Б	В	Г	Д						
19	А	Б	В	Г	Д	48	А	Б	В	Г	Д	77	А	Б	В	Г	Д						
20	А	Б	В	Г	Д	49	А	Б	В	Г	Д	78	А	Б	В	Г	Д						
21	А	Б	В	Г	Д	50	А	Б	В	Г	Д	79	А	Б	В	Г	Д						
22	А	Б	В	Г	Д	51	А	Б	В	Г	Д	80	А	Б	В	Г	Д						
23	А	Б	В	Г	Д	52	А	Б	В	Г	Д	81	А	Б	В	Г	Д						
24	А	Б	В	Г	Д	53	А	Б	В	Г	Д	82	А	Б	В	Г	Д						
25	А	Б	В	Г	Д	54	А	Б	В	Г	Д	83	А	Б	В	Г	Д						
26	А	Б	В	Г	Д	55	А	Б	В	Г	Д	84	А	Б	В	Г	Д						
27	А	Б	В	Г	Д	56	А	Б	В	Г	Д	85	А	Б	В	Г	Д						
28	А	Б	В	Г	Д	57	А	Б	В	Г	Д	86	А	Б	В	Г	Д						
29	А	Б	В	Г	Д	58	А	Б	В	Г	Д	87	А	Б	В	Г	Д						

Субтест 2 考卷2
Аудирование (материалы для тестируемых)
聽力（考生用）

Инструкция к выполнению субтеста 考試要求

· Время выполнения субтеста — 30 минут. 作答時間共計30分鐘。
· При выполнении субтеста пользоваться словарём нельзя. 答題時不能使用辭典。
· Субтест состоит из 5 частей и 30 заданий. 考卷共5部分30道題。
· После каждого прослушанного сообщения или диалога нужно выполнить задание:
выбрать правильный вариант ответа и отметить соответствующую букву в матрице.
聽完每段文章或對話後，需選擇正確答案並在答案卡上的相應位置畫圈。

Например 範例：

А (Б) В (Б — правильный ответ)

· Если вы ошиблись и хотите исправить свою ошибку, сделайте это так:
如果您選錯了，可以按照圖示修正：

(Ⓧ) (Б) В (А — ошибка, Б — правильный вариант)

· Все аудиотексты звучат два раза. 所有聽力文本都會播放兩遍。

Часть 1 第一部分

Задания 1–5. 考題1–5

Прослушайте сообщения и задания к ним. Выберите из трёх вариантов (А, Б, В) тот, который по смыслу соответствует услышанному сообщению.
聽文章和問題，從А、Б、В中選擇與文章相符的答案。

Вы прослушаете 5 сообщений и задания к ним. 您將聽到5篇文章與問題。

1 ▶ MP3-73
- **А** Учёные говорят, что компьютерные игры плохо влияют на здоровье человека.
- **Б** Компьютерные игры очень полезны, поэтому нужно заниматься ими как можно больше.
- **В** Учёные доказали, что играть на компьютере не всегда вредно, иногда это приносит пользу.

2 ▶ MP3-74
- **А** По радио сообщили, что завтра будет хорошая погода.
- **Б** Из прогноза погоды я узнал, что завтра будет сильный ветер и дожди.
- **В** Прогноз погоды на завтра очень хороший: будет солнечно и тепло.

3 ▶ MP3-75
- **А** Каждое воскресенье можно будет послушать новую радиопрограмму для молодёжи.
- **Б** Новая программа об искусстве выходит в эфир один раз в месяц.
- **В** Радиопрограмма «Молодёжь и современное искусство» заканчивает свою работу в воскресенье.

4 ▶ MP3-76

А Недавно я прочитал в журнале статью о новом научном открытии.

Б Информация о новых научных открытиях редко встречается на сайтах в Интернете.

В В Интернете я часто нахожу интересную информацию о новых научных открытиях.

5 ▶ MP3-77

А Когда мой брат учился в школе, он сочинял прекрасные стихи и поэтому решил учиться в Литературном институте.

Б Мой брат никогда не любил стихи и литературу.

В Когда мой брат учился в Литературном институте, он начал писать стихи.

Часть 2 第二部分

Задания 6–10. 考題6-10

 Прослушайте диалоги и выполните задания к ним. Вам нужно понять тему диалогов. 聽對話，並根據內容選擇對話主題。

6. Они говорили... ▶ MP3-78

А о Никите Михалкове
Б о Московском кинофестивале
В о фильмах

7. Они говорили... ▶ MP3-79

А о каникулах
Б о Белом море
В о погоде

8. Они говорили... ▶ MP3-80

А о чемпионате по теннису
Б о российских спортсменах
В о спортивных соревнованиях

9. Они говорили... ▶ MP3-81

А о семье
Б о Рождестве
В о подарках

10. Они говорили... ▶ MP3-82

А о компьютерных играх
Б о разных проблемах
В о здоровье

Часть 3 第三部分

Задания 11–15. 考题11–15

 Прослушайте диалоги и ответьте на вопрос к каждому из них.
聽對話，回答每一段對話的問題。

11. Слушайте диалог. Скажите, когда отходит поезд? ▶ MP3-83

Поезд отходит...

      А   в 5 часов
      Б   в 6 часов
      В   через 20 минут

12. Слушайте диалог. Скажите, где встретятся друзья? ▶ MP3-84

Друзья встретятся...

      А   в кафе
      Б   около библиотеки
      В   около метро

13. Слушайте диалог. Скажите, куда решили пойти друзья в воскресенье? ▶ MP3-85

В воскресенье друзья решили пойти...

      А   в кинотеатр
      Б   в парк
      В   в гости

14. Слушайте диалог. Скажите, зачем Ольга позвонила своему другу? ▶ MP3-86

Ольга позвонила Игорю, чтобы...

      А   он встретил её в аэропорту
      Б   рассказать ему о своём отдыхе
      В   узнать о его работе

15. Слушайте диалог. Скажите, сколько человек будет заниматься на курсах русского языка в этом году? ▶ MP3-87

В этом году на курсах русского языка будут заниматься...

      А   5 человек
      Б   35 человек
      В   15 человек

Часть 4 第四部分

Задания 16–23. 考题16–23 ▶ MP3-88

 Слушайте диалог и записывайте в матрицу информацию о том, чем будет заниматься Таня на этой неделе.

聽對話，把有關塔妮婭這週將做的事情寫在答案卡上。

Часть 5 第五部分

Задания 24–30. 考题24–30 ▶ MP3-89

 Прослушайте сообщение. Запишите кратко основную информацию в матрицу.

聽文章，把文章主要內容寫在答案卡上。

Субтест 2 考卷2答案卡
Аудирование 聽力

姓名＿＿＿＿＿＿＿＿＿   國別＿＿＿＿＿＿＿＿＿   日期＿＿＿＿＿＿＿＿＿

Имя. Фамилия   Страна   Дата

Часть 1	1	А	Б	В	Г	Д
	2	А	Б	В	Г	Д
	3	А	Б	В	Г	Д
	4	А	Б	В	Г	Д
	5	А	Б	В	Г	Д
Часть 2	6	А	Б	В	Г	Д
	7	А	Б	В	Г	Д
	8	А	Б	В	Г	Д
	9	А	Б	В	Г	Д
	10	А	Б	В	Г	Д

Часть 3	11	А	Б	В	Г	Д
	12	А	Б	В	Г	Д
	13	А	Б	В	Г	Д
	14	А	Б	В	Г	Д
	15	А	Б	В	Г	Д

Часть 4	0	Антон позвонил (кому?)	*Тане*
	16	В понедельник Таня приехала (откуда?)	
	17	Антон позвонил Тане (когда?)	
	18	Антон хотел пригласить Таню (куда?)	
	19	Таня ходит в бассейн (когда?)	
	20	В четверг к Тане приедет (кто?)	
	21	Подруги пойдут на выставку (какую?)	
	22	Друзья решили пойти в кино (когда?)	
	23	Антон предложил пригласить в кино (кого?)	

Часть 5	0	Текст называется (как?)	*Первый полёт человека*
	24	Братья Монгольфье первыми в мире сделали (что?)	
	25	Впервые они поднялись на шаре в воздух (когда?)	
	26	Это произошло (где?)	
	27	Внутри шара был... (что?)	
	28	Удивительный полёт продолжался (сколько времени?)	
	29	Первый шар поднялся на высоту (сколько км?)	
	30	Этот первый шар пролетел (сколько метров?)	

Субтест 3 考卷3

Чтение 閱讀

Инструкция к выполнению субтеста 考試要求

· Время выполнения субтеста — 50 минут. 作答時間共計50分鐘。
· При выполнении субтеста можно пользоваться словарём. 答題時可以使用辭典。
· Субтест состоит из 4 частей и 40 заданий. 考卷共4部分40道題。
· При выполнении заданий нужно выбрать правильный вариант ответа и отметить соответствующую букву в матрице. 選擇正確答案並在答案卡上的相應位置畫圈。

Например 範例 :

А　　Б　　В　　(Б — правильный ответ)

· Если вы ошиблись и хотите исправить свою ошибку, сделайте это так:
如果您選錯了，可以按照圖示修正：

Ⓧ　　Б　　В　　(А — ошибка, Б — правильный вариант)

Часть 1 第一部分

Задания 1–5. 考題1-5
Прочитайте сообщения и выберите предложение (А, Б или В), которое является логическим продолжением прочитанного.
讀下列句子，從А、Б、В中選出一個句子，使其與所讀句子在邏輯上相符合。

1. **В июне Московский государственный университет имени М. В. Ломоносова посетила немецкая делегация Берлинского университета.**

   А В Московском государственном университете часто бывают делегации из разных стран.

   Б Ректор Московского университета рассказал о том, как университет будет отмечать свой юбилей — 250 лет со дня основания.

   В Эта делегация посетила факультеты МГУ, Ботанический сад и встретилась со студентами Российско-германского института.

2. **Когда юноши и девушки выбирают университет или институт, в котором они хотят учиться, то чаще всего они думают, что в Московский государственный университет поступить будет очень трудно.**

   А Ведь опыт показывает, что знаний только школьной программы не достаточно для поступления в МГУ.

   Б Когда молодые люди оканчивают школу, они должны сдать экзамены только на «отлично».

   В Все молодые люди стремятся поступить только в Московский государственный университет.

3. Американские фильмы «Терминатор-I» и «Терминатор-II» много лет пользуются вниманием зрителей.

А Очередного, третьего, фильма этой эпопеи зрителям пришлось ждать 12 лет.

Б Зрители многих стран уже видели эти фильмы.

В Возможно, фильм «Терминатор» заинтересует зрителей.

4. В этом году отмечали 300 лет со дня рождения Петербурга, и вышло много книг об этом замечательном городе.

А В городе был большой праздник, на который приехали люди из разных городов и стран.

Б Среди этих книг есть исторические исследования, справочники, энциклопедии, альбомы — всё это позволяет лучше представить себе северную столицу.

В В альбоме «Дворцы Петербурга» есть огромное количество фотографий (более 400) и подробная информация о 20 дворцах Петербурга.

5. Звёзды на башнях Кремля никогда не выключали, но в 1996 году во время ночных съёмок фильма Никиты Михалкова «Сибирский цирюльник» звёзды выключили.

А Фильм Никиты Михалкова снимали и в Москве на Красной площади, и в Кремле, и в Сибири.

Б Это было сделано по просьбе Н. Михалкова, который сказал, что это необходимо для исторической достоверности картины.

В Каждая кремлёвская звезда весит почти тонну, а внутри неё находятся электрические лампы, которые постоянно светят.

Часть 2 第二部分

Задания 6–10. 考题6–10

Прочитайте фрагменты статей из газет и журналов, чтобы определить их тематику или основную идею. 閱讀文章，確認文章主題或主要思想。

6. Из 2500 видов животных и растений, которые живут в озере Байкал, больше половины встречаются только в этом озере. В Байкале насчитывается 50 видов рыб. Вода в озере самая чистая и прозрачная в мире, поэтому можно увидеть, как плавают рыбы на глубине 40 метров.

В этой статье рассказывается:

А о животном мире Байкала

Б о чистой воде Байкала

В о Байкале как уникальном озере

7. 30 апреля в Голландии большой праздник — день рождения королевы. Это настоящий народный праздник, который любят все голландцы. В 9 часов утра в центре Амстердама прекращается движение транспорта, по всему городу проходят концерты и балы. Праздник продолжается целые сутки.

В этой статье рассказывается:

А о народном празднике

Б о транспорте в Амстердаме

В о дне рождения Амстердама

8. Во всём мире люди собирают коллекции: машины, марки, значки, кукол... Самое приятное увлечение — коллекционирование матрёшек. Один раз в год в старинном русском городе Угличе проходит выставка коллекций матрёшек и проводится конкурс на лучшую игрушку. В Углич приезжают коллекционеры и собиратели разных матрёшек.

В этой статье рассказывается:

А о лучшей в мире машине

Б о выставке в Угличе

В о коллекции марок и значков

9. Сегодня робот может играть в шахматы с чемпионом мира, управлять самолётом, убирать квартиры и т. д. ... Роботы даже играют в футбол. В 1997 году в Японии прошёл первый международный футбольный турнир среди роботов. А в 2002 году встретились уже 193 команды роботов из 30 стран. Учёные уверены, что в будущем роботы обязательно выиграют у «живых» футболистов.

Учёные уверены, что в будущем:

А роботы будут играть в футбол только с роботами

Б роботы смогут победить настоящую футбольную команду людей

В роботы никогда не смогут играть в футбол

10. Химики и биологи хорошо знают, что многие вещества обладают свойством менять свой цвет. Но в природе почти не существует камней, которые могут менять цвет. Недавно учёные нашли удивительный камень «гекманит», который меняет цвет на солнце. Обычный серый камень на солнце становится розовым или красным.

Учёные-химики открыли, что:

А камни не могут менять цвет на солнце

Б в природе все вещества меняют свой цвет на солнце

В существует камень, который может менять свой цвет на солнце

Задания 11–25. 考题11–25
Прочитайте информацию о новых книгах, чтобы выбрать книгу, которую вы хотите прочитать, а затем выполните задания.

閱讀新書介紹，選出您想讀的書，然後選擇11-25題的正確答案。

Лариса Тычинина. «ВЕЛИКАЯ РОССИЯНКА»

Эта книга о княгине Екатерине Дашковой, выдающейся женщине своего времени. А. С. Пушкин назвал её героиней мировой истории.

Екатерина Дашкова (1744–1810) была умной, образованной, красивой, талантливой женщиной. Она дружила с самыми интересными людьми своего времени: с учёными, философами, поэтами и даже с русской императрицей Екатериной II.

В 1762 году Е. Дашкова и её друзья помогли Екатерине II захватить власть и стать русской императрицей.

Более 10 лет Дашкова жила за границей, там она встречалась с французскими мыслителями Вольтером и Д. Дидро, с шотландским экономистом и философом А. Смитом.

Самые интересные люди того времени говорили и писали о её уме, красоте и талантах.

Е. Дашкова сыграла большую роль в развитии русской культуры и образования. Она была президентом Российской академии наук, участвовала в создании первого отечественного «Толкового словаря русского языка».

Е. Дашкова написала книгу «Записки» (1859 г.), в которой она рассказывает о своей жизни и о жизни своего времени — эпохе Екатерины II.

Виктория Швейцер. «ЖИЗНЬ и БЫТ МАРИНЫ ЦВЕТАЕВОЙ»

Книга рассказывает о жизни и творчестве известного русского поэта Марины Цветаевой (1892–1941). В этой книге автор пишет о нелёгкой жизни женщины-поэта в России.

Марина Цветаева родилась и выросла в Москве в семье очень известного человека. Её отец, профессор истории искусств Иван Владимирович Цветаев, был создателем

известного музея в Москве, который сейчас называется Музей изобразительных искусств имени А. С. Пушкина. Марина начала писать стихи в 6 лет, а первая книга её стихов вышла, когда Марине было 18 лет.

Марина Цветаева знала славу, успех, известность. Но в жизни Марины Цветаевой, как и в её стихах, были и радости и несчастья, была большая романтическая любовь и долгие годы одиночества; была любовь к Родине — России и годы эмиграции. Около 17 лет М. И. Цветаева жила за границей, сначала в Берлине, потом в Праге. Она скучала по родине. Из Праги она писала длинные письма своим друзьям. Близкому другу поэту Борису Пастернаку она написала более 100 писем. В 1939 году М. И. Цветаева вернулась в Россию.

Цветаева рано ушла из жизни, но она оставила нам свои стихи о любви, о природе, о поэзии, о жизни.

Борис Васильев. «ОЛЬГА, КОРОЛЕВА РУСОВ»

Борис Васильев был участником Второй мировой войны, Борис Васильев всегда писал о войне. Но в последние годы писатель увлёкся историей. Книга «Ольга, королева русов» — это его вторая историческая книга, она рассказывает о времени создания русского государства. Героиня книги княгиня Ольга (969 г.) — жена киевского князя Игоря (X век).

Ольга очень любила своего мужа и всегда помогала ему во всех его делах. Когда враги жестоко убили князя Игоря (944 г.), а сын князя Игоря и Ольги был ещё очень маленьким, Ольга взяла власть в свои руки и стала управлять страной.

Она крепко держала в своих руках всю Русь. Это была сильная и мужественная женщина, которая сыграла большую роль в становлении и развитии русского государства.

Княгиня Ольга была первой женщиной на Руси, которая приняла христианство, для этого она ездила в Константинополь (957 г.). Она понимала, что христианство поможет объединить всех восточных славян и создать единое сильное государство.

Княгиня Ольга была не только государственным деятелем, но и хорошей матерью. Она воспитала своего сына князя Святослава сильным, смелым и мужественным воином. Но о нём, может быть, Борис Васильев напишет в своей третьей исторической книге.

11. Эта выдающаяся женщина была президентом Российской академии наук.

12. Эта героиня написала свою первую книгу в 18 лет.

13. Героиня этой книги очень много сделала для развития культуры и образования в России.

14. Героиня этой книги управляла страной.

15. Отец этой героини был создателем Музея изобразительных искусств имени А. С. Пушкина.

16. Эта выдающаяся женщина сыграла большую роль в создании русского государства.

17. Долгие годы жизни героиня провела в эмиграции вдали от России.

18. Героиня этой книги встречалась с французскими мыслителями Вольтером и Д. Дидро.

19. Более 100 писем героиня послала своему другу.

20. Сын этой героини был сильным и мужественным воином.

21. Героиня этой книги была подругой русской императрицы Екатерины II.

22. Героиня этой книги была первой женщиной на Руси, которая приняла христианство.

23. Стихи о любви, о поэзии, о жизни писала героиня этой книги.

24. Эта героиня дружила с известным русским поэтом Борисом Пастернаком.

25. Героиня этой книги написала воспоминания о себе и о своём времени.

    А «Великая россиянка»
    Б «Жизнь и быт М. Цветаевой»
    В «Ольга, королева русов»

Часть 4 第四部分

Задания 26–30. 考题26–30

Прочитайте рекламу. Вам нужно понять, что предлагает вам это рекламное объявление. 閱讀廣告。您需要理解這篇廣告向您推薦什麼。

Уважаемые читатели!

Мы предлагаем вам оформить годовую подписку на газету «Аргументы и факты» («АиФ»). Еженедельная газета «АиФ» принесёт в ваш дом последние новости в области экономики, политики, науки, культуры, спорта. Вся информация на любую тему в одной газете — «Аргументы и факты»!

Внимание! Годовая подписка на газету стоит 300 рублей. Это дешевле, чем покупать газету каждую неделю в течение года. Подписка продолжается с 1 января по 30 октября. Вы можете подписаться на газету «АиФ» в любом почтовом отделении.

В прошлом году наши читатели получили в подарок замечательную книгу «Кулинарные рецепты русской национальной кухни», а в этом году читатели, которые подписались на газету «Аргументы и факты», в октябре получат в подарок новую книгу «Энциклопедия жизни». Газета «АиФ» выпустила несколько энциклопедий: «Энциклопедию животных и растений», «Энциклопедию народной медицины», «Энциклопедию красоты». Но «Энциклопедия жизни» уникальна. В этой энциклопедии вы можете найти полезные советы, например, как найти работу и куда пойти учиться, как купить квартиру или машину, где и как правильно отдохнуть, а также другие практические советы. «Энциклопедия жизни» будет максимально полезной для вас.

26. Реклама предлагает читателям газеты «АиФ» оформить подписку...

    А на месяц

    Б на полгода

    В на год

27. Газета «Аргументы и факты» выходит...

    А каждый день

    Б один раз в неделю

    В один раз в месяц

28. Подписка на газету «Аргументы и факты» закончится...

    А в январе

    Б в октябре

    В в сентябре

29. Читатели, которые оформили подписку в этом году, получат в подарок...

    А «Энциклопедию жизни»

    Б «Энциклопедию народной медицины»

    В «Кулинарные рецепты»

30. В книге «Энциклопедия жизни» можно...

    А прочитать новости экономики, политики, науки, культуры

    Б получить информацию о жизни животных и растений

    В найти полезные практические советы

Задания 31–40. 考题31-40

Прочитайте текст. Вам нужно понять основную информацию текста и значимые детали. 閱讀文章。您需要理解文章主要內容和重要細節。

Юрий Сенкевич

Имя Юрия Сенкевича знают в каждой российской семье. В течение 30 лет этот человек вёл самую популярную телепередачу «Клуб кинопутешествий». Вся его жизнь была связана с путешествиями по миру.

Юрий Сенкевич родился 4 марта 1937 года в семье военного врача. Его родители в то время жили и работали в Монголии. А учиться в школе Юрий Сенкевич начал уже на родине в России в Петербурге. После школы в 1954 году Юрий поступил в Военно-медицинскую академию, чтобы стать врачом, как его отец.

Но молодой человек мечтал не только работать врачом, но и заниматься наукой, поэтому в 1962 году он переехал в Москву и начал работать в Институте авиационной и космической медицины. Его интересовала проблема — как человек чувствует себя в космосе, сколько времени человек может находиться на космическом корабле. Научная работа шла успешно. Он много занимался с космонавтами, его приняли в отряд космонавтов, и он стал готовиться к полёту в космос.

В это же время Юрию Сенкевичу предложили поехать в Антарктиду и работать там целый год. Хотя Сенкевич очень хотел полететь в космос, он решил поехать в Антарктиду, чтобы провести там медицинские эксперименты, потому что условия на Южном полюсе очень похожи на условия космического полёта. Это была сложная и опасная экспедиция, так как температура в районе, где находится российская антарктическая станция, –85 °C.

После возвращения Сенкевича из Антарктиды в 1969 году известный норвежский учёный Тур Хейердал пригласил его принять участие в международной научной экспедиции на лодке «Ра». Юрий с радостью согласился. Эта идея ему очень понравилась, потому что Сенкевич всегда мечтал о путешествиях и приключениях. С детства он увлекался географией и историей, много читал о других странах и народах, об их жизни и культуре.

Потом была следующая экспедиция вместе с Туром Хейердалом на лодке «Ра-2» через Атлантический океан.

Когда Юрий Сенкевич вернулся на родину, он написал книгу, которая называется «Путешествие длиною в жизнь». Его пригласили выступить на телевидении, чтобы рассказать о своих поездках и впечатлениях. Простые и интересные рассказы Сенкевича так понравились зрителям, что он стал частым гостем в программе «Клуб кинопутешествий», а с 1973 года — ведущим этой программы.

Имя Юрия Сенкевича занесено в книгу рекордов Гиннесса, как телеведущего, который работал в одной программе 30 лет.

В 1997 году он стал академиком Российской телевизионной Академии.

Хотя Юрий Сенкевич много работал на телевидении, он продолжал путешествовать. Он побывал в 125 странах, три раза был на Северном полюсе и два раза на Южном, его выбрали президентом Ассоциации путешественников России.

Научная работа Сенкевича тоже продолжалась. Во время своих экспедиций он написал 60 научных работ о выживании человека в экстремальных (необычных) условиях.

31. Юрий Сенкевич родился...

А в России

Б в Монголии

В в Антарктиде

32. Юрий Сенкевич стал студентом...

    А военно-медицинской академии
    Б телевизионной академии
    В авиационного института

33. Отец Юрия Сенкевича был...

    А учёным
    Б врачом
    В телеведущим

34. Юрий Сенкевич начал работать в институте авиационной и космической медицины, чтобы...

    А стать космонавтом
    Б поехать в Антарктиду
    В заниматься научной работой

35. Когда Сенкевичу предложили выбрать место научной работы, он решил...

    А полететь в космос
    Б поехать на Южный полюс
    В побывать на Северном полюсе

36. Условия работы в Антарктиде были очень тяжёлыми, потому что температура там была...

    А −85 °C
    Б −60 °C
    В −30 °C

37. Юрий Сенкевич написал книгу о своих поездках, которая называется...

    А «Клуб кинопутешествий»
    Б «Путешествие длиною в жизнь»
    В «Путешествия с Туром Хейердалом»

38. Юрий Сенкевич написал много научных работ, в которых рассказывал...

    А о жизни человека на космическом корабле
    Б о жизни человека на лодке в океане
    В о выживании человека в необычных условиях

39. Юрий Сенкевич стал ведущим телепрограммы о путешествиях...

    А в 1973 году
    Б в 1997 году
    В в 1962 году

40. Имя Юрия Сенкевича есть в книге рекордов Гиннесса, потому что...

    А он побывал в 125 странах
    Б он написал 60 научных работ
    В он работал в одной телепрограмме 30 лет

Субтест 3 考卷3答案卡
Чтение 閱讀

姓名＿＿＿＿＿＿＿＿＿　　　國別＿＿＿＿＿＿＿＿＿　　　日期＿＿＿＿＿＿＿＿＿

Имя. Фамилия　　　　　　　　　Страна　　　　　　　　　Дата

1	А	Б	В		21	А	Б	В
2	А	Б	В		22	А	Б	В
3	А	Б	В		23	А	Б	В
4	А	Б	В		24	А	Б	В
5	А	Б	В		25	А	Б	В
6	А	Б	В		26	А	Б	В
7	А	Б	В		27	А	Б	В
8	А	Б	В		28	А	Б	В
9	А	Б	В		29	А	Б	В
10	А	Б	В		30	А	Б	В
11	А	Б	В		31	А	Б	В
12	А	Б	В		32	А	Б	В
13	А	Б	В		33	А	Б	В
14	А	Б	В		34	А	Б	В
15	А	Б	В		35	А	Б	В
16	А	Б	В		36	А	Б	В
17	А	Б	В		37	А	Б	В
18	А	Б	В		38	А	Б	В
19	А	Б	В		39	А	Б	В
20	А	Б	В		40	А	Б	В

Субтест 4 考卷4

Письмо 寫作

Инструкция к выполнению субтеста 考試要求

· **Время выполнения субтеста — 40 минут.** 作答時間共計40分鐘。

· **Письмо должно содержать не менее 20 предложений.** 不得少於20個句子。

· Закончились летние каникулы. Напишите своему другу (подруге) в Россию, как вы провели каникулы: где вы собирались отдыхать, изменились ли ваши планы, где вы отдыхали, с кем, как, почему, ваши занятия в это время.

· Спросите вашего друга (подругу), как он (она) провёл(а) каникулы (не менее 5 вопросов).

Субтест 5 考卷5
Говорение 口說

Инструкция к выполнению субтеста 考試要求

· Время выполнения субтеста — 10 минут. 作答時間共計10分鐘。
· Субтест включает 4 задания (12 позиций). 考卷共4道題，12小題。
· Субтест представлен в двух вариантах. 考卷有兩組題組。

Вариант 1 題組1

Задание 1 (позиции 1-5). Примите участие в диалоге. Ответьте на реплику собеседника. 考題1（第1-5小題）。參與對話，回答問題。

Инструкция к выполнению задания 1 考題1考試要求

· Задание выполняется без предварительной подготовки. Помните, что Вы должны дать полный ответ (ответы «да», «нет» или «не знаю» не являются полными).
在沒有預先準備的情況下，完整回答下列問題，不能回答「是」、「不是」或「不知道」。

1. — Какие книги русских писателей вы читали?
  — ...

2. — Кем вы хотите стать? Какая профессия вам нравится?
  — ...

3. — Как вы любите отдыхать?
  — ...

4. — Какое время года вы любите? Почему?
  — ...

5. — Как вы отмечаете (празднуете) свой день рождения?
  — ...

Задание 2 (позиции 6-10). Познакомьтесь с ситуацией. Начните диалог.
考題2（6–10小題）。了解情境並開始對話。

Инструкция к выполнению задания 2 考題2考試要求

· Задание выполняется без предварительной подготовки. Вам нужно принять участие в 5 диалогах. 在沒有預先準備的情況下，請您參與下列5段對話。

6. Вы опаздываете на встречу. Позвоните и объясните, почему.

7. Позвоните другу в другой город, сообщите ему о своём приезде и попросите заказать гостиницу.

8. У вашей хорошей подруги сегодня день рождения. Поздравьте её.

9. Сегодня прекрасная погода. Пригласите своего друга (подругу) в парк.

10. Вы сидите в кафе. Вы просили принести сок, а вам принесли кофе. Что вы скажете официанту?

Задание 3 (позиции 11–12). 考題3（第11–12小題）

11.
Прочитайте текст и кратко расскажите его. 閱讀課文，簡述課文內容。

Молодой врач Булгаков окончил медицинский институт, получил диплом врача и поехал на работу в далёкую деревню, которая находилась очень далеко от города. Врач Булгаков ехал на лошадях ровно сутки. Это было осенью. Дорога была плохая, погода ужасная. Шёл холодный дождь. Пальто его было мокрым от дождя. Ноги сильно болели от холода. На душе было грустно и одиноко. «Почему я выбрал эту профессию? — думал молодой человек. — Врач должен работать не только в городе, но и в самой далёкой деревне. Он должен работать и ночью, и днём, и в холодные дни, и когда дождь или снег». Так думал доктор о своей профессии и жалел, что уехал из города. Он любил город, театры, музеи, кафе...

Доктору Булгакову было 26 лет, но выглядел он очень молодо, и это ему не нравилось. Он думал, что доктор должен выглядеть как взрослый, солидный, уверенный в себе человек. Поэтому он хотел купить себе очки, чтобы выглядеть старше, хотя видел он хорошо, и очки ему были не нужны.

Наконец длинная и трудная дорога кончилась, и доктор подъехал к белому двухэтажному зданию больницы, в которой он теперь должен был работать. Его там уже ждали, так как в больнице совсем не было врача. Когда он знакомился со всеми, кто работал в больнице, одна медсестра сказала ему: «Доктор! Вы так молодо выглядите. Вы похожи на студента». Молодой человек не знал, что ответить, но его настроение ещё больше испортилось.

Молодой врач обошёл всю больницу и увидел, что там было много медицинских инструментов и много разных лекарств. Ему стало страшно, потому что он знал не все инструменты и лекарства, которые были в больнице. Некоторые из них он никогда раньше не видел и даже не знал, как они называются. В кабинете врача было много медицинских книг на русском и немецком языках. Больница произвела на нового доктора сильное впечатление. Он начал волноваться.

Ночью он не смог спать и ходил по комнате. Он думал о том, что он не сможет работать врачом в этой больнице, что он слишком молодой и у него нет опыта, а здесь нужен опытный врач. Хотя у него был диплом врача, и он отлично учился в институте, он боялся, что завтра к нему в кабинет придёт больной, а он не будет знать, что в этом случае надо делать. «Какой я легкомысленный человек! — думал он. — Зачем я сюда приехал?» Доктор так испугался, что лицо его стало бледным, и он готов был заплакать. Он взял в руки учебник по медицине и решил, что не будет расставаться с ним во время работы. Учебник всегда будет рядом, даже во время операции.

Когда утром в его комнату вошёл человек без шапки, без пальто, с безумными глазами, доктор сразу понял, что случилось что-то страшное. Человек упал на колени и сказал: «Спасите... Спасите, доктор! Она у меня единственная... единственная дочь». Человек говорил быстро и много, он обещал дать доктору деньги, только чтобы его дочь не умерла, только чтобы доктор спас его дочь. Но доктор ничего не слышал, ничего не понимал, ему опять стало страшно. Вошла бледная медсестра. Она рассказала, что девушка попала под машину, что она умирает, и что спасти её нельзя.

Девушка лежала в операционной. Она

была необыкновенно красива. Доктор посмотрел на неё и подумал: «Почему она такая красивая?» На её белом лице умирала необыкновенная красота. Она лежала как мёртвая, но она не умерла. В операционной все молчали. Было очень тихо. И вдруг неожиданно для себя доктор закричал: «Готовьтесь к операции». В его голове стало светло и ясно. Он был уверен в том, что делает всё правильно.

«Зачем, доктор? Она умрёт, вы её не спасёте...» — тихо говорила ему старая медсестра. Но доктор уже начал операцию. Он делал всё уверенно и точно. Он уже ничего не боялся, он только просил девушку: «Не умирай! Пожалуйста, не

умирай!» Когда он закончил операцию, все смотрели на него с удивлением и уважением. Девушка жила!

«Вы, доктор, наверное, много раз делали такие операции?» — неожиданно спросила его медсестра. «Я делал такую операцию два раза», — спокойно ответил он, хотя это была неправда.

Через два с половиной месяца в кабинет доктора вошла необыкновенной красоты девушка со своим отцом. Она поцеловала доктора и положила ему на стол подарок, который она сделала своими руками. Это было белое, как снег, полотенце с вышитым красным петухом. И этот дорогой подарок доктор берёг много-много лет.

12.
Что вы думаете о героях и событиях этого рассказа? 您如何看待上文中的人和事？

Задание 4. 考题4

Инструкция к выполнению задания 4 考題4考試要求

· Вы должны подготовить сообщение на предложенную тему (12–15 предложений).
您需要依據主題準備短文敘述（12–15個句子）。

· Время выполнения задания — 15 минут (10 минут — подготовка, 5 минут — ответ).
作答時間共計15分鐘（準備時間10分鐘，回答5分鐘）。

· При подготовке задания можно пользоваться словарём.
準備時可使用辭典。

Вариант 2 題組2

Задание 1 (позиции 1-5). Примите участие в диалоге. Ответьте на реплику собеседника. 考題1（第1-5小題）。參考下列對話，並回答問題。

1. — Зачем, с какой целью вы изучаете русский язык?

— ...

2. — Вы спортивный человек? Какую роль спорт играет в вашей жизни?

— ...

3. — Вы любите писать письма? С кем вы переписываетесь?

— ...

4. — Где вы хотите жить — в городе или в деревне? Почему?

— ...

5. — Какие у вас планы на субботу и воскресенье?

— ...

Задание 2 (позиции6–10). Познакомьтесь с ситуацией. Начните диалог.
考題2（第6–10小題）。根據情境編寫對話。

6. Вы хотите поиграть с другом в боулинг. Позвоните ему и договоритесь о встрече.

7. Ваш друг приглашает вас пойти на дискотеку, но вы не хотите идти. Объясните, почему.

8. Вы пришли на занятия после каникул. Скажите, где и как вы отдыхали. Узнайте у друга, как он провёл время.

9. Вы хотите получить работу в фирме. Расскажите, что вы умеете. Получите интересующую вас информацию.

10. В субботу вы с друзьями собираетесь поехать за город. Вы узнали, что в этот день будет плохая погода. Сообщите друзьям об этом и предложите свой вариант отдыха.

Задание 3 (позиции 11–12). 考题3（第11–12小题）

11. Прочитайте текст и кратко расскажите его. 閱讀課文，簡述課文內容。

Портрет

Был тёплый летний день. Наташа сидела в своём любимом маленьком летнем кафе на Кропоткинской, пила кофе и как обычно рисовала всё, что видела вокруг: витрину газетного киоска, деревья, машины, людей. В толпе она заметила интересное лицо. Это был молодой мужчина с огромным букетом цветов, ему было лет 30. Он стоял у выхода из метро и всё время смотрел на часы. Было понятно, что он пришёл на свидание и ждёт женщину. Наташа стала рисовать его портрет. На портрете мужчина был симпатичным и загадочным. Прошло минут 40. Наташа закончила рисовать, выпила кофе и хотела уйти, но в это время мужчина подошёл к её столику и положил перед ней букет. «Возьмите», — сказал он, быстро сел в машину и уехал. Наташа с удивлением посмотрела на цветы, но не стала их брать, хотя они были очень красивыми.

Два года назад Наташа окончила художественное училище и работала художником в молодёжном журнале. Всё своё свободное время она рисовала, так как готовилась к выставке молодых художников, в которой хотела принять участие. Вот и в этот вечер девушка хотела посмотреть свои работы и выбрать лучшие из них для выставки. Но поработать Наташе не удалось, потому что к ней в гости неожиданно пришли школьные подруги. Когда они смотрели Наташины работы, они сразу обратили внимание на портрет молодого мужчины с букетом цветов.

— Какой симпатичный! Кто это?

— Это мой знакомый, — сказала Наташа неправду.

— Наконец-то у тебя появился друг! А вы давно познакомились?

— Полгода назад. Он очень внимательный, всегда дарит мне цветы и целует руку при встрече, — сказала Наташа, чтобы закончить этот неприятный для неё разговор.

Все подруги уже давно вышли замуж и часто ругали Наташу за то, что она много работает и ни с кем не встречается. Они хотели познакомить Наташу со своими друзьями, но она всегда отказывалась.

Через две недели Наташа снова встретилась со своими подругами в летнем кафе на Кропоткинской. Они сидели, разговаривали, пили кофе. Вдруг одна из девушек сказала: «Наташа, посмотри, твой друг тебя уже ждёт! Почему ты нам не сказала, что у тебя сегодня свидание?» Наташа оглянулась и увидела его. Он стоял на том же месте у выхода из метро, держал в руках цветы и снова всё время смотрел на часы. «Иди, иди, он тебя ждёт...» — сказали подруги. Наташа не знала, что делать в этой ситуации. Она медленно встала и пошла к нему. Он с удивлением посмотрел на девушку, которая к нему подошла.

— У вас какие-то проблемы? — спросил он.

— Нет, — ответила Наташа, — у меня маленькая просьба: поцелуйте меня, пожалуйста.

— Это очень нужно? — улыбнулся он.

— Очень.

Он взял её руку и поцеловал.

Потом они гуляли вдвоём по набережной Москвы-реки и разговаривали.

— Она опять не пришла? — спросила Наташа.

— Кто?

— Женщина, которую вы ждали.

— Да, но я уже не жду её.

Было поздно. Они подошли к метро, попрощались, и Наташа поехала домой.

Прошёл месяц. Картины для выставки были готовы. Наташа поехала в «Дом художника», чтобы показать их директору выставки. Она очень волновалась, потому что не знала, понравятся ли её работы. В «Доме художника» секретарь директора взяла картины и попросила Наташу подождать. Через 10 минут её пригласили в кабинет к директору. Когда Наташа вошла, сначала она услышала знакомый голос, а потом увидела его... Он сидел за столом и улыбался.

— Я с удовольствием возьму твои картины на выставку, они мне очень понравились, особенно вот эта, на которой я стою у метро с букетом цветов. Но о выставке мы поговорим позже, а сейчас я приглашаю тебя в кафе на Кропоткинской.

Они дошли до кафе пешком. Наташа села за столик и стала смотреть, как он выбирает в цветочном магазине огромный букет роз. Потом он вышел из магазина и встал у выхода из метро. Наташа улыбнулась, подошла к нему, а он поцеловал ей руку, подарил цветы и сказал:

— Ты немного опоздала, но это ничего. Лучше поздно, чем никогда.

12.
Скажите, что вы думаете о героях этого рассказа и как можно закончить эту историю. 說一說您對上文主角的看法及可以如何講完這個故事。

Задание 4. 考題4

Инструкция к выполнению задания 4 考題4考試要求

· Ваша цель не отвечать на отдельные вопросы, а составить свой рассказ. Вопросы помогут вам сделать ваши рассказы больше и интереснее. В рассказе должно быть не менее 12-15 предложений. 根據下列問題展開敘述，敘述應不少於12-15個句子。

1. Рассказ о себе (о друге, об интересном человеке).
1. Кто вы? Откуда вы?
2. Где и когда вы родились?
3. Где вы учились раньше? Где вы учитесь сейчас?
4. Что вы изучаете? Какие ваши любимые предметы?
5. Куда вы хотите поступить?
6. Какую специальность вы хотите получить?
7. Где живёт ваша семья?
8. Чем занимаются ваши родители (сёстры, братья)?
9. Как вы проводите своё свободное время?
10. Что вы любите делать? Есть ли у вас любимое занятие (хобби)?

2. Моя семья.
1. Какая у вас семья? Сколько человек в семье?
2. Вы женаты (замужем)?
3. Кто ваши родители? Сколько им лет? Чем они занимаются?
4. Кто ваши сёстры и братья? Какие у них характеры? На кого они похожи?
5. Где живёт ваша семья?
6. Какой у вас дом? Какая у вас квартира?
7. Кто делает работу по дому? Убирает в комнатах? Ходит в магазин? Покупает продукты?
8. Как ваша семья проводит свободное время, праздники?
9. Какие традиции есть в вашей семье?
10. Кто из членов семьи сыграл большую роль в вашей жизни? У кого вы чаще всего просите совета и помощи?

3. Учиться всегда пригодится.

1. Где вы учились раньше?
2. Какие предметы вы изучали? Какие предметы вам нравились или не нравились?
3. Когда (в каком году) вы окончили школу (институт)?
4. Где вы учитесь сейчас? Что изучаете?
5. Какие иностранные языки вы знаете? Где вы их изучали?
6. Почему вы изучаете русский язык?
7. Сколько часов в день вы занимаетесь русским языком?
8. Можете ли вы посоветовать, как лучше заниматься языком? Что нужно делать, чтобы лучше знать язык?
9. Куда вы хотите поступить? (институт, университет, факультет)
10. Кем вы хотите стать? Почему вы выбрали эту профессию?

4. Город (деревня, место), где я живу.

1. Как называется ваш родной город? Где он находится?
2. Какой это город? (современный, промышленный, культурный центр)
3. Какие достопримечательности есть в вашем городе? (центральные улицы, площади, памятники, музеи, театры, порты, стадионы)
4. Какие интересные места в городе вы посоветуете посмотреть?
5. Какие виды транспорта есть в вашем городе?
6. Где работают и где отдыхают жители вашего города?
7. Есть ли в вашем городе зоны отдыха? (парки, бульвары, аквапарки, стадионы, спортивные площадки, клубы, дискотеки)
8. Какие экологические, жилищные, транспортные проблемы есть в вашем городе?
9. Что вам нравится или не нравится в вашем городе?
10. Где вы хотите жить в будущем?

5. Ваши интересы.

1. Чем вы любите заниматься в свободное время? Чем вы интересуетесь?
2. Что вы любите читать? Какие книги, журналы, газеты вы читаете? Есть ли у вас любимые писатели, поэты?
3. Какую музыку вы обычно слушаете? У вас есть любимый певец (певица, группа)?
4. Вы любите спорт? Каким видом спорта вы занимаетесь?
5. Где вы любите смотреть фильмы — дома или в кинотеатре? Почему?
6. Любите ли вы путешествовать? Где вы уже были, а где хотите побывать?
7. Любите ли вы встречаться с друзьями? Где вы бываете вместе?
8. У вас есть хобби? Расскажите о нём.
9. Вы любите готовить? Какое ваше любимое блюдо?
10. Вы любите животных? У вас есть домашние животные?

6. Почему я изучаю иностранный язык?

1. Какой ваш родной язык?
2. Какие иностранные языки вы знаете? Где и когда вы их изучали?
3. Когда и с какой целью вы начали изучать русский язык?
4. Трудно ли его изучать и почему?
5. Как вы изучаете русский язык? Что вы делаете, чтобы лучше знать этот язык?
6. Можете ли вы посоветовать, как лучше заниматься языком?
7. Где и с кем вы говорите по-русски?
8. Как вы думаете, нужен ли вам русский язык в вашей будущей профессии?
9. Где вы можете использовать знание иностранного языка?
10. Как вы думаете, зачем люди изучают иностранные языки?

7. Мой день.

1. Как начинается ваш рабочий день? (Когда вы обычно встаёте?)
2. Вы делаете зарядку каждое утро?
3. Где и когда вы завтракаете?
4. Когда начинаются занятия в университете?
5. Вы идёте в университет пешком или едете на транспорте?
6. Сколько времени обычно продолжаются занятия? Что вы делаете на уроках?
7. Чем вы занимаетесь после занятий? Где вы обедаете? В столовой или готовите сами?
8. Сколько времени вы делаете домашнее задание? Что вам нравится делать, а что не нравится?
9. Как вы отдыхаете? Как вы проводите вечер?
10. Когда вы ложитесь спать?

Субтест 2 考卷2

Аудирование (материалы для диктора)
聴力（録音員用）
Часть 1 第一部分

Задание 1–5. 考题1–5

▶ MP3-73

1. Компьютерные игры могут быть не только вредны, но и полезны для человека.

  А Учёные говорят, что компьютерные игры плохо влияют на здоровье человека.

  Б Компьютерные игры очень полезны, поэтому нужно заниматься ими как можно больше.

  В Учёные доказали, что играть на компьютере не всегда вредно, иногда это приносит пользу.

▶ MP3-74

2. В прогнозе погоды сказали, что завтра будут кратковременные дожди и сильный ветер.

  А По радио сообщили, что завтра будет хорошая погода.

  Б Из прогноза погоды я узнал, что завтра будет сильный ветер и дожди.

  В Прогноз погоды на завтра очень хороший: будет солнечно и тепло.

▶ MP3-75

3. Новая радиопрограмма «Молодёжь и современное искусство» начинает свою работу. Слушайте нас еженедельно по воскресеньям.

  А Каждое воскресенье можно будет послушать новую радиопрограмму для молодёжи.

  Б Новая программа об искусстве выходит в эфир один раз в месяц.

  В Радиопрограмма «Молодёжь и современное искусство» заканчивает свою работу в воскресенье.

▶ MP3-76

4. Информацию о новых научных исследованиях всегда можно найти в Интернете.

  А Недавно я прочитал в журнале статью о новом научном открытии.

  Б Информация о новых научных открытиях редко встречается на сайтах в Интернете.

  В В Интернете я часто нахожу интересную информацию о новых научных открытиях.

▶ MP3-77

5. Мой брат начал писать стихи ещё в школе, поэтому потом поступил в Литературный институт.

  А Когда мой брат учился в школе, он сочинял прекрасные стихи и поэтому решил учиться в Литературном институте.

  Б Мой брат никогда не любил стихи и литературу.

  В Когда мой брат учился в Литературном институте, он начал писать стихи.

Часть 2 第二部分

Задания 6–10. 考题6-10

▶ MP3-78

6. — Маша, ты была на летнем Московском кинофестивале?

— Да, конечно. Я была на открытии фестиваля. Слушала выступление актёра и режиссёра Никиты Михалкова, видела всех известных актёров, посмотрела несколько фильмов.

— А я, к сожалению, никуда не смог пойти, был на даче, но я прочитал всю информацию об этом фестивале и знаю, кто из известных артистов приехал на Московский фестиваль, какие российские и иностранные фильмы были лучшими.

Они говорили...

А о Никите Михалкове
Б о Московском кинофестивале
В о фильмах

▶ MP3-79

7. — Начинаются каникулы... Как ты думаешь их провести?

— Хочу поехать в путешествие по Крыму, я там никогда не была. А ты?

— Я не люблю жару, а в Крыму всегда жарко. Поеду на север, на Белое море, там очень красиво.

Они говорили...

А о каникулах
Б о Белом море
В о погоде

▶ MP3-80

8. — Ира, ты смотрела вчера по телевизору чемпионат мира по теннису?

— Да, мне очень понравилось, как играли российские теннисистки.

— Я тоже люблю теннис, но больше меня интересуют автомобильные соревнования «Формула-1». Мне всегда нравится смотреть эти соревнования.

Они говорили...

А о чемпионате по теннису
Б о российских спортсменах
В о спортивных соревнованиях

▶ MP3-81

9. — Анна, ты уже купила рождественские подарки?

— Конечно, я всегда покупаю подарки заранее.

— А для меня это большая проблема. Не знаю, что делать?

— Я думаю, что выбрать подарок нетрудно, если знаешь, кто что любит в твоей семье.

Они говорили...

А о семье
Б о Рождестве
В о подарках

▶ MP3-82

10. — Антон, почему ты такой усталый? Плохо выглядишь.
— Конечно, плохо. Я купил новые игры и всю ночь играл на компьютере.
— Но ведь это очень вредно.
— Ничего подобного, компьютерные игры учат человека быстро решать разные проблемы.

Они говорили...

А о компьютерных играх
Б о разных проблемах
В о здоровье

Часть 3 第三部分

Задания 11–15. 考题11–15

▶ MP3-83

11. Слушайте диалог. Скажите, когда отходит поезд?

— Ты уже готова? Нам пора выходить. Иначе мы опоздаем.
— А во сколько наш поезд?
— В 6 часов. А сейчас уже 5.
— Не волнуйся, мы успеем. Мы возьмём такси и будем на вокзале через 20 минут.

Поезд отходит...

А в 5 часов
Б в 6 часов
В через 20 минут

▶ MP3-84

12. Слушайте диалог. Скажите, где встретятся друзья?

— Мы так давно не виделись! Давай встретимся, посидим в кафе, поговорим.
— Спасибо, но сегодня вечером я занимаюсь в Библиотеке иностранной литературы. Занятия кончаются в 8.30.
— Хорошо. Я буду ждать тебя в 8.30 около библиотеки.
— Нет, давай лучше встретимся в 9 часов около метро и погуляем по бульвару.

Друзья встретятся...

А в кафе
Б около библиотеки
В около метро

▶ MP3-85

13. Слушайте диалог. Скажите, куда решили пойти друзья в воскресенье?

— Ребята! Давайте решим, что будем делать в воскресенье?
— Я предлагаю пойти в парк и покататься на роликах.
— Ну уж нет! По радио сообщили, что в воскресенье весь день будет дождь. А в дождь лучше всего сидеть в кинотеатре и смотреть хороший фильм.
— Тогда я приглашаю вас к себе в гости. Если будет дождь, будем смотреть видеофильмы.
— Здорово! Отличная идея.

В воскресенье друзья решили пойти...

А в кинотеатр
Б в парк
В в гости

▶ MP3-86

14. Слушайте диалог. Скажите, зачем Ольга позвонила своему другу?

— Привет, Игорь! Это Ольга. Я звоню тебе из Ялты. У меня к тебе большая просьба. Ты не мог бы встретить меня завтра вечером в 22.30 в аэропорту Шереметьево?
— Конечно, встречу. Не беспокойся. Скажи лучше, как ты отдохнула.
— Спасибо, Игорь. Отдохнула отлично. Погода была прекрасная. А как твои дела на работе? Что нового?
— Работы, как всегда, много.

Ольга позвонила Игорю, чтобы...

А он встретил её в аэропорту
Б рассказать ему о своём отдыхе
В узнать о его работе

▶ MP3-87

15. Слушайте диалог. Скажите, сколько человек будет заниматься на курсах русского языка в этом году?

— Скажите, пожалуйста, сколько человек будет заниматься на курсах русского языка в этом году?
— В этом году русский язык будут изучать 35 человек. Это на 5 человек больше, чем мы планировали. А в прошлом году на курсах занималось только 15 человек.

В этом году на курсах русского языка будут заниматься...

А 5 человек
Б 35 человек
В 15 человек

Часть 4 第四部分

Задания 16–23. 考題16–23 ▶ MP3-88

Слушайте диалог и записывайте в матрицу информацию о том, чем будет заниматься Таня на этой неделе. 聽對話，把有關塔妮婭這週將做的事情寫在答案卡上。

— Алло, я слушаю.

— Таня, здравствуй, это Антон. Как твои дела? Я не видел тебя в понедельник на занятиях. Где ты была?

— В Петербурге. Я приехала только в понедельник вечером.

— Я хотел пригласить тебя сегодня вечером в кино, у меня есть два билета.

— Спасибо, но сегодня вечером я никуда не пойду и буду отдыхать дома.

— А что ты делаешь завтра вечером?

— Ты же знаешь, что в среду я хожу в бассейн.

— Теперь мне осталось узнать, чем ты будешь заниматься в четверг и в пятницу? Я всё-таки хочу сходить с тобой в кино. Говорят, что это очень интересный фильм.

— В четверг ко мне придёт моя подруга Наташа, мы должны написать статью в нашу университетскую газету.

— А в пятницу?

— А в пятницу мы с Наташей пойдём на выставку современной фотографии, она работает последний день. Ты можешь пойти вместе с нами.

— С удовольствием. Тогда, может быть, пригласим Наташу пойти с нами вместе в кино в субботу?

— Это будет прекрасно.

Часть 5 第五部分

Задания 24–30. 考題24–30 ▶ MP3-89

Прослушайте сообщение. Запишите кратко основную информацию в матрицу. 聽文章，把文章主要內容寫在答案卡上。

Первый полёт человека

Это произошло во Франции. Летом 5 июня 1783 года братья Монгольфье впервые поднялись в воздух на своём воздушном шаре, который они сами построили. Они хотели показать всем, что человек может сделать такой аппарат, на котором он сможет летать. Все жители города, где жили братья Монгольфье, с интересом смотрели, как шар поднимался в воздух. Этот первый воздушный шар был не очень большим. Шар поднимался вверх, потому что внутри шара был горячий воздух. Этот удивительный полёт продолжался 10 минут. В течение этого времени шар поднялся на высоту 2 километра и пролетел не очень далеко, он пролетел всего около двух тысяч метров. Но это был день, который запомнил весь мир. Это было 5 июня 1783 года.

Субтест 1 考卷1
Лексика. Грамматика 詞彙與語法
Ключи 答案

Часть 1	Часть 2	Часть 3		Часть 4
1 — Г	21 — Д	49 — Б	77 — В	85 — В
2 — В	22 — Б	50 — А	78 — А	86 — А
3 — В	23 — В	51 — Б	79 — А	87 — Б
4 — А	24 — Д	52 — В	80 — Б	88 — Г
5 — В	25 — А	53 — Б	81 — Б	89 — А
6 — Б	26 — Б	54 — В	82 — А	90 — Б
7 — Б	27 — А	55 — Б	83 — В	91 — Г
8 — Г	28 — Д	56 — А	84 — Б	92 — Г
9 — Г	29 — В	57 — А		93 — В
10 — А	30 — Б	58 — В		94 — Б
11 — Г	31 — А	59 — А		95 — Г
12 — А	32 — Г	60 — Б		96 — А
13 — В	33 — В	61 — В		97 — В
14 — А	34 — Б	62 — Б		98 — Д
15 — А	35 — Б	63 — А		99 — Г
16 — Б	36 — А	64 — В		100 — В
17 — Д	37 — В	65 — Б		
18 — Д	38 — Г	66 — А		
19 — В	39 — Б	67 — В		
20 — А	40 — Г	68 — В		
	41 — Б	69 — А		
	42 — В	70 — В		
	43 — А	71 — В		
	44 — Г	72 — Б		
	45 — Б	73 — А		
	46 — В	74 — Б		
	47 — А	75 — А		
	48 — Г	76 — Б		

Субтест 2 考卷2
Аудирование 聽力
Ключи 答案

Часть 1	Часть 2	Часть 3
1 — В	6 — Б	11 — Б
2 — Б	7 — А	12 — В
3 — А	8 — В	13 — В
4 — В	9 — В	14 — А
5 — А	10 — А	15 — Б

Часть 4

0	Антон позвонил (кому?)	*Тане*
16	В понедельник Таня приехала (откуда?)	из Петербурга
17	Антон звонил Тане (когда?)	во вторник
18	Антон хотел пригласить Таню (куда?)	в кино
19	Таня ходит в бассейн (когда?)	в среду
20	В четверг к Тане приедет (кто?)	подруга Наташа
21	Подруги пойдут на выставку (какую?)	современной фотографии
22	Друзья решили пойти в кино (когда?)	в субботу
23	Антон предложил пригласить в кино (кого?)	Наташу

Часть 5

0	Текст называется	*Первый полёт человека*
24	Братья Монгольфье первыми в мире сделали (что?)	воздушный шар
25	Впервые они поднялись на шаре в воздух (когда?)	5 июня 1783 года
26	Это произошло (где?)	во Франции
27	Внутри шара был... (что?)	горячий воздух
28	Удивительный полёт продолжался (сколько времени?)	10 минут
29	Первый шар поднялся на высоту (сколько километров?)	2 километра
30	Этот первый шар пролетел (сколько метров?)	2000 метров

Субтест 3 考卷3

Чтение 閱讀

Ключи 答案

Часть 1	Часть 2	Часть 3		Часть 4	
1 — В	6 — В	11 — А	21 — А	26 — В	34 — В
2 — А	7 — А	12 — Б	22 — В	27 — Б	35 — Б
3 — А	8 — Б	13 — А	23 — Б	28 — Б	36 — А
4 — Б	9 — Б	14 — В	24 — Б	29 — А	37 — Б
5 — Б	10 — В	15 — Б	25 — А	30 — В	38 — В
		16 — В		31 — Б	39 — А
		17 — Б		32 — А	40 — В
		18 — А		33 — Б	
		19 — Б			
		20 — В			

國家圖書館出版品預行編目資料

走遍俄羅斯2 / В.Е. Антонова、М.М. Нахабина、

А.А. Толстых 著；張海燕編譯

-- 初版 -- 臺北市：瑞蘭國際, 2020.11

392面；21 × 29.7公分 --（外語學習系列；85）

ISBN：978-957-9138-98-7（平裝）

1.俄語 2.讀本

806.18   109013305

外語學習系列 85

走遍俄羅斯 ❷

作者｜В.Е. Антонова、М.М. Нахабина、А.А. Толстых

總編審｜趙桂蓮・編譯｜張海燕・繁體中文版審訂｜吳佳靜

責任編輯｜潘治婷、王愿琦

校對｜吳佳靜、潘治婷、王愿琦

錄音室｜采漾錄音製作有限公司

封面設計、版型設計、內文排版｜陳如琪

瑞蘭國際出版

董事長｜張暖彗・社長兼總編輯｜王愿琦

編輯部

副總編輯｜葉仲芸・副主編｜潘治婷・文字編輯｜鄧元婷

美術編輯｜陳如琪

業務部

副理｜楊米琪・組長｜林湲洵・專員｜張毓庭

出版社｜瑞蘭國際有限公司・地址｜台北市大安區安和路一段104號7樓之一

電話｜(02)2700-4625・傳真｜(02)2700-4622・訂購專線｜(02)2700-4625

劃撥帳號｜19914152 瑞蘭國際有限公司

瑞蘭國際網路書城｜www.genki-japan.com.tw

法律顧問｜海灣國際法律事務所　呂錦峯律師

總經銷｜聯合發行股份有限公司・電話｜(02)2917-8022、2917-8042

傳真｜(02)2915-6275、2915-7212・印刷｜科億印刷股份有限公司

出版日期｜2020年11月初版1刷・定價｜課本＋自學輔導手冊，兩本合計680元・ISBN｜978-957-9138-98-7

 本書採用環保大豆油墨印製

瑞蘭國際